回到分歧的路口

写一百年
再停笔

托纳多雷
对谈
莫里康内

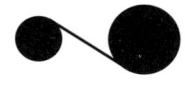

[意]
埃尼奥·莫里康内
Ennio
Morricone

[意]
朱塞佩·托纳多雷
Giuseppe
Tornatore ——著

许丹丹
——译
季子赫
——审校

中信出版集团|北京

图书在版编目（CIP）数据

写一百年再停笔：托纳多雷对谈莫里康内 /（意）埃尼奥·莫里康内,（意）朱塞佩·托纳多雷著；许丹丹译. -- 北京：中信出版社, 2023.7
ISBN 978-7-5217-5214-4

Ⅰ. ①写… Ⅱ. ①埃… ②朱… ③许… Ⅲ. ①随笔－作品集－意大利－现代 Ⅳ. ① I546.65

中国国家版本馆 CIP 数据核字 (2023) 第 035673 号

©2018 HarperCollins Italia S.p.A, Milano
Published by arrangement with HarperCollins Italia S.p.A.
First published 2018 in Italian under the title: ENNIO UN MAESTRO
The simplified Chinese translation rights arranged through Rightol Media
（本书中文简体版权经由锐拓传媒取得 Email:copyright@rightol.com）

写一百年再停笔：托纳多雷对谈莫里康内
著者： ［意］埃尼奥·莫里康内 ［意］朱塞佩·托纳多雷
译者： 许丹丹
出版发行：中信出版集团股份有限公司
（北京市朝阳区东三环北路 27 号嘉铭中心　邮编　100020）
承印者： 鸿博昊天科技有限公司

开本：787mm×1092mm 1/16　　印张：22　　字数：200 千字
版次：2023 年 7 月第 1 版　　　　印次：2023 年 7 月第 1 次印刷
京权图字：01-2023-0253　　　　　书号：ISBN 978-7-5217-5214-4
定价：98.00 元

版权所有·侵权必究
如有印刷、装订问题，本公司负责调换。
服务热线：400-600-8099
投稿邮箱：author@citicpub.com

该文本源自埃尼奥·莫里康内和朱塞佩·托纳多雷的访谈纪录片《音魂掠影》（*Ennio: The Maestro*），纪录片由 Piano B produzioni 出品，简体中文版书封主视觉图片由该公司授权使用。感谢加布列勒·科斯塔（Gabriele Costa）和贾尼·鲁索（Gianni Russo）授权出版本书。

目　　录

朱塞佩·托纳多雷

×

埃尼奥·莫里康内

- 001 —— 没有灵感这回事
- 025 —— 您不能再从事作曲事业了
- 063 —— 作曲家的无能
- 087 —— 小号与尊严
- 119 —— 像我母亲的名字一样
- 137 —— 荒野西部片
- 189 —— 音乐的消逝
- 229 —— 错过的橙子
- 267 —— 萦绕在脑海里的音乐
- 295 —— 藏起来的爱之主旋律
- 309 —— 埃尼奥的革新
- 319 —— 写一百年再停笔

- 330 —— 人名对照表

朱塞佩·托纳多雷 ——————————————

×

埃尼奥·莫里康内 ——————————————

🎞 ──────── 朱塞佩·托纳多雷

♪ ──────── 埃尼奥·莫里康内

♪ 如果我的音乐隐藏着什么秘密，尽可以从无声处挖掘。无声也是音乐的一种，它和声音一样重要，甚至还要更重要一些。如果你想真正了解我的音乐，那请留意那些音乐的留白与音符间的休止。每个声音都可以看作无声的停顿。佩普齐奥[1]，我的音乐正是源于这个想法，也是站在约翰·塞巴斯蒂安·巴赫和伊戈尔·斯特拉文斯基这两位音乐巨人的肩膀上出发的。

🎞 你从孩提时就与音乐结缘，这么说来，你投身音乐事业已近一个世纪。你现在还会思考自己音乐创作的灵感来源吗？

♪ 当然。你知道这么多年来我在想什么吗？我觉得很遗憾，没有拿出更多的时间来陪伴我的妻子玛利亚，我大多数时间与乐队和导演们一起度过，即便如此，也从未见她怪过我，直到今天她也没有任何抱怨。我常常经过客厅里的一张小桌台，上面摆放着一张照片，我总能透过它看到玛利亚年轻貌美的模样，可能是我下意识里希望她青春永驻吧。她在那张照片里颇有些狡黠，很美,这总让我想起 18 岁还是 20 岁那会儿和她见面的情形。我一直非常喜欢她。不过那时候我需要工作,就像我父亲一样,有时甚至更忙碌,从早到晚。但我父亲在家时是真的和我们在一起,而我总是把自己关在书房里写作。现在我和家人会花更多的时间相处,我希望这种状态能保持到 100 岁,希望如此吧。

🎬 **你为她创作过曲子吗?**

♪ 不止一首。她可能已经忘了。《回声》("Echi")就是为她写的。这是一首九人童声合唱,分三个声部,每个声部三个人,音乐很特别,歌词也是我写的。还有《洒圣水歌》("Vidi aquam"),一首结构非常复杂的五重奏。

🎬 **是纯音乐,还是以爱情为主题的音乐呢?**

♪ 纯音乐。我为一部电影写过一首爱情主题曲。你知道,那时候我们已经订婚了,每天早上我会搭乘公交车或地铁去玛利亚家接她上班,然后陪她工作。为了把路上的时间节省下来,我会在她的工作地附近找个咖啡店坐下来,然后喝点儿东西,在她下班前,我差不多可以为意大利广播电视公司(RAI)写上三四首歌,所以我觉得这些音乐都是写给她的。

🎬 **要想深入你的音乐,我们就不得不聊聊巴赫和斯特拉文斯基,对吧?**

♪ 那是肯定的。我是在罗马音乐学院学的作曲。事实上,可以说几乎没有哪位音乐家没对我产生过影响,因为学习作曲就意味着重新梳理整个音乐史。从最初的音乐到复调音乐、现代音乐，再到斯特拉文斯基以及其他人，有些东西必然会留下痕迹，但也很难量化这个比例，这不是一件容易的事……

🎬 巴赫是对你影响最深的音乐家吗？

♪ 是的，约翰·塞巴斯蒂安·巴赫。他带给我的影响最大，另一位是几个世纪后的斯特拉文斯基，也对我的音乐起到了决定性的影响。他非凡而伟大，能跳脱出自己的作品，是一个很难用三言两语说清楚的人。巴赫也拥有同样的神力，既能创作，又能脱离自己的作品。这两位对我的影响最关键。当然，也不仅仅是他俩，譬如乔瓦尼·皮耶路易吉·达·帕莱斯特里纳（Giovanni Pierluigi da Palestrina）、克劳迪奥·蒙特威尔第（Claudio Monteverdi）、吉罗拉莫·弗雷斯科巴尔迪（Girolamo Frescobaldi），他们都很重要。

🎬 那贝多芬和莫扎特呢？这些都是提到音乐家时大家最先会想到的人。

♪ 他们对我的影响不算大。包括海顿、舒曼、门德尔松，他们的作品对我都没有那么大影响。

🎬 巴赫和斯特拉文斯基的风格是如何影响你创作的？

♪ 他们的音乐在我的作品中都能找到影子，从我创作歌曲时就是这样。这种影响不那么明显和固定，但它一直扎扎实实地存在，我总能感觉到。他们或许给我留下了一些混乱的线索，譬如纵向和横向的和声，也就是除了和声还有旋律。作为编曲，我深知一部作品务必要清晰、准确。所有这些还涉及让步，也就是在创作过程中，作曲家要对自己的自尊心做出一些牺牲。如果我们把这些前提和过往的一切经历结合到一起，就能达到自己想要的结果。这些阶段都是渐进式的，是一个缓慢的过程。

🎬 如果你现在再回过头来听自己三四十年前创作的曲子，你还能辨识出那些不断进化的音乐元素吗？换句话说，你还能认出你的心路历程吗？

♪ 有一类作曲是独一无二的，我知道这是我自己发明的。我知道它的来历，知道我运用了纯音乐的元素。譬如十二音技法[2]使用十二个音，但适用于调性体系，我的这种持续尝试随着时间不断完善。我听到这些就能想起过去创作的很多曲子。这种创作很复杂。现在我写起来会更容易一些，不再像大多数时候那样仅仅是纵向呈现了，我会横向去写，就像好多旋律并不是真正的旋律，而是体现了一些不具备和声引力的时值[3]。我们以一种自由的方式使用传统的调性声音，这就是音和音的同等价值，是声音的民主。

🎬 这个解释很有启发。

♪ 在调性音乐中，某个音会对其他音产生一定的引力，这个音会将其他音引向结尾。但我感兴趣的是：这些比较敏感的音总是保持特定的音高，相互之间也保持着一定音程。我会赋予调性音乐一些不遵循十二音体系的规则。如果我使用音阶上的七个音，在没有用尽其他六个音的情况下，我是不会重新使用第一个音的。

🎬 你能跟我解释一下什么叫"声音的民主"吗？

♪ 这是阿诺德·勋伯格（Arnold Schöenberg）对十二个音的理想化使用。在这十二个音中，没有哪个音对其他的音有吸引作用，所有的音都同等重要。在调性音乐中不是这样的，首先有主音，第一级音，它相当重要，然后还有第五级音，也就是属音，在音阶中占主导地位，比其他所有音都重要。下属音次要一些。所有的音多少都从属于第一级音和第五级音。我曾尝试重新整理这些应用在十二个音上的概念，打破它们之间的从属关系，我称之为"声音的民主"。我设法让它们平等，打破调性音乐中音与音之间的吸引与从属关系。不过这样的民主其实也要打个引号，因为我要人为打乱这些本就相互吸引的音。也就是说，我会无视它们本来的连贯性，把它们间隔开，拉长它们的间隙。我也经常在创作的非常简单的曲子里使用这种延留音。

🎬 你是从什么时候开始在调性音乐中使用十二音技法的？

♪ 在我做编曲工作的时候就开始用了，当时在写一些小曲时，就会用到一些不太寻常的作曲元素。当然对于歌曲这类简单悦耳的作品来说，效果可能还不那么明显，但在管弦乐中就不一样了，调性音乐中的条条框框消失了。勋伯格创造的十二音理论后来也为其他作曲家所用。依照这套理论，第一个音在其他全部音出现之前不得重复使用，因此在 C 大调和弦中我经常会使用自然 C、自然 D、自然 E、自然 G、自然 A 和自然 B。有时候我会把音符变成五个，有时候是四个或者六个，这是一套我颇引以为豪的东西。

🎬 为什么你说这种民主是表面的民主，是假的民主？

♪ 我让声音延长，它们并不会变得不一样，只是表面看起来相同。后来这些休止和音色逐渐成为我音乐创作中最基本的元素。起初我会严格遵循规则，渐渐地我会稍微放开一点，给这些铁律一个松绑的机会。有些情况下，很难在回到第一个音之前用完六个或七个音。

🎬 在你之前，有人在旋律音乐的创作中使用过十二音技法吗？

♪ 我觉得没有，这么说不是自吹自擂。我在自己有别于他人的作曲中体会到了作曲家的尊严，这也是我们音乐学院的教授向所有学生灌输的东西。我还想把内心深处的那份骄傲赋予编曲职业，虽然它是最简单的，甚至是卑微的。即使是最平淡的小调，我也竭力赋予它尊严，我希望能救赎 45 转唱片里哪怕最贫瘠的那一支曲子。我不觉得这是一种创新，对我来说这样写很正常。我只是想在歌曲里加入略高于歌曲本身的一点东西。从某种程度上说，那些作曲甚至有点过于朴实和简陋、迎合大众。直到后来我为电影作曲时才体会到了什么是创新。

🎬 **我经常会问自己：埃尼奥·莫里康内的秘诀是什么？我知道这个问题没有答案，但还是想尝试一下。**

♪ 与我合作的音乐发行商希望电影原声能成为公共财产，能独立于电影唱片存在，所以作曲需要考虑到这一点。我改变了将节奏韵律放在首位的创作风格，在那以前，如果没有节奏韵律，人们就不能跟着跳舞，而我从来没有接受过这种妥协，我都是在写为电影所用的音乐。我不会掉进将电影院变成舞厅的误区里。我知道很多人作曲异常看重节奏和韵律，我很少顾及这个。要说有什么秘诀，这也许就是一条，我希望音乐就是用来服务电影的，电影也能服务于音乐。这才是人们买唱片的原因。我也不知道还能说什么别的答案，我愿意称之为对音乐和电影的忠诚，毫无妥协。

🎬 **这也是你的音乐总能征服人心的奥秘？**

♪ 作曲家在乐谱上写下曲子，然后把这叠纸塞进抽屉，它就成为音乐了吗？不，这根本不是音乐。你只有将它交给演奏者，音乐才存在。但这也是不够的，还需要聆听者。这是一个很戏剧化的过程，是音乐这门艺术的专属形式。无数个奇迹将这几个环节串联在一起。首先是作曲家个人的所思所想创造出的奇迹，它会变成声音和休止符；然后是演奏者创造的奇迹，他需要精准还原乐谱上的内容；最后是听众带来的奇迹，他们将接收到的声音变成自己的情感与表达。聆听它的人会想：这让我想起了我的父亲，一段旧爱、一场战争。他在这段音乐里找到了自己的爱人和往昔的吉光片羽。所有这些都印证了音乐是多么抽象。相信我，我几乎不对自己所写的东西负责，只对自己的想法和内心的声音负责。这些随后转换成人们的激情、分享与怀旧。这一切都很美，但我也说不清为什么。

🎬 **在你的作曲风格中，存在典型的莫里康内元素吗？**

♪ 也许是有一些我才有的东西，人们在听到的时候立马就能认出是我。我认为这不只是一个元素那么简单，还有和声、低音、旋律，集合了所有的元素，譬如停顿、音值、音色、乐句的节奏。需要把这些都放到一起，来研究我的风格与特点。有时候我给电影配乐，会改变一下低音，加入固定的不协和音。我还会使用重音，改变一段旋律。

🎬 **你掌控旋律的习惯之一就是不借助弦乐器。你很少用弦乐器。**

♪ 我不想在旋律上过多使用弦乐器。弦乐器是管弦乐队之母，我希望在其他规模的管弦乐作品中使用它。小提琴演奏加其他乐器伴奏，这种方式比较古老，我总是尽可能避开它。但所有这些都与灵感无关。很多人都会把这称作灵感，我想说，没有灵感这回事，只有构思旋律的方式、建构声音之间的不同对话。"不同"很重要！

🎬 **可是听众总觉得你的作品都是灵感的产物。**

♪ 可笑，这都是宣传出来的。旋律是一点一点构思出来的。通常情况下，我先写一段旋律，然后我改一个音符，因为这个音符、这个重复的东西会让人受不了，不得不改一下。旋律是可以创造出来的，这没什么问题。不排除有的人会突发奇想，有些新的点子，但我还是想重复一下：旋律是一点一点构思出来的。这不是什么魔术，它自有一套逻辑。

🎬 前段时间你获得了奥斯卡终身成就奖，在洛杉矶的美国作曲家论坛仪式上，那个把你介绍给公众的人称你为乐曲家。

♪ 这就好比把我称为业余玩家一样。如果你创作了一段旋律，还需要其他人来帮你改编，或者你使用了一段很容易就能想到的旋律，但不知道怎么谱曲配乐，那你就是一个业余爱好者。被这么称呼让我觉得很无语，但那有什么办法，有的时候你不得不接受它。

🎬 一点好奇：作曲时，你似乎无法容忍传统旋律音调的专断与支配，总是试图逃离它。

♪ 在我的作品中，尤其是在那些给唱片和电影录制的音乐中，我觉得主旋律总是没有任何变化，不仅如此，还一直重复。七个音的组合不断循环重复，甚至为了听上去更悦耳，有些间隔、序列都是一模一样的，这让我十分受不了。我想做一些反抗，激进一点的时候我开始创作只有几个音的主旋律。我受 RAI 委托为米娜（Mina）写的歌《如果你打电话来》（"Se telefonando"），开篇就只有三个音，这三个音的出现也非常反传统，在四四拍里，重音永远不可能落在相同的音上。这是一个创新，我废除了传统音调的旋律。我在给导演莫洛·鲍罗尼尼（Mauro Bolognini）的电影《她与他》（*L'assoluto naturale*）配乐的时候曾干过一件很疯狂的事。那时候我在自我革新的路上义无反顾，想写一首只有两个音的曲子。我当然知道这样的曲子根本不存在，但我就是想试一试，听上去乐感会更好也未可知。如果想要创作一首耳熟能详、人们能传唱的作品，最好不要吝惜在曲子里加入一长串音符。不过在鲍罗尼尼这里就有点收不住了，我只写了两个音，当然时值和音调各不相同。和声显然会变化，每一个和声都会推进这段重复的旋律。一开始莫洛什么也没说，一句评论也没有。如果一个导演沉默不语，对我来说就完了，直到他冲进控制室之前我都在饱受这种静默的折磨。他进来后在纸上一阵涂鸦，画了几张哭泣的女人脸。我问他："莫洛，你觉得怎么样？"他眼神都没从纸上挪开，直截了当地说："一点儿也不喜欢！"你能想象我当时有多崩溃吗？你的活儿干了一大半，一个导演，尤其是像他这样好说话又充分尊重你的人跟你来这么一出，对我来说就是悲剧，彻底的悲剧。就在那一瞬间，连我都鄙视自己。我跑过去在原来的两个音上又加上一个音，这回他满意了，至少他是这么说的。然后我顺势把其他几段配乐也改了过来。10年后的一天，我们在西班牙广场见面，他跟我说："《她与他》的配乐是你给我做的电影配乐里最好的。"我也没问他什么。

🎬 你还记得那段配乐的旋律设计吗?

♪ 根本就没有什么设计!如果我现在唱给你听,你一定会笑掉大牙。事实上,我当时就是一个疯子,像一个极简主义者,和左派中最左派的人没有任何区别。其实那么做是不现实的,世界上根本没有两个音构成的旋律。在那段主题的创作上我倒逼了自己一把,我当时甚至极端到想砍掉旋律。我最后写了一个没有解决的主题,但一些和声给那两个音赋予了不同的意义。这一切对于面向大众的电影作品来说太过精炼了。

🎬 你是不是从没做出过这么极端的选择?

♪ 只有两个音确实是头一回,之前我尝试过三个音的旋律。我在给朱塞佩·帕特罗尼·格里菲(Giuseppe Patroni Griffi)的电影《一日晚宴》(*Metti, una sera a cena*)配乐时就这么做过。为了给观众留下深刻的印象,我从来没放弃过使用极少音符的想法。此外,那些口口传唱、流传至今的原始音乐也都只有寥寥几个音。

🎬 你最喜欢什么乐器?

♪ 喜欢的有很多。我在乎的是怎么用好乐器。如果演奏得好,铜管乐器中,小号的声音是非常出色的。在学习音乐之初,我的老师戈弗雷多·佩特拉西(Goffredo Petrassi)就这样指引我:铜管乐器能赋予音乐力量、表现力和夸张的效果,但没有必要利用这一点。因此可以不用铜管乐器的音色。拿单簧管来说,如果吹得不好,声音是很难听的。多少年来,我在录制音乐的时候都没用过单簧管，因为我不喜欢演奏者吹出的声音。如果有什么乐器演奏起来让我觉得失望，我就会舍掉它。在组乐队的时候我就说："给我三根长笛、两根单簧管、一根巴松管。你们准备派谁来给我吹巴松管？"如果我不喜欢那个人的演奏，就不会把巴松管加进去。我就有这么一个坏毛病，只给我内心认可的音乐家演奏的乐器写曲子。譬如我就很倚赖第一小提琴手弗朗科·坦波尼（Franco Tamponi），他真的是一位非常杰出的音乐家。艾达·德洛尔索（Edda Dell'Orso）也是一位不可多得的女高音歌唱家，非常聪明大气。还有钢琴家阿尔纳多·格拉乔西（Arnaldo Graziosi），他也是一位很棒的音乐家。我找来了小号手弗朗切斯科·卡塔尼亚（Francesco Catania），罗马歌剧院的首席，水平高超。我写的东西他都能吹下来，哪怕是最难最晦涩的部分。我曾经就是小号演奏家，不是人们通常说的那种普通的小号吹奏者，所以我非常清楚乐器的局限在哪里。我给《黄金三镖客》（*Il buono, il brutto, il cattivo*）写曲子的时候就请了他。里面有五把小号声音叠加的部分，实现起来非常难。我让他分别吹奏这五个部分。在计算了那段的速度后，我加入了一个几乎不可能完成的部分。先慢速，再加速叠加，然后减速，再整体加速。他的完成度堪称完美。相信我，那段音乐非常疯狂，他不得不连续吐音，在一秒半里吐上四次、八次。他真的能在这么短的时间里吐八次，并保持音色绝美。了不起。换我根本做不到。直到今天我都要感谢他们，是他们赋予我音乐所需要的张力。我这么说不是因为我和我父亲曾经是吹小号的，而是因为小号就是世界上最美的乐器之一。

🎬 这么说吧，如果把你拎到行刑队前，拿枪指着你："大师，您就坦白说到底最喜欢哪件乐器吧，不然就一枪毙了您！"你会怎么回答？

♪ 如果真有这样的威胁，我会说："至少让我独自待会儿，我想一想，想好了再告诉你们。"嗯，也许是管风琴吧。管风琴这件乐器了不起，音色不仅与众不同，而且即便完全摆脱了演奏者的发挥，依旧悦耳动听。它的音色太动人，这种情况下，乐器不再完全受制于演奏者和音乐演绎。此外，管风琴也在圣乐和世俗音乐中扮演了重要角色。

🎬 让你最动容的声音是什么？

♪ 我的回答也许会惊到你。我最偏爱大鼓加上铜锣的声音，铜锣就是用各种金属加工制作的铜质平板，两种声音叠加在一起无比美妙。我去定音鼓手克里斯塔里尼（Cristallini）那儿，他会敲铜锣，我跟他说："把大鼓和铜锣合一合。"他先是敲一下铜锣的中心，然后在表面摩挲几次，随后到边缘，大鼓伴随铜锣一起发声。我是真的着迷。低音提琴在某一刻停了下来，铜锣和大鼓的声音表现出令人惊异的厚度。在这个声音里，我感受到了世界和宇宙的深邃，以及乐队所包含的那份厚重。所以在配乐时，只要情节允许，我便会常常用到这种声音。乐队产生一种圆润而深邃的音响效果，大鼓和铜锣加在一起能赋予它更广阔的空间感。它能丰富音乐的织体[4]，但需要在极缓慢的节奏下进行。

🎬 有什么乐器是你从来都不想用的吗？

♪ 我从来都不会局限在一种乐器上，不过有些我确实用得少。低音巴松我几乎不用，要用也是在模拟滑稽场景的情况下。

🎬 有一回我在罗马配音公司碰到莫洛·鲍罗尼尼，我正在制作《天堂电影院》（*Nuovo Cinema Paradiso*）。我们聊了一会儿，我给他放了一段你给我们做的配乐，他听完对我说："嗯，他现在把最棒的主题曲都留给了年轻导演！他可再也不会给我做了。"我当时觉得他有一丁点儿嫉妒。

♪ 我觉得不是嫉妒。不过他就是这样的，他总是觉得这种合作关系是独家的，导演应该绑定一位作曲家。事实上有一天他还问我："下一部电影我想跟卡尔洛·鲁斯蒂凯利（Carlo Rustichelli）合作，你会反感吗？我可以这么做吗？"我跟他说，当然，尽管做就是了。最后鲁斯蒂凯利就和他合作了电影《蒙帕纳斯的布布》（*Bubù*）。你懂吧？他征求我的意见，但他来去自由，不受什么约束。

🎬 让我来分享一下他在西班牙广场上跟你说的话：你为《她与他》做的曲子美极了，是我尤其欣赏的一部。另一部电影《遗产》（*L'eredità Ferramonti*）里的音乐我也喜欢，不过你好像不喜欢。你很少用弦乐配乐,这可以说是例外之一,有点太浪漫了,但真的很好听。

♪ 你知道近些年来,你跟我提过这些事后,我就经常在音乐会上演奏这首曲子。这首曲子演奏起来一气呵成,一点气口都不留。

🎬 如果你创新的动力真的与是否悦耳无关,那怎么解释那些让你出名的、脍炙人口的口哨旋律呢?也就是说,你是旋律的敌人,但旋律却早早成了你的朋友啊。

♪ 如果说我的旋律取得了成功,那也并不意味着我反传统旋律的想法有什么问题。传统旋律盛极一时,在意大利歌剧和上个世纪的一些作品里都有体现。最主要的原因是现阶段所有的旋律组合都已经用尽了,另外不得不说调性音乐在非调性音乐和十二音体系面前已毫无优势。我知道,没有接受过良好音乐教育的大众更愿意听简单的主题曲,他们喜欢熟悉的、好听的旋律,他们喜欢的唱词我也很不喜欢。我的很多曲子确实获得了成功,但别忘了,那首只有三个音的《如果你打电话来》也一样成功。总而言之,我确实有很多一以贯之的创作原则,但有的时候只关乎直觉。给你举个例子吧,我儿子安德烈为《天堂电影院》写了一首很棒的曲子。在这首曲子里,音符不断循环兜圈发生改变,音符本身也会在时值和韵律上发生变化,所有这些都能使旋律变得流畅。

🎬 埃尼奥,所以你到底是喜欢还是反感旋律?

♪ 优美的旋律我当然喜欢，但是我的旋律和一般大家听到的旋律在参照标准上是不同的。我特别喜欢《一日晚宴》中的一段配乐，所有的旋律都建立在七度音程的基础上，具有非一般的原创性，毫无疑问这是一种挑战。各种旋律其实大致相近，没有必要去追求所谓的创新，不过我们需要把创作的参照物换一换，要不然作曲会变得很无聊。我希望这能给我带来新的想法，我想在音程、分叉（旋律线的渐行渐远）、时值上做一些尝试，我不想不断重复一个音。还可以在休止上做文章，甚至可以在听众遇到休止时的所思所想上做文章。这样音乐才不仅仅是声音，它可以成为想象中的声音。我知道，不少作曲家并不赞同我这个观点。所以并不是我不信任旋律，我只是讨厌给它做简化平庸的处理。

🎬 **我经常听人这样说："如果你想惹怒埃尼奥，只消让他写一段好听的旋律就行，因为他只喜欢有难度的音乐，那种让人摸不着头脑的音乐，没有一丁点儿旋律；但他要是真写了，一定能写得非常棒。"**

♪ 我认为到今天，电影配乐和纯音乐已经趋同了。它们彼此相互影响。我并非多喜欢有难度的音乐，我使用对位法[5]压根不是为了给自己制造难度。对位法是一种能够服务于音乐的好技法，是巴赫创造的技法之一。

🎬 **巴赫最伟大的教益主要在对位法吗？**

♪ 当然，但其实他留给人们的遗产不可估量、无穷无尽。他有一个庞大的家庭，有很多孩子，还有好几任老婆。让人无法理解的是，他每个星期都能给教堂弥撒做音乐，不仅如此，还做教堂唱诗班的音乐。这个音乐巨怪究竟是如何做到的？他唯有不停地写、写、写，简直就是一个深不可测的谜。

在巴赫之前，没有人能做到多主题并存吗？

在意大利，人们经常会忽略两位伟大的作曲家，一位是乔瓦尼·皮耶路易吉·达·帕莱斯特里纳，另一位是吉罗拉莫·弗雷斯科巴尔迪。这两位都是对位法写作大师。帕莱斯特里纳是16世纪的音乐家。在我们的音乐史上，曾有一段时期，人们用世俗甚至庸俗的旋律来颂唱圣歌。在圣乐中，神圣的经文常常由通俗的旋律或是小调伴奏。这种仪式上的退化在当时是很普遍的，为此，天特会议（il Concilio di Trento）决定重新确立圣乐的秩序和规则。帕莱斯特里纳在那个时期就挑起了大梁，创作了不少纯粹的作品。他创立了罗马学派，几个世纪后，我也可以说自己是罗马学派的成员了。他是对位法写作的巨匠，我之所以这么强调对位法，也许是因为罗马学派对我产生了潜移默化的影响。弗雷斯科巴尔迪是17世纪的音乐家，巴赫对他非常熟悉。他写过里切尔卡（ricercar）。里切尔卡是一种多主题乐曲，自经文歌演变而来，每个主题自成一个段落，同时在全曲展开各种对位变化。今天我们理应对这两位大师抱有永恒的敬意。

我现在貌似明白了每次你寻求两个主题的结合时……

♪ ……有的时候甚至是三个主题，非常有难度，因为听众不太能理解有三条主线的音乐。所以你看，使用对位法对我来说就是一个恶习。在给电影写音乐的时候我经常会无意识地写出两个主题来，这是音乐的需要，和个人的意愿无关，和我期望赋予工作尊严也无关，这个我已经有了，至少我自认为是有的。我反而更关注在比较单调的第一主题里加入第二主题，以此丰富音乐的多样性和流畅度。这种多样性能让我建立一种音乐结构上的对立，一面是动态的，一面是静态的。这是我的内在需求，不是什么审美目标。

🎬 或许可以把你创作多主题的本能看作一种对抗传统单主题音乐专制的别致手段？

♪ 很有可能源自一种需求，我希望其中一个主题更偏向传统表达，这样可以贴合听众的审美，而放任另一个主题……你知道吗？我对以一个音乐学家或是评论家的姿态来聊自己的作品感到很困惑，我不擅长这个。评论家通常会抠出一些作曲家自己都没想要表达的东西。研究乐谱的人总能得出一些作曲家自己都会忽略的结论。

🎬 音乐不是你唯一的爱好，你还喜欢下国际象棋。

♪ 没错。我觉得国际象棋是一项非常有趣的活动。下棋就像是一场对抗，教你在生活里如何抗争，获得坚韧不拔的力量，促使你发自内心地自我完善，培养你对抗逆境的能力。在国际象棋对弈中，对手想赢，我也想赢，但一般的对抗既不残酷也没有戏剧性。只有当棋子在棋盘上释放出极大能量时，这盘棋才富有戏剧性。我下棋热情一直很高，曾是意大利二级棋手。我的棋艺不赖，不过和专业的国际象棋手比起来还差十万八千里。很遗憾，我妻子从来没学过下棋，虽然我总是敦促她摸一摸。我和朱迪特·波尔加、加里·卡斯帕罗夫、阿那托里·卡尔波夫都交过手，都没赢过。有一回我在布达佩斯接受采访，我说我想要下国际象棋，第二天彼得·列科就出现在了我下榻的酒店。第一回我输了，为了一雪前耻，我主动要求再战一回，不过最终也没能赢。我和俄罗斯棋手鲍里斯·斯帕斯基打成过一回平局。这就足够了，对我来说已经相当不错了！

🎬 你是怎么迷上国际象棋的？

🎵 纯属偶然。那时候我步行去音乐学院上课，会从夏拉宫附近的一条路走。那儿有个报亭，现在还在，卖一些报刊和书籍。我看中了一本卡尔洛·萨尔维奥里讲下棋的书，就买回去研究了。就是从那时候起，我对国际象棋的兴趣有增无减，甚至差点耽搁了音乐学习。我当时十七八岁的样子，就拉着夏拉宫的朋友们整日下棋。后来我父亲意识到要拉我一把，严令禁止我再下棋。我也觉得不能再这样下去，就打住了。大概15年后吧，我才重拾国际象棋，那会儿我都三十好几了。我都是自学，在台伯河岸报名参加一场国际象棋比赛，全盘皆输。我那时候下棋的条件不好，就拜了一个师父学下棋，进步非常快。不过这一切都要感谢报刊亭里那本萨尔维奥里的书。这么一步一步走过来,我学到了很多。我已经放弃下棋很多年了。

🎬 国际象棋和音乐之间有什么联系吗?

♪ 所有人都说有,而且关系很大。很多伟大的俄罗斯国际象棋手都是音乐家,譬如马克·泰马诺夫(Mark Tajmanov)。可能是做音乐和下国际象棋都要数数吧,所以才这么讲。大家普遍认为数学家和音乐家往往是优秀的棋手,数学家我肯定算不上,但音乐方面,我对低音部分的各种数字组合非常熟稔。

🎬 你从国际象棋中获取过音乐创作的灵感吗?

♪ 有过一次,想法比较怪异。我说出来是希望有人能从中获取灵感。我自认为很吸引人,但还没有时间来实现类似的想法。我的想法是做一场带音乐的国际象棋比赛。棋手每移动一枚棋子,棋格就响起声音。另一位棋手接招,移动棋子,棋子落定,之前的声音消失,新的声音响起。于是,在棋手的思考时间,我们能听到两个声音叠加。如果棋手思考了 5 秒钟,叠加的声音就会持续 5 秒钟,如果思考持续了半小时,那就会持续半小时。但你知道的,还有一种叫闪电战的比赛,总共不超过 5 分钟,这个时候,声音的交错就会极其富有变化,快速移动的棋子会为整部音乐作品提供源源不断的惊喜。这是我的想法。要实现这个创意,需要花点时间做一个大型的棋盘装置,为棋盘上的每个格子录制一段对应的音乐。虽然没实践过,但这个想法一直在那儿，但愿有人实现它。

🎬 **如果我是音乐家，我会试一试！**

♪ 你可以根据每场比赛的情况来录制音乐，比赛的时候可以放一个高音喇叭直播。

🎬 有一回你跟我遐想过这样一个地方，在那里，所有时代的音乐一齐回放。随着环境的变化，有的音乐渐渐远去，有的音乐渐渐响起。

♪ 其实从这个概念出发，我们可以布置出很多类似的场景。譬如当一个人来到一个地方，按下按钮后，他就能听到某一个时期的音乐，前往下一个目的地，随手按下新的按钮时，他又能听到另一个时期的音乐，这是可以实现的。当然还有一种设计：以编年史的方式呈现整个音乐史，从最初的复调音乐到当代音乐。我经常想象天空中降下各式喇叭，我们行走其间，听到不同时期的音乐交融呈现。我们边走边听，上一个时代的音乐渐渐远去，在尚未完全消逝时，下一个时代的音乐又逐渐响起。

🎬 **你迷信吗？工作的时候会做些什么来祛除霉运？**

♪ 有一点点吧，不过从前我可不是这样的。自从开始为电影配乐，我就染上了这个毛病。电影圈就是这样，好像什么都会带来坏运气，这个会带来厄运，那个也会……碰下金属……挠挠自己……最后不知不觉有些东西就烙进你的行为里了，摆脱不了。如果乐团的谁穿了紫色上衣，我肯定不会把当天演奏的录音带拿回家，这个习惯就是改不了。我住在门塔纳的时候，晚上独自一人开车回家，看到一只黑猫从眼前经过。怎么办，往前开吗？其实什么也做不了。我后来倒车从另一条路走了。算了，这能怎么样呢！有一段时间我家花园里出现了几只孔雀，它们开屏的时候美极了，赛尔乔·莱昂内（Sergio Leone）看到后却抓狂不已，大喊道："你疯了吗？这可是霉运之王！"我立马打电话给动物园，把孔雀送走了。还有一次我们一行 13 人围坐一桌，有个人为了安抚我，对我说他儿子太小了，不必算在内，这样我们就是 12 个人了。虽然我还是不太同意，但最后还是坐下了。几天后，我们去一家餐馆，我儿子朝一个小男孩扔石子，石子从小男孩的眼角擦过，我立刻就把这件事和 13 个人坐一桌联系起来了。总而言之，这两件事确实不是真有联系，但我还是相信。我喜欢交叉手指、摸钥匙、用手摩挲其他东西，电影圈的人都会这么做。直到今天，如果有黑猫出现在眼前，我也铁定会后退，哪怕绕远几公里。

注释

1. **佩普齐奥**：朱塞佩·托纳多雷的别名。（本书注解如无特别说明，均为编者注。）

2. **十二音体系**为西方现代派音乐中的创作理论和方法之一。按照这一体系，调式、调性均不存在，半音音阶中的十二音处于同等地位。创作时将半音音阶中的十二个音任意排成一个音列，在这十二个音未全部出现之前，其中的任何一音不得重复。

3. **时值**：音符或休止符的时间长度。

4. **织体**：指音乐中能被同时听到的不同层次，以及它们之间的相互关系。

5. **对位法**：复调音乐写作技法之一。在既定旋律的基础上以音对音，将不同曲调同时结合，从而构成旋律织体。

您不能再从事作曲事业了

朱塞佩·托纳多雷 ————————————

×

埃尼奥·莫里康内 ————————————

🎬 让我们来说说编曲吧，你一边在编曲写歌，一边仍不忘维护自己作为作曲家的尊严。

♪ 的确如此。那个时候录制了很多唱片，尤其是45转的商业唱片，目标很明确，就是要在市场上获得成功，要不然唱片公司经营不下去。为了让唱片有个好销路，各方都会做出很大努力：作曲、作词、演唱，还有编曲。后来又有了33转的唱片，很快我就从中嗅到了一丝机遇，33转的唱片没有45转的唱片那么大的销售压力，这就给了我更多的空间去嵌入一些自己的想法，我可以大胆去尝试，有些真的获得了很大的成功。我还记得有一张由我编曲、米兰达·马蒂诺（Miranda Martino）演唱的那不勒斯歌曲专辑，取得了两万张的销售成绩。和契柯·布阿克·德·欧兰达（Chico Buarque de Hollanda）录制的唱片就不怎么行，契柯一开始都不知道怎么唱我写的曲子，我就给他做指导，慢慢他唱得很稳了，他特别满意。不过这张专辑问世后遭遇了滑铁卢，尽管在随后的25年里卖得不赖。不管怎么样，我在编曲的时候，内心永远抱有对音乐的赤忱，这点是不变的。

🎬 所以你在给贾尼·莫兰蒂（Gianni Morandi）、艾多阿尔多·韦亚内罗（Edoardo Vianello）、贾尼·梅恰（Gianni Meccia）和米娜编曲的时候，心里总想着斯特拉文斯基。

♪ 不仅是斯特拉文斯基，还有所有我学习过并在我身上留下烙印的作曲家。当然还有我的直觉。我拿《古铜色》（"Abbronzatissima"）这首歌给你举例。前段时间我为卢恰诺·萨尔切（Luciano Salce）的戏剧《喜剧收场》（*Il lieto fine*）写了一段以高八度跳跃开头的音乐，叫《奥内拉》（"Ornella"），演唱这段曲子的就是艾多阿尔多·韦亚内罗，他扮演一个罗马电影城的路人。我告诉他，这个开头唱起来要果断，断奏音要清晰，然后他在唱《古铜色》这首歌的开头时也不自觉地使用了这种拆分音节的效果。

🎬 在工作场合，你的创新想法会立刻得到他人的赞同吗？

♪ 人们不总是理解和赞同，至少不会马上就有这样的反应。

🎬 你从来没有因为曲风太出格而被人拒绝吗？

♪ 没有，RCA唱片公司的艺术总监从来没有否定过我的东西。我记得埃托雷·泽佩尼奥（Ettore Zeppegno）曾经在我为米兰达·马蒂诺创作的那张那不勒斯歌曲专辑上坚持己见。直到今天我还是不太喜欢那张唱片的混音，配乐压得太低，声乐部分太高。当时他就是艺术总监，他坚持这样，事实上我觉得他对我写的东西没太理解。我想听众是能感觉出来的，我的想法是将声乐部分更好地附着在配乐上，而他则倾向于把声乐和配乐择清。我很清楚，在编曲选择方面，不可能所有人都明白我的意图，我也知道过程不容易，所以从不会指责谁。不过我还是被人拒绝过一次。那是给贾尼·莫兰蒂写的一首歌，叫《单膝下跪》（"In ginocchio da te"）。作词弗朗科·米利亚齐（Franco Migliacci）在录音棚听完就跟我说不行。他想要一种更清晰更通俗的感觉。回到家后我又重写了一版。"不是这个意思。"他听完第二版后低声抱怨，还同路易斯·巴卡洛夫（Luis Bacalov）和布鲁诺·赞布里尼（Bruno Zambrini）一起给我出主意：嗒——嗒嗒嗒——嗒嗒嗒——嗒嗒——嗒嗒嗒嗒。他们想要这种节奏。我只好回去写了第三版，在录音棚里我跟米利亚齐愤怒地说："这就是你们想要的烂货！"不过这首歌成功了，佩普齐奥，轰动极了。"

🎬 所以米利亚齐还是对的？

♪ 不得不承认是的，但相信我，第一版要比这个好上一百倍。就是这样，虽然听上去有点怪，要难很多，但也有趣得多。不过我和米利亚齐心里都清楚，我也做过很多商业化的东西。他知道有些特别的东西做出来，虽然不那么通俗，但销量也不错。对我来说这就够了。另一方面，尤其在我们合作的最后一段时间里，RCA 唱片公司对打击乐和节奏的强行推崇让我渐渐感到不安。我不认为这些是乐队构成的基本要素。打击乐是非洲人民的一种自然的音乐表现方式，和我们的音乐体系完全不同。在我看来，真正的编曲并不是依靠打击乐节奏，而应回到乐队演奏本身。所以我对这些也没太上心，就只管好眼前这摊。他们则耗费了大量的时间给低音鼓、架子鼓和铙钹等配置麦克风，忽略了一旁等候的乐团。我离开 RCA 唱片公司，有一部分原因也是我对这一切厌倦了。

🎬 **然后有一天，多米尼科·莫杜尼奥（Domenico Modugno）给你打电话了。**

♪ 那个时候我已经有一点自主权了。我去他家，他跟我说："我写了一首曲子，叫《启示录》（'Apocalisse'），你愿意为我编曲吗？"他随后带我听了一下钢琴伴奏的效果，说实话，作词确实厉害，极具启示意味。"怎么样？"他问我。我鼓起勇气回答他："你确定要我来编曲吗？"他表示"打电话就是为了这个事"。"你想不想尝试一种比较冒进的曲风？可能会比较强烈、厚重，配得上你词曲的那种。""当然！"他大声说道。我向你保证，他创作的那段曲子真的很魔性。"既然这样，那我就接下这个差事了。"于是我们达成了协议。我用了五把小号、五把长号、五把圆号，还有打击乐器、定音鼓和四架钢琴。总之，我想做出与曲子相符的启示风格，最后在罗马电影城的录音室里录制了出来。小号的演奏效果非常漂亮，长号也是，即便是独奏也完全没问题，就等莫杜尼奥的声乐部分了，他拿到曲子后也没说什么其他的话。唱片发行后，我去店里买，发现他把编曲改掉了，伴奏用的是一种小型打击乐器。也就是说我的付出被全盘否定了。我也说不好是他的勇气溃散了，还是我被击败了。不管怎么说，从那以后我再也不提这档子事了。

🎬 你那里还有录制的版本吗？

♪ 我不知道上哪儿去找，可能在罗马电影城档案馆的某个角落吧。

🎬 录制的时候，莫杜尼奥跟你说过什么吗？

♪ 什么也没说，谁知道他当时是怎么想的。这个可怜虫就站在一边默不作声。我应该是搞砸了。当他跟我说他很有把握的时候，我雄心勃勃，有那种"我这就让你看看"的冲动。那首歌唱起来是如此热血沸腾，我的反应自然不可能是柔软被动的。我当时信心满满，后来有点挫败。也许那时候还是太年轻，也可能是分寸把握得还不行。

🎬 这首曲子先说到这儿。你和歌手贾尼·莫兰蒂合作过很多次，你们俩关系如何？

♪ 很不错。莫兰蒂是一个很通透的人，特别友善，现在依旧令人敬佩，慷慨大方。我认识他那会儿，他才十六七岁，我们一直相处得很好。当时 RCA 唱片公司的人让我给他作曲，我写了很多，有不少红透半边天的歌曲，像《百米时速》（"Andavo a cento all'ora"）、《从你妈妈那里来》（"Fatti mandare dalla mamma..."）、《合上窗》（"Ho chiuso le finestre"）、《单膝下跪》（"In ginocchio da te"）、《配不上你》（"Non son degno di te"）、《你若不在》（"Se non avessi più te"）、《手风琴》（"La fisarmonica"）等等。不过除了我，还有其他人给他作曲。其实我是和弗朗科·米利亚齐搭档的，我作曲，他作词。我和路易斯·巴卡洛夫的关系也很密切，他和布鲁诺·赞布里尼都给莫兰蒂写东西。莫兰蒂的很多歌曲都酝酿着一种强烈的、宏大的情绪，我对这类宏大的主题很着迷。记得有一首曲子我甚至参照了瓦格纳的作品。当然没有人会注意到这点，莫兰蒂也不懂，虽然他会唱歌，但并不懂音乐。我会经常给他建议："小伙子，你为什么不考虑学点音乐呢？你还年轻，人这一辈子很长。"几年后，莫兰蒂在事业风生水起的时候去了罗马音乐学院，在那儿学了整整7年。我对此感到很骄傲，我觉得他是听了我的建议去的。我为他作曲的最后一首歌是有关越南战争的。

🎬 **曾经有个男孩……**

♪ 对，《曾经有个男孩像我一样喜欢披头士和滚石》（"C'era un ragazzo che come me amava i Beatles e i Rolling Stones"），词作者是弗朗科·米利亚齐。这是我给他作曲的最后一首歌，因为后来我就离开 RCA 唱片公司了。很久之后，他们找我为里卡尔多·科恰安特（Riccardo Cocciante）一张 33 转的唱片写 8 首曲子。我那会儿还有别的事情，就只写了 4 首。但那几首写得不错，科恰安特也很棒。我提醒他注意开头要起得慢一些，然后逐渐增强。他演唱的时候先是把音域打得很开，然后越唱越强。因为那六七首曲子都差不多，所有段落听起来都很高亢，我就跟他说："要有一些变化，不要总是这样飙音！"我觉得《玛格丽特》（"Margherita"）这首歌堪称杰作，很伟大，非常伟大。我每次见到他都会跟他提起这首歌。

🎬 **你早年在 RAI 工作过，有这回事吗？**

♪ 是的，那时候我和玛利亚刚订婚。她在天主教民主党总部工作，给一个叫罗贝尔托·阿尔贝托尼的人做秘书，他主管就业安置这块。玛利亚背着我和阿尔贝托尼打了招呼，就这样，我顺利地在 RAI 谋得一份差事。第一天上班是个星期一，我被分配到音乐档案室，为马里奥·里瓦（Mario Riva）的节目《音乐家》（*Il musichiere*）找歌曲。他们给我歌曲的名字，我负责去找出版商。过了一会儿，RAI 的节目制作中心主任卡尔洛·阿尔贝托·比奇尼（Carlo Alberto Pizzini）出现在我面前，他是一位作曲家，我不太清楚他写过什么，只知道他创作过一首叫《在皮尔蒙特》（"Al Piemonte"）的交响曲。我发现他认识我，知道我会编曲，此前也给 RAI 的电台写过很多东西。他对我说："这位老师，我得提醒您，在这儿工作，您就不能再从事作曲事业了，您所在的岗位不允许这么做。另外，您的音乐作品也不能再在电台演奏了，换句话说在整个 RAI 都不能播。""抱歉，"我惊到了，"我就是学作曲的。RAI 为什么不能播我的作品？""我很抱歉，这是我们董事长斐利贝尔托·瓜拉（Filiberto Guala）规定的。"于是我思忖道：那还留在这儿干什么呀？然后话瞬间脱口而出，我说自己会马上辞职。"这位老师，"比奇尼回道，"您可要好好想想。这会让您丢掉这辈子的金饭碗。"不得不说，他的这些话给我留下了很深的印象。在那之前，我都没有稳定的工作，但我还是跟他道了别，也感谢了他。回到办公室，我愤怒地朝桌上的电话砸了下去。他们为电台的音乐助理空出了一个小房间做办公室，音乐助理就是我所谓的岗位。我的未婚妻没犯任何错，但你知道 RAI 给我带来了什么吗？"您的音乐不能再演奏了，您不能再从事作曲事业了。"那天上午我就回家了，都没等到下午。两周后，RAI 的行政主管给我打电话："老师，我们还要给您支付一笔薪水。"我说，你看，我就在你们这儿干了一天的活儿，我肯定不能要薪水。"拜托了，老师，"对方仍然坚持，"请您过来取一趟，要不然我会很麻烦。"最终他还是说服了我，我去 RAI 领了一笔半个月的薪水。之后我仍以第三方的身份为 RAI 做编曲工作，而且做了很长时间。

🎬 你和你的妻子都还是希望你能有另外一份工作。

♪ 她肯定是希望的。我们度蜜月的时候身上都没什么钱。最后在卡尔洛·萨维纳（Carlo Savina）的资助下，我们去了西西里的陶尔米纳。萨维纳找了一个帮他写歌的旅馆老板，拜托后者给我们省了好多住宿费。那会儿我还想买一支风笛，就是那种牧羊人赶羊的时候或是圣诞节在耶稣诞生表演前吹的乐器。我找到后就掏钱买了，他们还给我推荐了西西里古笛，因为囊中羞涩我就没买。每天花完钱我都要数一数口袋里剩下的钱，看看还够不够。钱用完后我们就坐火车回罗马了。

🎬 在火速离职 RAI 后的几年，也就是上世纪 70 年代初，你在圣雷莫音乐节做乐团指挥。

♪ 我其实不太愿意去圣雷莫音乐节。我心中对纯音乐有一份执拗的热爱，执棒圣雷莫将我置于一个背离初心的层面上。但我当时和 RCA 唱片公司有约，从他们那里获得唱片销售的提成，自然他们就要把我和那些唱我作品的歌手一块儿打包送上圣雷莫的舞台。在音乐节上，我为吉诺·鲍里（Gino Paoli）、保罗·安卡（Paul Anka）、艾多阿尔多·韦亚内罗，还有其他很多人的演出曲目做配乐指挥。我记得鲍里唱的是《昨日遇见母亲》（"Ieri ho incontrato mia madre"），很悦耳的一首歌。保罗·安卡唱的是《每一次》（"Ogni volta"）。为了准备那次指挥，我反复练习了疏忽已久的打击乐和节奏，这也是不得已而为之。我用了三种打击乐器，效果还不错。

🎬 吉诺·鲍里那首歌的歌词是他自己写的？

♪ 是的，他常常自己写词和旋律，但他不做编曲。

🎬 你还参加过那不勒斯音乐节？

♪ 我给那不勒斯音乐节的乐团编过一些曲子，是歌手赛尔乔·布鲁尼（Sergio Bruni）找的我。我当时就知道他唱得很好，我在广播里听过，他的声音很专注，在对声音、唱词和音节的追求上显得很自我。他是一位很特别的歌唱家。他对音色的追求很执着，甚至细致到元音，这似乎不太招人喜欢，但我认为这种处理方式相当有趣。我是带着自豪感为他创作的，想做得与众不同一些。他对我的作品欣然接受，说能和我合作尤为荣幸。

🎬 **你还为上世纪 70 年代非常火爆的意大利音乐剧电影配过乐……**

♪ 我和莫兰蒂合作过三次，导演都是埃托雷·菲扎洛蒂（Ettore Fizzarotti）。这三部电影以莫兰蒂三首非常知名的歌曲《单膝下跪》《你若不在》《配不上你》为基础，片中有他演唱的我写的歌，也有我加上的电影配乐。还有一些不太知名的音乐剧电影，我也不能拒绝。这都是出于我和莫兰蒂的交情，还有和 RCA 唱片公司的合约。在这类音乐里，我不能加入譬如对位法之类的技巧。唯一能做的就是尽可能简单。

🎬 **你还经历过时事讽刺剧的黄金年代。**

♪ 那是一段美好的时光，我在西斯廷教堂担任小号手，有固定席位，而且还是在最重要的位置。那些时事讽刺剧给我留下了非常美好的回忆。譬如这个演出季有女演员旺达·欧斯里斯（Wanda Osiris），下一个演出季能看到男演员乌戈·托尼亚齐（Ugo Tognazzi）。那时候的编曲非常仰赖小号的演奏，它能撑起乐曲的旋律，四五把小提琴的声音反而出不来。有些小号手特别厉害，能连吹几个小时不带歇。但总有精疲力竭的时候。那段时间，我白天上学，晚上在西斯廷教堂演奏，演那些当时称为"时事讽刺剧"、现在叫作"音乐剧"的歌舞节目。演出通常包括一部幽默短剧、一个小故事、一幕小场景。你猜我会在 20 分钟中场休息时做什么？我会睡觉，把额头放在小号的吹口上睡。幽默短剧快结束的时候，坐在我旁边的乐手会用胳膊肘捅一下我："埃尼奥！"然后我就醒了，正好赶上演奏最后的副歌部分。有一次，皮耶罗·德·韦柯（Pietro De Vico）和他的妻子安娜·康博尼（Anna Campori）出演一部幽默短剧。我的同事照例用胳膊肘捅了我一下喊："埃尼奥！"我条件反射地抬起头开始吹小号，这才发现只有我一个人的声音，演出其实才进行到一半。康博尼当着观众的面探过头，看着我们喊："你们干什么呢？傻了吗？还是疯了？"她脸都气绿了，差点把我告到工会去。这都是我同事搞的恶作剧。

🎞 **还有什么有趣的回忆吗？**

♪ 芭蕾舞演员最后的谢幕总是令人难忘。有些演员标致极了，好多都是外国人，我就这么坐在下面看她们从我们头上走过。我不会英文，你知道我是怎么致谢的吗？我就一遍又一遍大声念着刚才演奏过的美国歌曲的名字：《我的梦想》（"My Dream"）。她们听后笑作一团。当她们再次从我们这边经过时，我会继续大声念其他美国歌曲的名字。她们都很可爱，对我也很好。不过为了赶最后一班公交车回家，我通常只能一谢完幕就匆匆收拾东西打道回府，末班公交从巴贝里尼广场出发，如果错过就只能步行回家了。因为时间太紧,我每次都跑得像一个小疯子,也没法等到芭蕾舞演员们谢完幕。

🎬 和你合作过的演员都有谁?

🎵 都合作过!有卡尔洛·达波尔托(Carlo Dapporto)、乌戈·托尼亚齐、伦纳托·拉塞尔(Renato Rascel)、旺达·欧斯里斯、皮耶罗·德·韦柯等等。还有一次是和喜剧演员托托(Totò)。演出季一般从10月开始,持续到第二年5月份。偶尔会延期,一般都是在演出大获成功的时候。

🎬 那个时候你是在同时学作曲吗?

🎵 是的。那段时间有不少人找我作曲。阿尔弗莱多·波拉齐(Alfredo Polacci)是时事讽刺剧的创作人之一,就让我给他的节目谱曲。这算是第一次吧。之后莫杜尼奥和拉塞尔也来找过我。我给莫杜尼奥做的是大家耳熟能详的音乐喜剧《战斗的里纳尔多》(*Rinaldo in campo*),是我和巴卡洛夫一起写的。伦纳托·拉塞尔找我做的是《恩里科1961》(*Enrico '61*),这是我一个人完成的。在实操中,我会请教卡里内伊(Garinei)和乔瓦尼尼(Giovannini),让他们替我拍板。那几个剧目的配器不太平衡,铜管乐器在右侧扎堆,左侧的弦乐器明显偏少,音效非常不好。我跟他们解释:"如果我们把部分乐器的演奏录下来,在现场当背景音乐来放,可能效果会好很多。"他们俩听了我的建议。最后有三首曲子是按照这个办法演奏的,事实证明效果好多了。我给卡里内伊和乔瓦尼尼提的这个建议也给我自己带来了启发，用录制的部分音乐作为背景音叠加乐团现场的演奏，能使声音变得更丰富和悦耳。除此之外，预算也能节省下一大笔，因为当时乐手数量不太够。他们在结束了那个演出季后，还继续用这种方法做了很多尝试。

🎬 在你学习作曲和为时事讽刺剧做音乐时，你就以小号手的身份在乐团演奏电影原声了。我觉得这也是你职业生涯里一个很重要的篇章。你还记得当时演奏过哪些电影配乐吗？

♪ 一部是阿历山德罗·布拉塞蒂（Alessandro Blasetti）的《罗马屠城记》（*Fabiola*），作曲是恩佐·马塞蒂（Enzo Masetti），那是一部以古罗马为背景的历史题材电影。我在乐团演奏了很多电影原声，从中学到了很多，尤其练就了一个本领，能快速从一堆中规中矩的音乐家中拎出几个优秀的乐手。我的音乐品味得到了雕琢，我也意识到了自己喜欢哪些乐器的声音，不喜欢哪些。对于那些没有什么优秀乐手演奏的乐器，我不会考虑把它们写进电影配乐中。譬如有个单簧管乐手总是不太上心，我就坚决把单簧管排除在外。后来我们在合作电影《天堂电影院》的时候，你让我知道了你很喜欢单簧管，自此我在你的每一部作品配乐中都加入了单簧管。为了达成你的心愿，我叫来了罗马音乐学院中稳坐单簧管演奏头把交椅的音乐家，和单簧管重新建立起了友谊。

🎬　这个我记得很清楚。说回《罗马屠城记》，你们是边看屏幕边演奏的吗？我想知道这些经验对于你学习电影配乐有没有帮助。

♪　不，我不会看屏幕，我得数拍子。再者，我是坐在屏幕下方的，所有的弦乐器都在我前面。有时候我会转头看下，但看得极少，几乎不关心电影在演什么。所以我不是在那个时候学的电影配乐，是多年后在声画剪辑机上跟着剪辑师和导演学的。

🎬　上世纪 50 年代初，你参与了一部杰出的意大利歌舞剧，埃托雷·贾尼尼（Ettore Giannini）的《那不勒斯马车》（*Carosello napoletano*）的戏剧版。你有什么体验？

♪　那是一部很特别的戏剧，我很怀念它。在这之前甚至没有哪部剧能达到这样的高度，可能也只有一些诸如罗贝尔托·德·西蒙（Roberto De Simone）的《猫姑娘》（*La gatta Cenerentola*）的那不勒斯戏剧可与之媲美。但要论音乐性，《那不勒斯马车》更胜一筹。我在这部剧的乐团里担任第二小号手，从右手边就能无死角地看到整个舞台。主唱是里卡尔多·贾科莫·隆迪内拉（Ricordo Giacomo Rondinella），还有其他几位很棒的那不勒斯歌唱家。佩普齐奥，相信我，这场演出真的独一无二。贾尼尼的这部剧让人难以忘怀。舞美也很出色。这部剧的还原度很高，贾尼尼把每个细节都做得用心到位。我现在想起来还很激动。

🎬　后来你和他还有合作吗？

♪　我给《红帐篷》（*La tenda rossa*）做过音乐，但贾尼尼算不上导演吧，后来这部戏的苏联联合制片出了点问题，实际上到后期就由他来负责了。贾尼尼是一个有趣的人，很可爱，对大家都很和善，做事情特别认真。他还给过我不少工作上的建议。如果一个音乐家做导演，你只要照着他说的去做就好。他总能带来很多意想不到的惊喜。

🎬 《那不勒斯马车》在意大利巡演过无数场？

♪ 是的，非常多，但我只参与了罗马奎里诺剧场的演出。这部剧可以说是划时代地成功。印象中它还在美国巡演过。这部剧背后有一支很庞大的乐队，在巡演中，每到一个地方就会换一支新的乐队，因为说实话这么庞大的乐队是不可能拖得动的。

🎬 之后你还为 RAI 接了一部卢恰诺·萨尔切执导的剧。

♪ 那是一部电视剧，剧本是卢恰诺·萨尔切和埃托雷·斯科拉（Ettore Scola）一起写的。他们当时请了我最好的朋友弗朗科·皮萨诺（Franco Pisano）配乐，他是个很厉害的作曲家。弗朗科一个人做不来，就叫上我一起。他不是百分百认同我的风格，所以经常会给我一些建议，但是我的基本框架都保留下来了，他给出的建议也切实可行。他经验很丰富，多年专注于作曲配乐。我觉得萨尔切对我的工作还是很赞赏的，因为后来我还接了他的两部戏，是不同时期的作品。一部是舞台剧《蜂王浆》（*La pappa reale*），剧本是法国人费利西安·马尔索（Félicien Marceau）写的，好玩儿极了；另一部是阿尔贝托·廖内洛（Alberto Lionello)的《喜剧收场》。萨尔切后来又叫我给他做《法西斯分子》(*Il federale*)的音乐,那是真正意义上由我配乐的第一部电影,片尾出现了我的名字,之前我做的电影都不署我的名字。

🎬 **莫里康内为其他音乐家做枪手,真不可思议。**

♪ 没有那么多次,但还是有不少。最早的要数和亚历山德罗·契柯尼尼(Alessandro Cicognini)合作的那一回,他是一个电影配乐高手。那会儿他正在为维托里奥·德西卡(Vittorio De Sica)执导的《最后的审判》(*Il giudizio universale*)作曲。对于片尾广场上的摇篮曲部分,他希望我能给他谱曲。德西卡和契柯尼尼都很喜欢那首曲子,但我们的合作关系就此告一段落,他们没再找过我了。

🎬 **为什么像契柯尼尼这样厉害的作曲家会叫别人来替他写一部分曲子呢?**

♪ 可能他心里有点拿不准,因为那首曲子有一个歌手伴唱,他从来没做过这种,所以叫上我,我当时经常给电台和电视剧做编曲。那段独唱以及合唱部分,我是在契柯尼尼和德西卡面前指挥演奏的。很简单的曲子。另外,契柯尼尼的指导也很精准,他让我不要搞得太复杂,可能他对我很了解吧,知道我喜欢繁复的东西。不过一切都进行得很顺利。

🎬 类似这样的工作还有吗？

♪ 有，不少人找我给他们的电影编曲谱曲。有一回一位作曲家给我打电话，让我替他编曲，我在编曲时也确定了乐队的编制。他给我列了一些要求，他对蓝调比较感兴趣，于是，我在谱曲的时候加入了一段蓝调。但这只是一个非常简单的有关和声的指导，对整首曲子的创作没有太大指导意义，曲子是我编的。结束后我给他打电话，问能不能把我的名字署上，我不是说要写编曲身份，这有点过，我的意思是至少把我署名为乐队指挥，因为编曲就是我做的。他回答我说："不行，还有我的音乐在里面呢，这是我做的。"他拒绝了我的要求，你知道吗？但也没什么，那个时候我已经准备开始做电影配乐了。不过最后结果有点荒谬，那个拿着我音乐的人竟然获得了意大利电影银丝带奖。

🎬 你还参与过理查德·弗莱舍（Richard Fleischer）执导的《壮士千秋》（*Barabba*），那是一部 1961 年的美国电影……

♪ 只是配器，编曲的是作曲家马里奥·纳辛贝内（Mario Nascimbene），我只负责其中一段，是一段交响乐，由我指挥。我们是在罗马电影城中一间巨大的工作室里录制的。他们还把我的名字放在了片尾的演职人员名单上。这部电影旋律很美，是纳辛贝内写的，贯穿整部电影。不过播放片尾演职人员名单的时候，他希望来点不同风格的配乐，就找到了我。我写了一段音域宽广的旋律，用了波莱罗舞曲的拍子。虽然电影讲的是古罗马时代的故事，但依旧很搭。纳辛贝内本人很满意。

🎬 你第一次指挥乐队是什么时候？

♪ 应该是我开始做编曲的时候，也就是我作为第三方给 RCA 唱片公司打工那会儿，我那时候不直接受雇于 RCA，是受第三方公司委托做编曲的。一个叫"卢伯克先生"的美国人让我做四首编曲。那应该是我第一次指挥乐队。我觉得 RCA 唱片公司是在听了这四首曲子之后给我打的电话吧。

🎬 你怎么确定自己能胜任指挥？之前你从没做过。

♪ 其实没那么难，尤其是在你对自己写的东西了如指掌的情况下。我只指挥我自己写的音乐，别人的作品从没指挥过。有两次例外：一次是在总统府前指挥意大利国歌演奏，还有一次是在你的电影《天伦之旅》(*Stanno tutti bene*)中饰演一名指挥家，在米兰斯卡拉大剧院指挥威尔第《茶花女》第三幕的前奏曲。指挥自己的作品时，我知道怎么去要求乐队演奏，因为我知道这首曲子是如何写出来的、为什么要这样写。如果你想知道的话，我指挥的动作和那些名指挥比起来差远了，他们的手势都很漂亮流畅。我只会窝着手臂，在音乐会上，我不太喜欢观众注意到我。当然也会有比较神采飞扬的时候，但通常情况下我习惯把自己藏起来。

🎬 你开始为 RAI 工作的时候，还接触过广播剧？

♪ 我为一些广播剧写过音乐。在给 RAI 创作了一些东西后，RCA 唱片公司也委托我为一些广播剧做音乐。我记得其中有儒勒·凡尔纳的《海底两万里》，音乐插播在朗诵间隙，和直播的效果很像。为广播剧创作音乐挺好玩的。有一个导演，对各种音乐来者不拒，他知道怎样在不同的对话中插入音乐。和任何广播录制无异，其间会有脚步声、撞门声、故事之外的声音或是其他录音部分，音乐就这样不急不缓地出现在各种间隙，或是伴随朗读声一起。

🎬 你可以随心所欲地创作吗？没人给你提什么要求？

♪ 不可能想怎么样就怎么样，我得考虑怎么去搭配剧本。他们先给我本子，然后我自由发挥音乐。我不记得我跟导演有过什么交流，就只是最开始和 RAI 在蒙特罗街总部的中心负责人有过接触，蒙特罗街总部那会儿还没有电视台，位于特拉达街的电视研究中心也还没成立。他负责给我布置任务、跟我讲故事，然后我着手读剧本、作曲，整套流程中从来没遇到过什么问题。我可以随时使用 RAI 的管弦乐团。每一部广播剧都会分为 4 到 5 集播出，RCA 出品的则是 33 转的双面唱片。

🎬 那段时期 RAI 真的纪律森严吗？真像人们所描述的那样气氛很紧张？

♪ 就算真是那样，我也没觉察出来。我只是受委托给他们做编曲，我写音乐，然后把乐谱给抄谱员，抄谱员再把谱子发给乐团。我的职责就是这个。不，我一点也没感到气氛紧张。

🎬 我听说乐队的指挥们尤其严厉，哪怕是一个微小的错误都会招来当众责骂，没有人例外。

♪ 我说过，我从来没见过这种严苛场面。当然了，有些争论还是在所难免的。在 RAI，有专门的委员会负责选择歌曲，然后委托作曲人来指挥乐队，卡尔洛·萨维纳就是其中之一。但 RAI 不能所有的音乐都用他的，更何况他每天还要直播一档节目。于是他就找到了我。那时候他还不认识我，是乐队里的低音提琴手托马西尼·乔瓦尼（Tommasini Giovanni）把我介绍给他的。一次偶然的机会，乔瓦尼从我父亲那里得知我学作曲。一个人如果学作曲，那通常会被认为很厉害。萨维纳缺人手的时候就给我打了电话。那时候他初到罗马，我是去贝尔尼尼宾馆找的他，他当时就把任务交给我了。其实那会儿还有一个编曲，但后来不知何故人不见了，所以我接下了所有的活儿。做这部分音乐的时候，我会做一些实验，不过都是一些普通的实验。你不要以为我的东西他都喜欢。每次我稍微出格一点儿，他就会气冲冲地给我打电话："马上给我过来，跑过来！"我立马坐自家楼下的 28 路公交车去巴音西扎广场的 RAI 大楼找他。他一见到我就各种连环炮："这里少一个升记号，这里少一个降记号，还有这个，这是什么记号？谁能看得明白？!"他对我写的东西一清二楚，他是一位很出色的音乐家，他这么做简直就是浪费我的时间。然后他会骂我，通常来讲，他骂我不是因为曲子太简单，而是某些曲风比较大胆。我当然不能说什么，只能闭上嘴默默忍受。后来他陪我回家的时候知道我和他一样都住在老绿山街区。有一回在车上，他竟然对我那些被他开过炮的曲子恭维了一番。是不是挺奇怪的？

🎬 **那你和其他几位指挥相处得怎么样？**

♪ 从来没遇到过任何问题。另外，因为我不是 RAI 的员工，我会更自由一些。后来戈尔尼·克拉默（Gorni Kramer）和莱奥·鲁塔兹（Lelio Luttazzi）来 RAI 做一档节目，《音乐天才》（*Nati per la musica*），他们委托我用一种奇怪的方式编曲。譬如他们会给我一小段录播的音频，说："编一段巴赫风格的曲子。"或是："编一段斯特拉文斯基风格的曲子。"这是一种很有趣的练习，我挺喜欢的。有一回他们让我用斯特拉文斯基的风格改编《卡卡韦拉》（*La caccavella*）。这是一部那不勒斯的滑稽短剧，由尼诺·塔兰托（Nino Taranto）表演。还有一次克拉默和鲁塔兹给我《逝去的爱》（"Perduto amore"），想让我"改编成巴赫风格"。其实这不简单，挺难的，但我还是照做了，谱子现在还能找到，我曾经强行问 RAI 的音乐档案室要过。那是一首赋格[1]，一首为管弦乐队创作的真正意义上的赋格。

🎬 **对于皮波·巴尔兹扎（Pippo Barzizza）和契尼柯·安杰里尼（Cinico Angelini），你还有哪些回忆吗？**

♪ 有关皮波·巴尔兹扎的很少。安杰里尼不做编曲，他会委托别人做。我给他做编曲的时候，他手里的乐队演奏呈示部是最棒的。直到那会儿，他的作品都通常非常非常简单。后来，乐队获得了一些知名度，他就去了圣雷莫音乐节。我这么说可不是想揽功。总之，戈尔尼·克拉默的编曲是这些人里最棒的，他的音乐最好听。我是在乐队演奏时认识克拉默的，安杰里尼的乐队一直跟着他巡演时事讽刺剧。

🎬 在你的职业生涯中你还做了不少广告片的音乐。那是一段有趣的体验吗？

♪ 最先是卢恰诺·艾莫（Luciano Emmer）找我。那时候他还给各种类型的片子，诸如广告做导演。他们需要一个编曲，就找到了我。有的片子需要半分钟的音乐，有的需要一分钟，后来有的只需要 15 秒左右了，广告音乐变得截然不同。我做广告音乐的经验都是从和 RCA 唱片公司做 45 转唱片的经历中得来的。一般一张唱片是否成功，主要看前 10 秒的效果。为此乐谱前几秒的段落通常会特别一些，需要作曲家在开头耍点儿花招。这么说吧，我就有那么几次把唱片开头的那些伎俩用在了广告音乐上。

🎬 你会把广告作为音乐创新与探索的试验田吗？

♪ 不会，在广告音乐上根本无计可施。你知道我干过什么事儿吗？有一家汽车公司找我做一条一分钟的广告配乐。录音的时候那家企业的主管过来听了一下，特别激动，说："好听极了，好听极了！就这个。不过能不能把它改成一条三分钟的音乐？"我做了一些曲调上的重复，把原来的时长增加了两倍。那位主管依旧喜欢得紧。我说:"抱歉,你付给我的是一分钟时长的报酬,现在变成三分钟了,这笔账怎么算呢?要不这样吧,你送我一辆车,咱们就两清了!"他答应了,给了我一辆车。

> 你在电影电视剧配乐上经验丰富。在面对电影和电视剧的时候你会有不同的表现吗?

♪ 电视剧和电影是一回事,它们之间没有明显的区别,我的态度是一致的。电视剧配乐的构思与想法和电影的几乎一样,我不会有什么别出心裁的创作路径。

> 有什么你特别引以为豪的电视剧作品吗?

♪ 埃里奥·贝多利(Elio Petri)的电视剧《黑帮》(*Le mani sporche*)非常不错,是根据让-保罗·萨特的小说改编的,但电影版从未上映过,被 RAI 禁播了。还有一部片子是和阿尔贝托·内格林(Alberto Negrin)合作的《撒哈拉之谜》(*Il segreto del Sahara*)。那部片子的音乐非常经典。

> 你还为经典警匪剧《出生入死》(*La Piovra*)配过乐,整个系列。有一首很短的片头曲非常受欢迎,人人传唱。那是你自己的创意,还是制作方专门交代你做的标志性片头?

♪ 是我的独创。当时的想法是,片头曲必须是作曲家的独创和原创,其他任何人的建议都没有意义。我知道那段音乐很成功,当初写的时候没想到会这么轰动。观众能留意到这个音乐上的精巧设计，我真的很欣慰。

🎬 就像是一个出色的广告音乐创意，或是 45 转的唱片开头……

♪ 差不多是这个意思吧。不过你知道吗，随着岁月的推移，不断积累的经验就像弓弦上待发的箭，会越来越多、越来越丰满。你在射出一根箭时，往往能想起它是从哪里来的。我跟你说过，我的每一个作品都是由无数经验编织出来的，至于其中哪些多哪些少早就分辨不清了。

🎬 你和查特·贝克（Chet Baker）的合作有什么可以聊聊的吗？

♪ 我跟他合作那会儿，他刚从卢卡的监狱出来，之前他被关了一小段时间。他在狱中写了四首歌，没有歌词，只有旋律及和声。RCA 唱片公司决定为他做一张唱片，A 面放两首，B 面放两首。非常好听。你知道，他是吹小号的，会叫我给他编曲。他会要求带上他的四重奏乐队：他自己、一名鼓手、一名低音提琴手和一位钢琴家。我们去录音棚录第一首曲子。那名鼓手是从米兰来的，我不认识他，但他常年跟着贝克演出。他跟节奏的时候总是越来越慢，我会喊停，告诉他不要放慢节奏。不过我也意识到这样下去不是个事儿，于是我就给罗贝尔托·扎布拉（Roberto Zappulla）打电话，他是我非常熟悉的鼓手。扎布拉就坐在旁边看着他，但那个鼓手还是越打越慢。无奈之下，我甩开乐谱架，完全不知道该怎么进行下去了。就在那一瞬间，我大喊道："停！扎布拉，你过来打！"我就这么把查特的人赶走了。不过查特倒是跟我的意见出奇一致，冲他喊了一嘴"滚！"。他耳朵很灵。查特吹小号时简直是神一样的存在，超凡脱俗。音色是那么低沉回荡，像萨克斯号的声音。

🎬 一位出色的编曲有什么秘诀吗？

♪ 用一种包容开放的方式为旋律服务，尊重旋律本身，并试着突出一些可以改变的小的和声元素。我就是这么做的，但会比较谨慎，尊重作曲在和声上的纯粹性，从细节着手去改善它，同时不改变它原来的面目。编曲需要找到迎合听众习惯的点，让一首简单的歌曲丰满起来。

🎬 好的配器可以拯救那些不成功的旋律吗？

♪ 有的时候是能做到的。编曲可以为曲子增色不少，但归根结底还是要曲子本身足够好。我记得吉诺·鲍里的那张专辑《盐之味》（*Sapore di sale*）就是这样，我给它做的编曲非常简单，加了一些钢琴伴奏，我希望歌曲本真的价值能完全跳脱出来。我喜欢某个音色，就会在其中加入一些快节奏的不协和音，这是我直到现在还在使用的小窍门。那张专辑反响非常不错，创下了首张销量破百万的纪录，RCA 唱片公司授予吉诺金质奖章，他把它分成了两半，希望给我一半，但我不觉得那是我的功劳。歌曲本身起了决定性作用。吉诺很聪明，非常看重歌词。

🎬 我对你还是有一些了解的，你是想说"过分看重歌词"……

♪ 这不是吉诺·鲍里一个人的问题，很多作曲家，譬如塞尔乔·安德里戈（Sergio Endrigo）都是这样。事实上，有些人过于关注歌词的诗意，而忽略了旋律本身。他们认为旋律应该简单，而歌词的权重更大。这一点我不赞同，也正是因为这点，我最后选择了不干这行。似乎音乐的唯一义务就是为诗意的歌词服务，这我不能接受，现在也是如此。我发现这种情况在歌剧里也很常见，就是歌词很有趣，但旋律过于简单。这让我很困惑。我对"音乐要伺候另一门艺术"这种观点很反感。我的恩师佩特拉西就有一个作曲的原则，是我无法认同且几乎从不遵守的。他认为，在合唱中，歌词必须易于理解。我不这么认为。如果听众想要明白歌词，完全可以去看，然后就知道唱的是什么了，也能够静下心来听。反过来，如果你不得不为了体现歌词的清晰而牺牲乐曲创作的自由和创意，那就是得不偿失。我认为音乐性更重要。不能牺牲所谓的旋律，不能在所谓重要的歌词面前把旋律简化或弄得毫无意义。譬如路易吉·诺诺（Luigi Nono），他是一位伟大的纯音乐作曲家，他就能把合唱改编得与众不同。我在处理合唱的时候，自创了一种技术，女高音唱一个音节，男高音唱另一个音节，接着女低音唱一个音节，男低音唱一个音节，然后继续下一段新唱词。诺诺的音乐直觉和我有一些吻合。

🎬 你所说的有关合唱的原则对歌曲创作也同样适用吗？

♪ 毫无疑问，对我来说是一样的。

🎬 除了唱片公司为追求销量尤其看重唱片的开头部分，有关这个"10秒定律"还有什么可以补充的吗？

♪ RCA 唱片公司曾和我说过，人们都会在店里要求试听一段。店家显然无法满足顾客听完一整张唱片的需求，会选一小段，就是开头那么一段，几秒。顾客如果喜欢的话就会买。因此他们会要求我在编曲时设计一个抓人的起奏。作为编曲，我会格外重视这几秒的音乐。这其实有点奇怪，会限制我的一些想象。我记得保罗·安卡有张专辑叫《每一次》（*Ogni volta*），销量高达一百五十万张。我写了一个极短的起奏，几把小提琴演奏非常简单的旋律，然后立刻接上他的演唱部分。那次我是完全遵照了这条规则，后面的部分其实反而没那么出彩。我在和莫兰蒂的合作，或是在一些简单的曲子上也这么做过，譬如给米兰达·马蒂诺做的《声音与夜晚》（"Voce 'e notte"），起奏部分类似贝多芬奏鸣曲的柔板或夜曲。那首歌就叫《声音与夜晚》，我觉得很搭。

🎬 有哪些编曲是让你尤其煎熬的？

♪ 大约几年前，劳拉·普西妮（Laura Pausini）和她的丈夫、女儿还有她的制作人到我家来。他们希望我为她的《孤独》（"La solitudine"）编曲，那是她 20 岁时的成名作。她想重新推一下这首歌。这首歌非常好听，她唱得也好。问题在于，我们谈论的是一首 20 年前在特定年代和环境下大获成功的歌曲，所以我不能再走寻常路。我必须用一种比较激进的方式来呈现这首简单的歌曲，不能再靠旋律及和声。老实说这让我挺煎熬的。不至于要我的命吧，但我还是拼尽全力想让这首歌在20年后依旧轰动，有一个转折点、一张新的面孔。真的，费劲极了，但最终她还是非常满意的。她第一次听时便深受感动，虽然没料到会有这么强的紧张感，但她还是接受了，而且挺喜欢。后来她在录制一个节目时还打算给我颁个奖，是一只假的麦克风。

🎬 回到之前的话题。你还记得最初进入编曲这行的情形吗？

♪ 我最初是给电台做编曲，然后是电视台，等我稍有名气后，RCA唱片公司给了我第一份编曲的工作，为贾尼·梅恰的《铁桶》（"Il barattolo"）编曲。结果很成功。当时RCA唱片公司处在破产的边缘，那首歌一下子挽救了危机，贾尼·梅恰的作品给公司带来了转机。之后RCA唱片公司又签下了吉诺·鲍里和塞尔乔·安德里戈。

🎬 你是从什么时候开始给电台做编曲的？

♪ 1954—1955年我在服兵役，那个年代我还在音乐学院上学，同时在给RAI编曲，做枪手那种。我应该是从1952年开始的。我说过，是卡尔洛·萨维纳第一个找到我的。他带着他的管弦乐队从都灵来到罗马，让我给他做编曲。我那时候没有固定工作，都是靠等别人找上门来派活儿维持生计，我还要养家。萨维纳对我说："有三四首曲子要做，你加入我们吧。"这种有一头没一头的日子持续了好几年，可能有十多年吧。我是自由职业，生来不适合做一份固定的工作。我从来没有主动找过哪个导演，都是他们找上门来的。工作曾经让我有些焦虑，因为我没有其他收入来源，幸好总是不停有活儿找上门来，一切都顺利了起来。也只有近 20 年来我觉得比较坦然，无论是我自己的生活还是家庭。最初那几年对我来说不太容易，我要给唱片公司、RAI 还有电影做编曲和配乐。一切都不那么稳定。

🎬 **那些接手你编曲的乐队指挥能够理解你把十二音技法融入轻音乐的尝试吗？**

♪ 我觉得不太能接受。我和两个乐队指挥有过合作，一个看起来根本就不懂。他看完谱子好像并不太理解，不仅如此，他还总是对乐谱非常苛刻、指指点点。我需要在一旁辅助他，还要接受责备。

🎬 **也许他们不能马上接受你比较先锋的东西。**

♪ 有的人只是听不懂，但也有人悦纳那些跳脱出来的声音，会欣赏这种基于调性和弦基本规则但又不同于传统的呈现方式。有一天我碰到尼诺·罗塔（Nino Rota），他跟我说："你在调性音乐里运用了十二音技法。"这确实让我感到惊喜，从没有人这样跟我说过。他表现得像一个真正的音乐家，很仔细地研究过我的谱子。我挺高兴的，之后我们还成了朋友。还有的人能够理解其中的差别，但对于很多作曲家，尤其是音乐学家来说，我都需要解释他们才能理解。你看，十二音律瞬间变成了另外一副样子，十二个音的呈现不再无比重要，由此产生的不协和音才是亮点，因此十二音律的自由从某种程度上来讲变成了调性音乐中五个或六个音符的自由。我的这套理论在十二音体系和调性音乐间搭建了一种不同寻常的联结，可以说是一种违背历史规律的做法吧。普通的音乐世界本来是沿着一条路往前走的，我却用一种比较出离传统的方式把它往回带，所以想让多数人理解是不太可能的。

🎬 **你在编曲和之后的电影配乐中经常会借助现实中的声音。**

🎵 这是我很年轻的时候养成的一个习惯。那会儿我听了一张由两个法国工程师做的唱片，不能说是真正意义上的音乐，里面都是噪声，只有噪声。这种听觉体验让我感到好奇，随后也对我做电影配乐产生了影响。有一个女导演，叫玛利亚·弗吉尼亚·欧诺拉托（Maria Virginia Onorato），她想让我给她的电影《萨拉的最后一个男人》（*L'ultimo uomo di Sara*）创作一些声效。我写了一首完全由各种响声组成的音乐。那是一部悬疑电影，很特别，风格新颖。不过像这种音乐之外的声音并不仅仅局限于常见的打字机敲击声、机枪扫射声或其他现实生活中的声音，还有譬如吹口哨的声音。在电影《荒野大镖客》（*Per un pugno di dollari*）里我加入了铁砧和鞭子的声音。后来我开始研究非音乐类的声音。为了获得一些不一样的甚至粗俗的声音，我们还会破坏乐器。采用这些来自现实世界的声音，也可以说是我跳出藩篱的一种愿望，我想做出来一些不一样的东西。人们说我的电影配乐与众不同，可能有这个原因，我过去受到，并且现在依然受到这种大杂烩声音的巨大影响。我常自认为是一名拧巴的作曲家，有的时候我会说，我有两面性。

🎬 就像门神雅努斯[2]一样。

♪ 没错，就像我们的保护神雅努斯那样。这也是我给自己起的绰号。不过，和雅努斯不太一样的地方在于，我有很多面，比他更难以归类，所以我才说自己有点拧巴，不总是很一致，虽然多样性可能也并不必然意味着不一致吧。如果说这种不一致也算是一种性格或风格的话，这也许也是我的特点。至少我是这么希望的。

🎬 你还用过什么音乐之外的声音吗？

♪ 除了甩鞭声还有捶铁砧的声音，我还用钟、铁桶、榔头、口哨、马口铁盒、莫尔斯电码、水滴、警车鸣笛、弹簧等等制造过声效，非常多。

🎬 第一次是不是就用了铁桶？

♪ 对，就是我给贾尼·梅恰做《铁桶》这首歌的时候。你不知道有多费劲，我得想办法弄出我想要的音效：我让人在一个水泥下坡上布了一排钉子，这样当铁桶从上面滚下去的时候，能发出很特别的声音。不过这个办法不太管用，我们又想了别的办法，都没什么效果。一气之下我抱起铁桶向地上砸去，这个撞击声最后便是唱片上的声音。我对非音乐类的声音没有节奏上的要求，只要音色好就行。这是我在一些销量很不错的唱片中惯用的技巧，基本不会用在电影里，除了《荒野大镖客》。在那些场景中，我觉得用这些声音刚刚好。在给艾多阿尔多·韦亚内罗的唱片《枪鳍鱼和眼镜蛇》（*Pinne fucile ed occhiali*）做编曲时，我设法搞来了一个浴缸，制造出跳水的声音，再补充了一段水声。那张唱片大获成功，非常受欢迎，但我不觉得这是我的功劳。

你还给 RAI 的一档传奇节目《一号演播室》（*Studio Uno*），特别是其中的"一号演播室的图书馆"配过乐。我特别喜欢这档节目，你和导演安东内洛·法尔圭（Antonello Falqui）还有"即兴四人组"乐团（il Quartetto Cetra）一起合作……他们还演了《三个火枪手》《基督山伯爵》等等！

"即兴四人组"的曲子都是我来做的，但音乐方案是维吉里奥·萨伏纳（Virgilio Savona）定的。通常他们会先选一些歌和唱调，然后萨伏纳给我一个类似草图的东西，但不会就配乐做任何要求，剩下的全交给我！这是一个很累人的活儿……维吉里奥指挥提前一天给我草图，第二天一早就要录，所以我会熬一整夜，顺便一提，这个工作量很大。第二天上午将近 11 点的时候，抄谱员会过来，他叫鲍杰罗（Bauchiero），来取走乐谱，紧接着誊写复印，转交到 RAI 在阿西亚戈路上的 B 演播室，乐队在那里录制音乐。有几次我甚至趴在五线谱纸上睡着了。

> 每一期节目需要大概多少首音乐？

♪ 十几首吧。一般都是从家喻户晓的作品或是保留曲目中选取某个片段，然后改编唱词和配乐。我给你举个例子，《一号演播室》在1961年找嘉宾串演过《侠盗罗宾汉》。萨伏纳选了一段焦尔乔·盖博（Giorgio Gaber）的唱段，原本歌词是这么唱的："我看向你的时候不要脸红。"而萨伏纳让走过来的查理王对着绿林里手拿烤肉串的罗宾汉唱："我看向你的时候不要烤肉。"这么处理效果就很好，非常有趣。维吉里奥一般会选择那些大众都知晓的唱段，然后改编成适合他妻子卢恰·玛努琪（Lucia Mannucci）和"即兴四人组"的调子。这个活儿不简单。

> 和男高音马里奥·兰扎（Mario Lanza）的合作怎么样？

♪ 在加入RCA唱片公司之前，我和他做了一张唱片。那时候他已经是一名非常受赏识的男高音了。他在梅鲁拉纳街的安东尼亚诺工作室上班，那里的演奏厅特别大，能装下一个乐队，弗朗科·费拉拉（Franco Ferrara）站在指挥席上指挥，马里奥·兰扎就站在他身后现场唱歌。排练和录音的时候我都会在现场。兰扎对我的编曲很满意，总是不吝溢美之词。他唱歌的时候很稳，但费拉拉先生总是有些紧张，乐队或歌唱家每一个细小的差错都会使他陷入焦躁，然后就要停下来，等到情绪平复后再重新开始。这段宝贵的经历于我而言非常有益，在这些简单的歌曲中我尝试了很多不同的更富有音乐性的实验，而不仅仅局限于吉他和曼陀林。这张唱片很不错。兰扎灌制的33转唱片很棒，连续 20 多年销量靠前，我知道这件事，是因为他们会给我支付版权费。虽然不多，但版权费拿了好多年。我记得我们在录制其中一首歌时，马里奥·兰扎一度不小心唱走调了，弗朗科·费拉拉气得晕了过去。

🎬 你和查尔·阿兹纳弗（Charles Aznavour）也合作过。

♪ 是的，他这个人非常有趣。他会遵循上面的要求，但总能保留住一些自己的风格。他对待我的编曲很仔细，不会放得很开。他的音乐性非常清晰，我必须承认，有的时候我会往音乐里插入一些"使绊子"的元素，但他总能凭借扎实的能力避开那些坑。很多和我合作过的歌唱家都能接受我的编曲，甚至还会牺牲一些自己的表演。阿兹纳弗就是这样的男高音。他有才华，知道如何去做一点小小的牺牲来满足乐曲本身，又不让观众发现。

🎬 我找到一段很久以前的访谈，是采访贝奈戴托·吉里亚（Benedetto Ghiglia）的，应该是上世纪 60 年代的访谈。他认为你堪称真正的现代作曲之父。

♪ 我从来没看过。我记得有一回我打电话给贝奈戴托·吉里亚，让他和其他三位钢琴家一起演奏。那三个人分别是阿尔纳多·格拉乔西、阿尔贝托·彭梅兰兹（Alberto Pomeranz）和鲁杰罗·齐尼（Ruggero Cini），齐尼是一位很聪明的音乐助理，想跟着一起学编曲。我给他们四个写了一首曲子，给四台钢琴编了两首曲子，其中一首是《皮波一无所知》("Pippo non lo sa")，另一首是米兰达·马蒂诺唱的《奇利比利宾》("Ciribiribin")。我认为无论是从技法还是创意上来讲，《奇利比利宾》都更胜一筹。我用模仿的方式在四台钢琴上做了一番考究的处理。在旋律起奏部分，我加入了像贝多芬的《月光》和莫扎特的《土耳其进行曲》这样的古典音乐段落。毫无疑问，这是我最好的编曲之一。我让这首歌变得优雅又与众不同。

> 那你觉得吉里亚说得有道理吗？你是现代作曲之父吗？

♪ 可能他是听了《奇利比利宾》之后才有这样的想法吧。我觉得他这种说法有点过于夸张了，可能也不完全如此。挺难说的。

注释

1. **赋格**：复调音乐体裁，原意为"追逸"，由主题、答题、对题、间插段、紧接组成。赋格曲成形于17世纪，巴赫的《平均律钢琴曲集》为其中经典之作。

2. **雅努斯**：罗马人的门神、保护神，有前后两张面孔。

作曲家的无能

朱塞佩·托纳多雷 ——————————

✕

埃尼奥·莫里康内 ——————————

🎬 有个我觉得有些微妙的问题，就是你和你作曲老师之间的关系。我知道，他对你的一生有着特殊的意义。

♪ 是的，戈弗雷多·佩特拉西对我的人生有着决定性的作用。我认识他的动机完全是出于学习音乐，我想拜他为师。在我持续学习音乐的第七年，考完对位法和赋格之后，我即将步入高级作曲班。那是1954年，罗马音乐学院里有两位作曲家，都是极富权威的教授，其中一位就是佩特拉西。我久仰其大名，就去音乐学院的图书馆找他的乐谱来学习。我很喜欢他的写法，优雅流畅，难以模仿。当时我就决定拜他为师。我去秘书处提交申请，秘书处说："很抱歉，他的学生名额已经满了，你得去另一个老师那儿。"我不依不饶，再三坚持，秘书处也不甘示弱。于是我发狠话："如果你不让我去佩特拉西的班，我就不再交学费上课了。"就这样，过了几个月，到了圣诞节，第二年年初我又去了一趟学校秘书处。"你赢了，"他们对我说，"已经给你插班到佩特拉西那里了。"我害羞地走进他的班里，是真的害羞，因为我早就听闻他的学生个个聪明绝顶，有一些更是出类拔萃。我当时感受到的也是这样。

🎬 你还记得最初的练习都有哪些吗？

♪ 佩特拉西最初给我布置的作业都很简单。一两个月之后，他开始让我写舞曲。塔兰泰拉舞曲、布列舞曲、吉格舞曲、布吉乌吉舞曲，还有桑巴。中世纪和现代舞曲。他不要篇幅太长的东西，他想让我明白舞曲的内涵。我经常担心自己完成得不够好。每次他看我的作业都很仔细，然后什么也不说，让我再写一段，换一种类型，譬如萨拉班德舞曲、流行舞曲，或是把两者混到一起。说实话，我自己对这些作业都不是很满意。好不容易舞曲练习告一段落，他开始给我讲里切尔卡，这是一种器乐曲，可以说是赋格的前身。我跟你说过，吉罗拉莫·弗雷斯科巴尔迪是这方面的大师，佩特拉西让我学习他的作品，之后就给我布置里切尔卡的作曲训练。里切尔卡运用到的对位法尤其多（譬如旋律曲调的反向进行、逆反向进行等等）。也是在这些作业中，我第一次感受到老师对我的赏识，我终于让他另眼相看了。

🎬 从那以后一切都顺利起来了？

♪ 事实上有一次他很不满意。那是他第一次给我布置配器作业。那个时候我已经做了很久的配乐枪手，觉得自己早就得心应手了。佩特拉西给了我一首舒曼的《预言鸟》（"L'uccello profeta"），那是一段钢琴独奏。他对我说："给它配一首器乐曲。"那段音乐有很多颤音。我大动干戈，搞了很大阵仗。我想让听众在演奏者踩下钢琴踏板时轻松捕获那种震颤感。我满心得意地去学校，把作业拿给佩特拉西看。他看完对我说："这是个什么东西？"显然他觉得很失败。我鼓起勇气回答："老师，我用了踏板。""不好，"他说，"我让你看看应该怎么做。"他当即写下一串简单的音符，配了长笛，极简单，然后用竖琴点了一下，就一小下。那次失败的经历和他的极简演示瞬间打开了我的思路。

🎬 这次失败的经历让你参透了器乐演奏的真谛？佩特拉西的责备给你带来了什么？

♪ 毫无疑问是这样的。我记得那时候我一心想跟在他身边，我觉得他很了不起。早上 10 点我就会在学校等他来上课，然后按部就班地听他的课，直到中午 12 点半，到下午 1 点也是常有的事。然后我会陪他一起回到他位于杰尔玛尼柯街 132 号的家，每周两次。在那段路上我们无话不谈，说得最多的就是音乐。在这段关系里，我对他充满了感情与敬意。我还坚持不懈地旁听他给其他作曲家上课，在这个过程中，我不再觉得和他们差距巨大。一开始我觉得自己在这些巨人面前实在渺小，随后我逐渐习惯了和这些天赋异禀的同学一起学习，我觉得自然多了，也不再感到害羞。我和佩特拉西情同父子，他是那种厉害极了的父亲。直到多年以后我才意识到他对我的影响有多大。有的老师希望自己的学生符合他们的预期，模仿他们，和他们做相似的东西。我觉得这不是一件太好的事情。佩特拉西是那种给学生自由的作曲家，他让我们按照自己的风格改进、修订创作。他的教学理念很大胆。

🎬 **大胆是指他赋予你们创作自由？**

♪ 是的，他对作品的干涉仅仅局限于指点技术上的错误。这也是我多年后才明白的。我能自成一派，形成个人的风格，都是他的功劳，和我过往的经历无关。戈弗雷多·佩特拉西的教学理念深深地影响着我。

🎬 **你从来没有把你的电影配乐作品拿给他看？**

♪ 没有，从来没拿给他听过。我跟你说过，他认为作曲家给电影配乐是一种无能的表现，只是为生计所迫的妥协。事实上并不是这样，做电影音乐不仅仅能维持生计，有时还能有不错的收入，但并不总是这样。电影是一个极具表现力的世界，它是一门无与伦比的艺术语言，容得下所有的艺术。瓦格纳醉心于将所有艺术都运用到自己的歌剧作品中，对此，电影或许是一个理想的载体。我们欣赏一幅画，只消短短两秒或一个小时，雕塑也是一样，读一首诗也不需要太久，这类艺术瞬间就能让人体会到美。但电影和音乐不是这样的。一部电影时长一个半小时，我们就要在它面前待够一个半小时，欣赏一部音乐作品也同样如此，譬如一段十五分钟的音乐，我们不可能只听三分钟。

在时间性上，音乐和电影具有很多共同的元素，因此它们有点一母同胞的意思。

🎬 你觉得佩特拉西从没听过你的电影音乐？

♪ 时隔多年后我和他见面，佩特拉西非常清楚我当时在为电影做配乐，他向我提及一部我未曾料到的电影，《黄昏双镖客》（*Per qualche dollaro in più*）。他说那部电影给他留下了深刻的印象，我原以为他会说说其他我自认为更重要的几部。不过我也没有刻意问他什么，他说："我看过《黄昏双镖客》，那部片子我非常喜欢。"然后他给我留了几句挺奇怪的话："你会弥补回来的，我相信你可以。"我觉得他显然说的是给电影配乐这件事，对于一个音乐家来说，做电影音乐是一种需要自我解脱的妥协。时代不同了，现在不是那么回事了，我一直认为电影音乐也是现代音乐的一种。

🎬 他始终对电影配乐感到不屑？

♪ 我想说他只有自己做电影配乐的时候才不这么认为。不过，他在电影界的遭遇不太顺利。

🎬 那我现在想问一个可能不太合适的问题，约翰·休斯顿（John Huston）执导的那部《圣经》（*The Bible*），背后究竟发生了什么？

♪ 事情的真相？当时 RCA 唱片公司的高层给我打电话，要我替换佩特拉西。他写了非常棒的音乐，由弗朗科·费拉拉执棒，罗马交响乐团和合唱团演奏、演唱。其中有很多段重要的音乐，有的已经录制完毕了，但很可惜，约翰·休斯顿觉得不行。在我看来，像休斯顿这样的导演对他的音乐不感冒再正常不过了。佩特拉西身处其中，懂得身份转换，他接受电影配乐的规则，我觉得很可能他只是写了一些自己风格的东西，更具现代感一点。所以他们找到我。我立马就答应了。你可以想象，这对我来说是极大的荣幸。很遗憾，休斯顿不喜欢我老师的音乐。他们之所以找我，是因为电影制作和音乐录制已经花了很多钱，有一部分是 RCA 唱片公司的抽成，我当时跟它签了独家。所以他们想找一个新手，也就是我，这样可以减少些花费。事实上，用我根本没怎么花钱，因为最后他们都没给我报酬。

🎬 命运不经意间对你们开了一个小玩笑：佩特拉西不赞成你为电影配乐，而他接受委托为一部重要的电影配乐，导演却不喜欢他的东西，然后他那个因为做电影音乐而受到质疑的徒弟替代了他……很奇妙。

♪ 我是小试牛刀，连合同都没有。他们跟我说："写一段有关《创世记》的音乐，要简单一点的。如果休斯顿喜欢，整部电影的音乐都交给你来写。"我写了一段，自己还挺满意。此外我还在巴别塔那部分加了一段以管弦乐结尾的合唱。我的设计是这样的：合唱中所有声部从四面八方互相应答，不是用歌声，而是喊叫，这样才能从远处听到，因为他们彼此语言不通，都想让对方听懂自己在说什么。喊叫用的是希伯来语，文本是由我在台伯河犹太人社团找来的一位犹太法学博士搞定的。弗朗科·费拉拉指挥演奏。同往常一样，他希望在录制前三天拿到乐谱。费拉拉对指挥的所有东西都能倒背如流，很不可思议。我们在 RCA 唱片公司的 A 制作室录制音乐，那里空间很大，室内音效也好，回声不用另做，靠后期合成。整个录制过程非常顺利。在《创世记》音乐的设计中，我让光先出来，然后是水、火，接着是动物、鸟群。每个声效都很棒。或许观众不一定能马上体会到，但这些层次分明的活力在乐谱上体现得非常清晰。最后上帝创造了人类。结尾处本应是一周劳作结束，上帝休息，但我没安排休息！这部分立刻顺承到巴别塔的部分。我在控制室的玻璃后面焦虑地等待了几天，观察每一个走进来听音乐的人。休斯顿进来的次数最多，迪诺·德·劳伦提斯（Dino De Laurentiis）也常常进来，还有他的助理伦纳托·卡斯特拉尼（Renato Castellani）。他们听后都很激动，欢欣雀跃。RCA 唱片公司也因此觉得押对了人。至少看起来是这样！听了一个礼拜后，迪诺·德·劳伦提斯把我叫到他位于蓬蒂纳街的工作室。他对我说："你干得不错，很有实力！你为什么不单独为我们干呢？不涉及 RCA 唱片公司？"我一时语塞。"抱歉，"我说，"我和 RCA 唱片公司有一纸合同，签了独家。我不能这么做。"他一直坚持，我也毫不动摇。我回到罗马，连家都没回就径直去了 RCA 唱片公司。我找到了公司的总监朱塞佩·奥尔纳多（Giuseppe Ornato）和经理埃尼奥·梅里斯（Ennio Melis），把情况一五一十地跟他们交代了一下："对我来说，这是难得的好机会。希望你们可以授权我做这部电影。你们知道吗，德·劳伦提斯甚至提出要我甩开你们单独给他干。"他们立马就火了："那我们花出去的钱呢？之前佩特拉西的那笔钱就被风刮走了，现在我们还要为你打水漂？让德·劳伦提斯自己去解决他的问题！"他们当场就否决了我的请求，"你别指望我们放行，不可能"。我只好对自己说，既然签了合同，那也只能这样了。最后我放弃了那部电影。电影原声找的是日本作曲家黛敏郎（Toshiro Mayuzumi），他非常厉害，音乐很棒，虽犯了两个小错误，不过这都是可以理解的。他创作的音乐非常意大利，他使用了那不勒斯六和弦，我向你保证，这段旋律放在《圣经》里太惊艳了，味道十分正。如果有人找我写日本音乐，我肯定也会犯相同的错误。这就是有关佩特拉西、电影《圣经》和署名的故事。

🎬 师父和徒弟两个都被踢出局了。我在想，是不是你也认为给电影配乐有点丢份儿？

🎵 最初是这样。一开始我的确是这么想的。渐渐地我改变了想法。

🎬 不仅仅是你的老师佩特拉西，他的同行们也对电影配乐嗤之以鼻。那个时候你在他的同行面前有什么样的感受？

🎵 我觉得有负罪感，"负罪感"这个词足够形容一切。我想一雪前耻，我觉得我有必要在这个过程中战胜负罪感。

🎬 唱片公司给你打电话的时候，你知道佩特拉西已经为《圣经》创作了所有的音乐吗？你觉得有必要给老师打电话说说这个事儿吗？

♪ 不，我没有给他打电话。我跟你说了，很遗憾，他的音乐没通过，但我替代他的时候很平静，没什么良心上过不去。如果我给他打了电话，他会觉得很尴尬。我能跟他说什么呢？他做了他该做的，也获得了报酬。佩特拉西被拒绝不是他的错，我受委托代替他写音乐也不是我的错。除此之外，我当时只是一个初出茅庐的新手，而他是一位有资本却不被理解的音乐家、一位闻名世界的演奏家。再者，休斯顿的决定也无关音乐本身的价值，他的出发点仅仅是适合电影、迎合观众。佩特拉西的音乐本身是弥足珍贵的，但不是导演想要的，也不是电影想要的。

🎬 这件事你从未和他提起？

♪ 从没有。我也不知道为什么，就是没有。也有可能他从头到尾都不知情，因为我最后也没做成这部电影的配乐。在他面前我从未提起过这件事。

🎬 你和德·劳伦提斯的关系有什么发展吗？

♪ 我和他也再没有提起过这件事。他倒是经常给我打电话，不管是在意大利还是在美国。有一回他为了把我留在洛杉矶，甚至提出要给我一套别墅。我拒绝了，因为获得这套别墅的代价是免费为他工作。他经常会给我提供机会。每次他来罗马就住在总统府那片儿，他会给我打电话，然后我去找他。

🎬 **你和佩特拉西的交情从没断过，你总是去看他。**

♪ 佩特拉西经常请我去他家共进晚餐，或者我俩去外面吃比萨。一旦毕业，老师只会邀请少数几个昔日的学生，大多数都不会再见了。我经常去他位于杰尔玛尼柯街132号的家，一起吃饭，聊一聊。

🎬 **你对他从来没有以"你"相称？**

♪ 没有，从来没有。我对他一直以"您"相称。现在我称他戈弗雷多，因为我现在可以这么喊了。

🎬 **在音乐学院的时候，你经常陪佩特拉西回家，这会让你的同学们觉得他是你的靠山，你在他那儿得宠吗？**

♪ 有可能，坦白说我从来没有想过这个问题。他可能确实对我要比对其他人好一点。我说的是可能，因为我记得他的另外两个学生布鲁诺·尼科拉伊（Bruno Nicolai）和乔瓦尼·扎梅里尼（Giovanni Zammerini）。尼科拉伊还给我的几部电影配乐做过指挥，是很厉害的一位作曲家兼指挥。这两个人会公开和佩特拉西争辩。佩特拉西不会为此生气，但会反驳。布鲁诺·尼科拉伊和乔瓦尼·扎梅里尼都很爱戴他，但他们都比较好争辩，这是我所欠缺的。我很容易投降妥协。我很尊重佩特拉西。对于他，我的内心深藏着满满的感激，他不仅对我，对其他所有人都倾力付出。我见证了他讲解时的激情，他与学生激情辩论，满腔热情。我不否认扎梅里尼和尼科拉伊的争执也许比我的被动接受更有效。我几乎从未对佩特拉西提出过质疑。

🎬 你的作曲毕业考试怎么样？

♪ 作曲毕业考试开头分为三部分，每部分长达36小时。第一部分是弦乐，第二部分是变奏曲，第三部分是曲式分析。应试者会被单独关在一间有钢琴和书桌的房间里长达36小时，晚上也会睡在那里。

🎬 为什么会这么严苛？

♪ 写音乐需要时间，作曲考试和一般考试不同，不可能在教室里就能完成，要花上几天的时间才能创作出一部弦乐四重奏，而这也限制了考生的活动，会让人很烦躁，很多人因此都做不到，就会被刷掉。在这36小时里，如果你没有完成一首完整的曲子，就只能交白卷或者半成品。不过我从来没失手过，我总能很平静地提前很久就交卷，我从来没觉得时间有多紧张。在上初级和中级的课程时，我就在家用手表计时训练。第七年的对位法和赋格考试时我就这样训练过自己。赋格考试会给16个小时。我会安排2个小时给呈示部，间插段1小时，再现部1小时，密接和应和结尾部分最多用4小时。总之，算下来一共8小时吧。在毕业考试时，我采用了相同的时间分配法，包括后来做编曲，时间上都是有保证的。通常情况下我用不到 36 小时，所以一点也不着急。

🎬 这才是开头，那接下来呢？

♪ 接下来是一场长达 15 天的考试，在家完成，你可以选择写一幕歌剧或一部清唱剧。我写的是一部有关海神格劳克斯的歌剧，他在一场暴风雨中登上了女巫喀耳刻的岛屿。为了呈现暴风雨的效果，我为一段合唱和弦乐写了一首非常重要的赋格，一共六部分，其中三部分写的是船，剩下三部分写的是岛。英雄格劳克斯历经艰难终于抵达了喀耳刻的岛，女巫在小岛上等候着他，准备诱惑海神。在格劳克斯面前的是一个情欲满满的女人，她挑衅地问道："我们强壮的英雄在哪儿呢？"在这里我设计了柔美的弦乐，就像女人的胴体，我希望能让女巫的情欲从这些回旋的声音中呼之欲出。我是这么设想的，可能从技术上来说，我当时还无法实现它。也就这么寥寥几小节，很有可能效果不是那么好。最后给的分数不太如意，不过你也确实不能指望那种规格的评委会白送你分。还有一场就是口试，气氛也很紧张。在座的都是音乐界的大拿：音乐学院院长奎多·奎里尼（Guido Guerrini）、奎多·图尔齐（Guido Turchi）、维吉里奥·摩尔塔里（Virgilio Mortari）、戈弗雷多·佩特拉西，还有圣切契利亚管弦乐团的常任团长费尔南多·普雷维塔利（Fernando Previtali）。在美学理论上，奎里尼和佩特拉西意见相左。奎里尼富有诗意的风格更传统一些，他无法理解佩特拉西更具现代性的音乐，他们俩本就是死对头。此外，奎里尼演奏得还是少，佩特拉西要多很多。可以说奎里尼是一个保守派，佩特拉西是先锋派，摩尔塔里介于他们之间，而图尔齐偏向先锋派。奎里尼和佩特拉西各持己见，针对我写的歌剧，奎里尼突然向我抛来一个问题："为什么你要在这里用低音提琴重复一遍高八度的自然大调 Mi，为什么这么写？"我当然知道怎么回答，我想说低音提琴第四弦的空弦振动会带动第三弦上高八度的 Mi 共振。鉴于我写的那部歌剧的复杂性，佩特拉西认为他是在给我设套。我刚才说了，其实我已经准备要回答奎里尼的问题了，我本可以回答得非常漂亮，但佩特拉西抢了我的话，开始对奎里尼咄咄逼人。他是真的火了，很可能是担心这个问题会陷我于不利。"这是什么问题？"他直接喊起来。他这么做是想袒护我。对，那次我感到他是那么亲切。我想再重复一遍，我本来是完全可以独自应对这个问题的。最后评委会给了我 9.5 分，满分 10 分。

🎬 佩特拉西什么反应？

♪ 他对这个结果满意极了。那是一出喜剧，也有悲剧的成分在里面。就这样我们一同回家，我们俩都激动得很。那天他对我承诺，会给我找一份工作，很有可能指的是音乐学院里的教职。他跟我说："你再等两年。"他当时并不知道我早就开始给 RAI 做编曲了，他是后来才得知的，或许这也是他真心不赞成我后来做那些事的由头之一吧。

🎬 他不赞同什么？

♪ 不赞同我做编曲。他不满意。在他看来，我应该一心想着伟大的音乐，只能做纯音乐。事实上我什么都能做，相信我，但他不这么认为，他从来都不这么认为。

🎬 他觉得你的工作是在浪费时间？

♪ 差不多吧，可能电影给他带来了一些不太好的体验。除了《圣经》，他只为其他五六部电影做过配乐，《艰辛的米》（*Riso amaro*）和《家庭日记》（*Cronaca familiare*）就是他做的。

🎬 除了音乐学院的作业外，你给他看过你的其他作品吗？

♪ 只有刚毕业那会儿给他看过。我和他一直保持着联系，我们会打电话，我也经常会去他家给他看我的东西。我毕业后的第一部作品是一首长笛、双簧管、巴松管、小提琴、中提琴和大提琴的六重奏。后来我给管弦乐队做了一场音乐会，这是我做的第一场音乐会，我将它献给了佩特拉西。他评价不错，很喜欢，还把作品推荐给了一个叫朱利奥·拉齐（Giulio Razzi）的人，他是 RAI 的领导，也是威尼斯音乐节的负责人，我的这场音乐会就是在威尼斯音乐节上演出的。那场音乐会很成功，我根本没想到，听到乐团演奏起我的音乐时我很激动。高兴是肯定的，但我当时还要做别的事。音乐已经成为我的职业了。音乐会后我想挑战一些其他的音乐语言表达，那些我还不太熟悉的、那些我在音乐学院顶多听过一耳朵的东西。我写了三段至今看来依然很重要的作品：一首由十一把小提琴演奏的乐曲，一首长笛、单簧管和巴松管三重奏，一首钢琴、小提琴和大提琴演奏的乐曲。在这三首乐曲里我都希望加入现代音乐的元素。我现在还会听它们，到现在还喜欢。那首十一把小提琴演奏的乐曲，我后来用到了电影《乡间僻静处》（*Un tranquillo posto di campagna*）里，那是我给埃里奥·贝多利做的第一部电影配乐，我在里面加入了女人和打击乐的声音。重听这几首作品，我依旧能感受到当时的自己竭力想抛开在音乐学院所学、兴致勃勃地期待在新的世界里有所作为的那种心境。

🎬 你的同学遇到困难时，你会帮助他吗？

♪ 我在音乐学院第四年的时候，还没上到高级班。那个级别有三场考试。我一般在时间上把控得不错，写东西也不费劲，很自然。我知道隔壁房间有我的几个朋友。考试的时候我朝窗外看，就能看到托尼诺·柯罗纳（Tonino Corona），他出于家庭原因几乎没什么时间学习。他第一年之后就开始参加考试，按常规来讲一般要到第四年才考。他从窗户里探出头来向我求助，他不知道如何处理低声部的模仿和赋格。我早早就写完了，我告诉他，让他去卫生间。"把你的试卷藏在抽水箱后面，然后再带回教室。"你知道，像这种考试中途肯定要上厕所，你必须叫校工给你开门，然后他会把你带到卫生间去解手。我和柯罗纳打了一个时间差，在他去完卫生间后我也去了一趟，把考卷抽了下来，帮他答了卷。其实这不算是太难的练习，但你得试着写上最合适的答案。写完后，我再去卫生间把试卷藏在水箱后，他再过去取，这样就成功交上了一张完整又漂亮的答卷。他那时急于尽快通过考试，他和一个美国女孩结婚了，准备去美国的一所音乐学院教初级作曲。最后他拿了一个 6 分，可能他其他考试的表现一般般吧。

🎬 你在完成所有作曲课程后，还曾继续学习吗？

♪ 大多数音乐文化相关的知识都是在音乐学院上学那会儿学到的，学习内容非常详尽。我们在学作曲的时候，都会从头到尾过一遍音乐史和作曲史。毕业后，学习也并不会就此中断，只不过不会再过多关注过往的音乐史，而是把目光投向当代音乐，在这个过程中我会弥补之前忽略掉的东西，譬如交响乐这块我就没太涉猎。把一些新的曲子找出来听很重要，其实创作形式都是我们学过的，这是我毕业后经常会做的事。音乐无处不在，在辽阔的音乐全景中你只需要找到适合自己的那条路就好，不必刻意去找，凭借你的直觉、热爱、经验、学习、技术和对某几位作曲家的偏好就能找到。

🎬 你当过老师吗？或者你私下里教过什么课吗？

♪ 我从来没想过当老师。我只在弗罗西诺内音乐学院教过课。弗罗西诺内市长任命作曲家丹尼尔·帕里斯（Daniele Paris）为音乐学院院长，他也是佩特拉西的学生。帕里斯给几个他看重的人打电话，有我，拉中提琴的迪诺·阿肖拉（Dino Asciolla），钢琴家阿尔纳多·格拉乔西和塞尔乔·卡法罗（Sergio Cafaro），还有作曲家布鲁诺·尼科拉伊。那是我第一次教课，我觉得自己不是一个好老师，我对接连三四次出错这种事没有任何耐心。这种情况下，我通常会说："算了，你回家吧，你不太适合搞音乐！说一遍你就应该懂，要不然你就不适合做这个。"第一个被我赶走的人在我对他说这些时就在那儿尴尬地笑。那些学生里有一个神甫，叫路易吉·德·卡斯特里斯（Luigi De Castris），是费伦蒂诺市的神甫，他懂一点音乐，写了一些合唱曲目，但总是不见进步，原地打转，我就没法满意。还有一个学生叫安东尼奥·波切（Antonio Poce），现在已经是一位很厉害的作曲家了，他很有胆识，尝试过很多新的东西，我们现在还有来往，他经常来找我。不过三年后那所音乐学院划归部委管辖，不再是市属学校了，每周需要固定去两次。我之前只需要去一次，去两次我做不到，就此作罢。我还挺高兴的，因为这份工作确实不太适合我，我对不太灵光的学生没耐心。

🎬 这是你唯一一次执教经历吗？

♪ 几年后，锡耶纳暑期学校的校长卢恰诺·阿尔贝蒂（Luciano Alberti）邀请我去学校给孩子们教电影音乐。不管怎么说，给孩子解释音乐是怎么来的、要遵循什么样的规律，作曲家给电影配乐的时候如何驾驭想象……这些挺有意思的。我给阿尔贝蒂推荐了我的朋友塞尔乔·米切里（Sergio Miceli），他专攻电影音乐，和他所有那些搞音乐的同事都不和。我跟你说过，那个时候电影配乐工作在音乐圈被视为低人一等的职业。米切里爽快答应了，他来教电影音乐史，我来讲电影作曲。

🎬 **你在锡耶纳和孩子们相处得怎么样？**

♪ 那里倒没什么值得生气的事儿。第一年学校的人乌泱乌泱的，有100个孩子。我第一次上课的时候就说："也许在座的很多人到这里来都不是学作曲的，因为你们还不知道这意味着什么。"算得上是作曲者的人少之又少，一些孩子来这里更多是出于好奇。也可能是我的名字对这些孩子有点吸引力。到了第二年，学校的人数就减半了，只剩50人，到第三年人更少。曲子能说得上不赖的，最多也就四五个人吧。大多数人写出来的旋律也就是待改编歌曲的模样。我对他们说："算了，回家吧，在这里也是浪费钱。"我是非常认真的，这一点我应该是从佩特拉西那儿学来的，我不想浪费时间。不管是对那些想学指挥的人，还是那些搞半天都没摸到音乐门道的人，我都不想浪费时间。

🎬 **路易斯·巴卡洛夫说，有一回他让你教他和声和对位法。像他这样一位音乐家也跟你学……**

♪ 我们在门塔纳住得很近。他向我提出了请求，我答应了。后来我想这对于他来说没太大必要，可能他只是想看看我是不是真的懂对位法及和声。路易斯乐感非常好，是一位非凡的世界级别的钢琴演奏家。很少有人提及他，但他真的是超凡脱俗。我刚才说了，他在演奏技法上已经实践了很多，他找我上课，可能就是为了验证我是不是真的懂音乐。我教了他两三个月吧。

🎬 **如果说他来学习真是一个借口的话，你觉得他会跟你学三个月那么久吗？**

♪ 当然不会。我记得我向他解释二声部对位法和三声部对位法，然后让他做一些练习。他做得相当不错。我还给了他很多建议："同一个音符不要重复两次以上，这样做是不行的，因为第一串和第二串的曲调假定是什么什么。"然后继续。有的时候谱面会显得有些干巴巴，但他总是能让它变得非常有音乐性。在这个过程中肯定是会犯错误的，但他基本不会。所以我心里就一直犯嘀咕：他为什么要到我这里来学那些他已经掌握得很好的东西？我不太清楚，我只知道他根本不需要上什么课。

🎬 **还有什么别的同行在音乐方面向你求教过吗？**

♪ 布鲁诺·巴蒂斯蒂·达玛里奥（Bruno Battisti D'Amario），我挺喜欢的一位吉他手，他来找我学对位法。但他没坚持多久。我觉得或多或少是我的原因。他或许觉得我要他按照我的风格来写。我给他讲了讲我在某些音乐创作上的理念，他应该是误以为我在强迫他按照我的方式写东西。有很多作曲老师要求学生模仿自己的作品，这不是一种正确的教学。佩特拉西从不会这么做。他教我们写音乐，而不是写跟他一样的音乐。

🎬 **所以你觉得自己不算是一位出色的老师？**

♪ 不算，一点也不。我连最基本的耐心都不具备，但我跟巴卡洛夫从来没发过脾气，他做得都很不错！他其实是想跟我开个玩笑，我就这么跟你说吧。

🎬 我经常会收到一些东西，像短片什么的，你肯定也会经常收到搞音乐的年轻人给你寄来的唱片吧。通常你会对他们的想法给出指导吗？

♪ 一般收到这类唱片我会转手扔掉，不会听。偶尔有几次我会留下来听一耳朵，如果我刚好有点时间的话。其实几分钟就能听出作曲的水平了。基本上我每次听完都会懊悔，因为大多数作品都不怎么样。我更喜欢收手写乐谱，这样我就能更好地克制住自己。绝大多数我都不会回复，有几次我回了，我还给其中一个人打电话："别浪费时间了，你别学了……"但我不可能给所有人打电话。

🎬 在你的音乐家生涯中，你从来没有被拒绝过吗？

♪ 当然有。我记得有一部美国电影《美梦成真》(*What Dreams May Come*)，我给它写了音乐，在意大利录制，然后寄到美国去。导演是文森特·沃德（Vincent Ward），是非常古怪的人，在洛杉矶的时候他跑过来跟我讲他的电影。他是哭着讲的。我从没遇到过这种情况，他实在太动情了，一边讲一边哭，我一边听一边写。后来他来罗马，对我写的东西存有疑虑，看上去好像不太满意，但也没说什么。我们俩在说话的时候，他做了一件导演莫洛·鲍罗尼尼也做过的事：沃德画了一张沉船的草图，整个船身都浸没在水里。我不知道怎么跟你描述，那幅画似乎意味着什么，也许那艘船就像我的音乐，一起沉没到水底。没过几天我就把作品寄到了美国，电影组的人告诉我导演不喜欢，我是后来才知道的，他们当时试听的方式完全不对，那是一首非常轻巧柔和的音乐。他们是在有很多其他声音的环境中试听的，周围还有分贝很高的谈话声，所以他们不得不把音量开得很大，这样效果就很糟。应该把音量保持在我设计的高度。另外，听音乐时音量高低的调节也属于学习纯音乐所要了解的一部分。总之我后来被另一位作曲家替代了。

🎬 **在你音乐生涯的某个节点，你完全放弃了纯音乐创作吗？**

♪ 1961—1969 年的时候是的。在音乐学院快毕业的时候，我还是继续创作了一段时间的纯音乐，但当我开始做电影配乐、录唱片、给电台和电视台做编曲时，我有好几年就放弃了纯音乐，不为别的，纯粹是为了工作。后来跟迪诺·阿肖拉为电影做同期配录时，他让我写一段中提琴独奏，我才又拾起了纯音乐。我是在音效工程师保罗·柯托夫（Paolo Ketoff）的帮助下完成的，中提琴由开始的一把逐渐变成十二把的声音。其实中提琴始终只有一把，但旁边放了两台录音机，一台在录的时候，另一台公放之前收录的声音，两者间隔 30 秒。通过这样重复二度录音，中提琴的声音相互叠加，最后达到十二把的效果。观众在欣赏的时候还能直接在现场目睹音乐产生的过程。这场音乐会是阿肖拉在罗马歌剧院指挥的。我记得知名作曲家亚历山德罗·契柯尼尼当时跟我说了一句话："埃尼奥，你从来都错不了！"我觉得特别幸福。

🎬 你欣赏契柯尼尼吗？

♪ 当然。我特别喜欢他给维托里奥·德西卡执导的电影《终站》（*Stazione Termini*）配的音乐。我知道那个时候他很煎熬，那段时间他都停止了工作，也许他对我的出现感到不安，但他还是非常绅士，在我面前从没有表现出嫉妒。有一回我和他在马尔古塔街的一个餐馆见面，我跟他说我很喜欢《终站》的片尾曲，也就是蒙哥马利·克利夫特和珍妮弗·琼斯在火车站重逢时响起的那段音乐。我年轻的时候经常在教堂演奏这段音乐，给神甫制造了很多尴尬，因为神甫不愿意加入这段音乐，他就这么在镜子里气急败坏地看着我为所欲为。

🎬 你还在教堂演奏过《终站》？

♪ 不只《终站》，还有其他很多我喜欢的电影音乐。我喜欢那首片尾曲，我在管风琴上使尽全力弹奏，用最高分贝来弹，虽然我也承认它和教堂弥撒没有半点关系。我身旁有一面小镜子，方便管风琴师随时配合主祭牧师。我一边弹一边看着镜子里的神甫气得发疯。契柯尼尼的这段音乐总是让我如痴如醉。不过他们也不能怎么样，因为我是免费劳力。他们就这样全盘接收我的输出，什么也做不了。我那会儿还在婚礼上弹奏《终站》的片尾曲，在举起圣餐的时候。那一幕很出彩：当神甫举起圣体饼和圣餐杯时，我就立马跟上。我觉得这么设计没什么问题，一开始声音很慢，没有任何违和感，在举起的那一瞬间响起这段音乐，配合高潮烘托出气氛。我还弹奏过歌曲，很多曲子，我不怎么熟悉圣乐。

🎬 那时候你多大？

♪ 那时候我刚开始学作曲，20 岁都不到吧，可能只有十七八岁。我认识那个教堂的神甫，他让我去教堂做一些婚礼伴奏。他们如果找一位职业管风琴师是要花钱的，但找我不用。那时候我为了学作曲需要学习管风琴。圣克里索格诺教堂里没有脚踏键盘，我只能用手操键盘。有一天，我突发奇想，推动了管风琴的音栓，管风琴的音色比较悲情宏大，我在弥撒中完全不合时宜地弹奏。站在一旁的神甫非常错愕，但我得说，其实我根本就不在乎这些。我从来没弹过《圣母颂》！这首曲子我很熟，但从来没有演奏过。

小号与尊严

朱塞佩·托纳多雷
×
埃尼奥·莫里康内

🎬 你跟我提到过斯特拉文斯基、弗雷斯科巴尔迪等等,你是通过读谱来了解他们的,还是通过听他们的音乐?

♪ 我读过他们的一些作品。弗雷斯科巴尔迪擅长运用半音变化里切尔卡,我也常常在电影配乐中使用。一般用三个音,通过不同方式来呈现,有的时候甚至比较含蓄。你看啊,我来告诉你这有多玄妙和不可思议。弗雷斯科巴尔迪一首里切尔卡前奏的三个音恰好是"巴赫"(Bach)这个名字的第二、第一和最后一个字母(从德文谱号上来看):降 Si 是 B,La 是 A,Do 是 C,Si 是 H。这首曲子诞生于巴赫出生前一个世纪。

🎬 你在电影原声中经常用到……

♪ 这几个音给我带来一种自我救赎和一雪前耻的幻象。我这么做并不是要再现弗雷斯科巴尔迪或巴赫,我的初衷在于这几个音能赋予作曲更为重要、权威和理想化的色彩。拿《阿尔及尔之战》(*La battaglia di Algeri*)来说,你可以从片尾看到弗雷斯科巴尔迪的影子：小号吹奏三个音——Mi、降 Si 和 Si，然后反方向走一遍，轮奏反转，三个音渐次上行，同时又渐次下行。

🎬 所以说弗雷斯科巴尔迪的前奏和《阿尔及尔之战》里的这段音乐都与巴赫的名字相呼应。

♪ 这段音乐用了弗雷斯科巴尔迪那首里切尔卡开头的三个音，是巴赫名字中几个字母的排列组合。后来我发现了一位非常能干的作曲家阿尔弗莱多·卡塞拉（Alfredo Casella），他早先就写过这样的音乐，但不是以我那种方式。他也发现巴赫名字里的字母组合可以做一些花样。我还将代表巴赫名字的四个音进行了变调处理，譬如在《一日晚宴》里就有这么一段六声部的音乐，在低音部分有段帕萨卡利亚舞曲，很简单的谱面，就是用巴赫名字的字母来创作的，后面仍是采用普通的曲调。佩普齐奥，这可以说是一种忏悔吧，为那些我因没有做而理应受到指责的事情。不过我想要让你明白，在作曲中每个音是怎么来的。是什么音并不重要，谁都可以随机给你几个音符，重要的是，这是我创作的。还是那句话，是哪几个音不重要，重要的是作曲家如何改造它们。我真心希望我说明白了。

🎬 **说得很明白。不仅清楚，还很让人着迷。**

♪ 好像在你的电影配乐里我也嵌入了巴赫的名字。但这没什么要紧的，只是用来加工、改造和打磨音乐的素材。建一栋房子需要的不仅仅是砖，如果你想兼顾美观和实用性，还需要一位有才华的建筑师。砖归根结底还是砖，谁用都一样，重要的是我在打磨音乐时赋予它的灵魂。没有灵魂的乐章，再有张力的声音都是不够的，没有救赎的力量，仅仅是一堆平平无奇的音符而已。

🎬 **你在《神机妙算》（*Il clan dei Siciliani*）里也沿用过这种方法吧。**

♪ 没错。主题曲开篇就是巴赫的名字，然后才进入真正的主旋律。不过我只有兴致来了才会这么写，不会机械照搬这套模式。我得知道我做了什么，这或多或少都是一种实验。事实上，我将主题与第二对位放在一起，我希望这种嵌套组合能让人一目了然，不至于太绕。我用了二十天的时间。当时在门塔纳，我一心想实现这个创意，最后成功了。另外，我还在主旋律上加入了一个其他的音，这样听上去更有西西里的味道。说实话，让三个主题一同进行不是轻松的活儿。其实我没必要这么做，也没人要求，但这是我当时的一个愿望。

🎬 **你从来没和我提过古斯塔夫·马勒（Gustav Mahler），这有点奇怪，因为在我看来你的音乐和他靠得很近。**

♪ 我非常喜欢马勒，真的非常喜欢。他是一位风格极富多样性的作曲家，还知道怎么创作通俗乐曲。

🎬 **你离他甚至比贝多芬还近。**

♪ 毫无疑问，尤其论及某种写作技法时。他《第五交响曲》里的小柔板给我留下了深刻的印象，让我每每也想自己写上一段。小柔板以一段持续音开始，持续音对我来说是一个很基本的要素，我在几乎所有电影配乐中都会用。另外，我发现日本电影音乐里也经常会用到。在进入情感强烈的戏时通常会用到持续音，它能将听众的注意力引导到音乐和场景上去。我认为以持续音开篇还不错，至少不让人反感。之前我忘了提马勒，但仔细想了想，他和斯特拉文斯基一样，是对我创作电影音乐影响最大的作曲家之一。

🎬 **你总是提及斯特拉文斯基。你和他本人有什么交集吗？**

♪ 我在音乐学院听过斯特拉文斯基对我来说最重要的一部作品，那部作品代表着他的最高水平，也就是《火鸟》（"la Sinfonia di Salmi"），那首曲子非常了不起。我偏爱斯特拉文斯基的很多作品，但这首我最常听，曲风最强劲。《火鸟》给我的印象实在太深刻了。后来我还听过谢尔盖·切利比达克（Sergiu Celibidache）指挥的一版《火鸟》。《火鸟》的结尾优美极了，几乎所有人都会把它处理成沉思和冥想的意境，但切利比达克不是，他处理成渐慢，几个音的反复则带有一种富有神秘主义色彩的绝望感。这是我希望自己能写出来的作品。

🎬 **这是什么时候的事情？**

♪ 我非常年轻的时候。在罗马音乐学院，斯特拉文斯基来我们学校亲自指挥。我那时候不在音乐厅，那是一次排练，音乐厅的旋转门开着，乐队在里面演奏，我就倚在旋转门边旁听。他指挥的时候清晰简洁，手臂没有那么多动作。其实指挥的时候没必要做幅度很大的动作给台下的观众看。我指挥时会避开很多不必要的动作，这丝毫不影响乐队演奏。

🎬 每当有人问起我是如何开启电影人生的，我脑海里第一时间就会浮现出一部电影，我至今还记得很清楚。如果我把这样的问题抛给你，你会怎么回答？有这样一部音乐作品吗？

♪ 我很小的时候常常跪在地上，把耳朵贴在收音机上，贴在唱片机的扬声喇叭上。我还记得翁贝托·乔达诺（Umberto Giordano）的歌剧《安德烈·谢尼埃》（*Andrea Chénier*）中的一个唱段，讲的是法国大革命，诗人对貌美如花的女子产生了深厚的感情，他向她讲述这个世界有多复杂，又有多迷人。那个唱段给我留下了很深的印象，我听了好几遍，甚至把唱片都听毛了。我记得那张唱片还在，当然现在肯定听不了了，时间长了，唱片机的针头也把黑胶唱片磨坏了。唱片的 B 面有一首《天空与海洋！》（"Cielo e mar!"），我不是很喜欢，那是阿米尔卡雷·蓬基耶利（Amilcare Ponchielli）的歌剧《歌女乔康达》（*La Gioconda*）中的唱段。不过说句公道话，旋律还不错，演奏得也好，尤其是贝尼亚米诺·吉里（Beniamino Gigli）的唱功非常了得。广播里还会放卡尔·马利亚·冯·韦伯（Carl Maria von Weber）的作品，经常放，我很喜欢他。

🎬 **你生长在怎样一个家庭？你的亲人是什么样的？**

🎵 我的家庭很幸福，亲人都很善良。我和我的三个妹妹，安德里亚娜、玛利亚和弗朗卡相处起来很融洽。也有可能是我平时不怎么见到她们。我还有一个弟弟，阿尔多，他在一次家庭意外中丧生了。家里阳台上的花盆里有一株樱桃掉下来，他吃了掉在地上的脏樱桃，得了小肠结肠炎。我们家当时有一位很不错的家庭医生隆奇教授，夏天他外出休假了，代替他的医生给阿尔多开了泡腾片。隆奇度完假回来看阿尔多，他把手放在阿尔多的额头上，立马意识到他的同事犯了一个巨大的错误。当时已经没什么可做的了，我们永远失去了弟弟阿尔多。那一年我才10岁。我的妹妹安德里亚娜非常可爱热心，超乎寻常地热心，我小的时候她叫我"帅小伙"。弗朗卡在家里排行最小，我和她关系不错。她是一个很优雅的人，没什么可说的，和安德里亚娜很不一样。我对她没什么看法，但我从小就觉得她跟我姑姑感情过于亲密。可能我有些嫉妒，自己都意识不到。当然了，她在我家妹妹中的地位可以说是无人能及的。

🎬 **你的父亲呢？**

🎵 他在我们家是一个重要的角色。我父亲名叫马里奥，他总是从早忙到晚。我敢保证，他是一名非常出色的小号演奏家，直到我长到和他并肩演奏的年纪，我才意识到他很厉害，邀请他演奏的人络绎不绝。当时乐队排班是一天两场，每场5小时，第一场从早上8点演到下午1点，第二场从下午2点演到晚上7点。

每次他晚上 7 点多回到家,就又立刻出门赶场,去佛罗里达俱乐部演出,因为他同时在那家的乐队兼职。佛罗里达俱乐部是当地一个很重要很奢华的场所。在家里,他对我母亲非常嫉妒,嫉妒母亲对我们影响太大。他总是很严肃,常常不在家,在家的时候对我们所有人都很认真、仔细,要求比较刻板。他和母亲很相爱,但两个人总是因为家庭琐事吵架。恐怕我在情感层面上比较忽视他。他去世后,我对他进行了一番新的审视,才意识到为什么他总是很严肃。大家都说他这个人比较硬、有骨气,他的严肃矫正了母亲对我们的教育中过于柔软的部分。你知道吗,我母亲总是很温和,从来不知道拒绝。她在家任劳任怨,知道怎么操持整个家庭,尤其在我父亲结束了五十年小号手的生涯后更是如此。那时候我父亲已经不能再演奏了,他身上的光彩不再,这也是任何一位年过五十的小号手所要面对的规律。

🎬 **那时候的你呢?还非常年轻吧。**

♪ 我那会儿已经开始作曲了,不得不承认我父亲当时已经没有以前那么利索了。我也慢慢开始不写小号曲了,也不会再叫小号手演奏,不管对方是我父亲还是他的同事。我这么做是不想冒犯他,我装出一副不再需要小号的样子。那段时间我和父亲关系有点不好。我母亲经常问我:"为什么你不再找你父亲吹小号了?"我从来没告诉她,父亲已经不是昔日年富力强的小号手了。佩普齐奥,这件事非常私密,但我觉得我应该把它说出来。他去世后,我才又开始写小号曲,因为我觉得小号是一种非常了不起的乐器，不能滥用它。最重要的是小号手要足够出色，如果他只是一个马马虎虎的角色，演奏出的声音肯定不行，会让人很失望。

🎬 **有关你父亲生前的往事，你有什么特别的回忆吗？**

♪ 他总是很辛劳，每到夏天他总会去里米尼或是里乔内的小型乐团，为那里度假的人演奏。他会带上我母亲还有我们几个孩子去那里度假。记得有一年夏天，父亲教了我一些音符的名字和小提琴的谱号。我那时候应该有6岁了，或是7岁。他跟我解释音符的作用、音符在五线谱上的位置，还有它们的时值。我学了点东西，包括一些视唱练耳。那时候我对音乐还知之甚少，不过比起一无所知的人来说还是有点优势的！当时我喜欢了很长一段时间的卡尔·马利亚·冯·韦伯的作品，尤其是歌剧《自由射手》的序曲，我特别喜欢。或许正是因为这部作品，我萌生了写一些猎曲的想法，那时候我才7岁。当时我们在里乔内，父亲给了我最初的指导。那几首猎曲都很简洁短小，只配了圆号，声音是对的，但无足轻重。或许这几首猎曲就是我日后创作西部片配乐的前奏吧，那些配乐也是我致敬冯·韦伯的一种方式。到了10岁的时候，那些谱子都被我撕了，我觉得写得很烂，也没什么用。谢天谢地，这些东西幸好没留下来。不过这些尝试也预示着未来有一天我会成为纯音乐和电影作曲家，总之就是作曲家了。

🎬 **小号就如同你们家的一分子，它是什么时候进入你生命的？**

🎵 我 11 岁开始学小号，到 16 岁的时候就毕业了。一般来说，职业钢琴家 6 岁的时候就要开始学钢琴了，虽然无法进入音乐学院，但那个年纪的孩子手比较软，所以应该尽可能早学。如果你想成为钢琴家，譬如 12 岁才开始学琴肯定是不行的。但小号不一样，我那个年龄开始学也不晚。我记得最初上视唱练耳课，我就很不行，第一学期末才得了 3 分（满分 10 分）。我父亲因此惩罚我，节假日的时候我也不能玩宾果游戏，不能玩"7点半"游戏[1]，什么都不能玩。节假日里我只能学习。我对视唱练耳很无感。我所在的班级有点奇怪，什么阶层都有，我在他们中间显得有些羞涩内向。我的同学中，有人对音乐非常痴狂，有人就总是爱说大话，很多人都多少有点装腔作势。小号的学习对我来说很重要。我的第一位老师是翁贝托·塞普罗尼（Umberto Semproni），罗马音乐学院稳坐头把交椅的小号手，第二位老师是雷吉纳尔多·卡法雷里（Reginaldo Caffarelli），一位非常天才的演奏家。他当时在吹三吐音，但是吹奏小号的时候就像演奏另一种乐器，技艺尤为精湛。

🎬 **为什么你在 11 岁的时候选择了小号？**

🎵 我一开始是很想当医生的，但我父亲有一天为我做好了决定："埃尼奥要学小号。"然后就把我送到音乐学院去了。他一开始和塞普罗尼教授沟通了一下，他们俩认识，相互敬重。所以说是父亲为我做了小号手的职业规划，不是我自己。我什么也没做。

🎬 **为什么会想当一名医生？**

♪ 我对医生这个职业很痴迷。我想做我们的家庭医生隆奇教授那样的人，他也是墨索里尼孩子的医生。我们家和隆奇教授之间还有一点小秘密。那时候他发现我疑似得了肺结核，就采用疗法为我调理，后来就慢慢好了。直到现在，每次我拍胸片，那时的钙化影像存档都会跳出来。当时这件事算一个小秘密，只有我的父母知道。

🎬 **在你的一生中，有没有这样一个时刻，你觉得音乐就是你这辈子要从事的事业？**

♪ 没有，从没这样想过。不过在我决意当一名作曲家的时候可能想过一下。那时候我辅修作曲课程，因为拿到小号手的学位必须要修这门课。作曲辅修课一般是两年，但我用半年就修完了。我的作曲辅修课老师是罗贝尔托·卡吉亚诺（Roberto Caggiano），他有个学生也很厉害，叫马拉费里（Marafelli）。也许卡吉亚诺给我布置的小作业有一点难度，据说他还把我的作业带给其他班的同学学习。我不太拘泥于规则，觉得应该去丰富作曲本身，最后我拿了满分10分，于是卡吉亚诺跟我说："现在你应该去学作曲。"我听从了他的建议。我跟安东尼奥·费迪南迪（Antonio Ferdinandi）学作曲，他是教我和声的第一个老师。学和声是学习作曲的第一步，还要学对位和赋格，之后才能进阶到高级作曲。费迪南迪每次教我时都准备得非常充分，我就这样一路小跑着前进。有一天他和我说："现在你可以去音乐学院报名了。你看吧，他们能直接让你跳到三年级。"作曲专业一共是四学年。我去秘书处，他们把我带到卡尔洛·焦尔乔·戈罗法洛（Carlo Giorgio Garofalo）那儿，他是一位很出色的作曲家和管风琴演奏家。他打量了我一番说："不，孩子，你得从一年级开始学起，从土豆开始。"

🎬 土豆？

🎵 对，土豆。土豆指的是全音符，时值最长的音符。"你得从全音符开始学起。"他这样对我说，"如果你真的足够优秀，我会让你跳级的。"他没有食言，后来他帮我连跳了两级。所以我一共学了九年作曲。三年和声，三年对位和赋格，最后三年是跟戈弗雷多·佩特拉西学的。

🎬 所以我可以这么说吗，你走上音乐的道路是卡吉亚诺的功劳？

🎵 可以这么讲。他的直觉对我的一生起到了根本的作用。是的，可以说卡吉亚诺是那个给我提出人生建议的人。

🎬 那也就是说，你父亲为你选了做小号手的道路，但你自己选择放弃，转投作曲？

🎵 我转学作曲没有征求父母的同意。我的母亲在我进阶学习的过程中，甚至在我念完作曲专业后还老跟我说："埃尼奥，给我写点儿优美的旋律吧，一首动听的歌就很好……""你为什么不写一首歌呢？写一首歌，旋律好一点的，好听的那种……"那个时候我早就不写什么旋律了，但她总是坚持如初……我不觉得有什么不好，但这有点令人发笑。在她的概念里，音乐就是歌，是流行歌曲。她总说："写这些你就成功了！"

🎬 那你的父亲呢，他什么反应？

♪ 他那个时候创办了一本小型音乐期刊，想在上面发表一些我写的歌。父亲将我为母亲莉贝拉·里多尔菲写的几首歌印在杂志上，我猜他是想借此赚点钱，也许他也赚到了。我知道他至少是印出来了，但我不记得是哪几首歌了。那会儿我才十四五岁，对歌曲写作的原理知之甚少。每次我写完一首，我父亲就会将它抄送给所有地方的小型乐团，这样他们就能演奏，然后他就能拿版权费。正经要说的话，那些歌曲应该是我最初真正意义上有版权的东西，但我对这些没太大兴趣。我当然也不知道它们后来怎么样了，确实不知道。那时候战争结束有一段时间了，战后经济复苏面临很多困难，而我也已经进入了高级作曲班。我记得当时父亲在全国拥有数不胜数的合作者，他们有的作词，有的谱曲，但再说一遍，我对这些丝毫不感兴趣。

🎬 你还记得那两首歌吗？

♪ 一点也记不得了，但我总是忘不了母亲拉着我，让我给她写好听的曲子。

🎬 事实上，你母亲和后来的制片人、导演做的是同一件事。

♪ 没错，但我母亲的音乐素养就是这样了。每当她提起歌曲时都会说："唱词是多么优美啊……"她对那些经典的作品和著名的作曲家完全没有概念。她只知道流行歌曲，她追捧那些东西。我说服自己，为取悦她写了几首歌，要不然我好像在跟她拧着来似的。但我根本不觉得有什么写歌的必要。一味模仿那些已经存在的歌曲、那些听上去不知所云的歌曲，不是我想要的。我不知道你是什么感觉。我母亲有一个古怪的习惯，每逢圣诞节，她就会为我写一首诗。一首十四行诗，按照"四四三三"的格式编排，然后再配上一些韵脚。她也许是想借此表达她对长子的慷慨与关心。我每次都很高兴地收下了，虽然这些诗让我有点不知所措。为了写成一首诗，她总是四处找词，找一些完全不相干的词，倒也可爱。她总是很可爱。

🎬 好像古往今来都是父亲让孩子走上音乐道路的，你觉得呢？你也不例外，归根结底还是父亲为你做了选择……

♪ 是的，我父亲最先让我去学小号，不过后来我放弃了，所以这么说来，我父亲播下的种子没能开花结果。那只是暂时性的学习，是为了赚钱，为了能在战后生存。

🎬 是这样的，但如果不是你父亲强迫你学小号，你也不会被伯乐相中，也不会走上作曲的道路！

♪ 这个确实。是他成就了我。不是说我觉得做一个出色的乐手就低人一等，不是的，无论演奏的是小提琴、吉他、钢琴、小号还是其他乐器，但吹小号确实是我在战后维持生活的一种方式。

🎬 你的父母从没亲临过你的指挥现场？

♪ 没有，他们俩从来没有。

🎬 你的父亲在你的作曲生涯中给过你什么建议吗？譬如记住这里千万不能这样，或是一定要那样？

♪ 他从来没做过这种事。他表现得好像从来不知道我在作曲。我母亲更是如此。在她看来，我写的那些东西过于复杂了。"要记得那些听你乐曲的人，你得让他们听懂。"她会这样说。又或者："写点儿流行音乐啊，不要那种听上去太复杂的。"这就是她的建议。对她来说我写的东西深奥晦涩。

🎬 挺奇怪的，你父亲在得知你转投作曲后竟然没说什么。

♪ 什么也没说，就好像他一无所知。可能他是知道的，但就是不说。反正他从来没有提及这些。

🎬 你从来没有给他看过初写的作品？

♪ 没有，我从来没给他看过。不是说和他生气。好吧，我确实因为他太严肃了心里有点怨气，但我不会跟他说，也不会把作品拿给他看。我就整日把自己关在房间里不停地写。有一回，不记得是什么原因了，他跟我发脾气，那会儿我还很年轻。他勃然大怒，把我的乐谱撕得粉碎。我当时可难过了，非常难过。虽然不是什么重要的作品，但是……

🎬 他有从什么时候开始认可你在这方面的天赋吗？

🎵 那是很久之后的事了，他已经不再吹小号了，知道我在为电影写配乐。他听别人说我写得好，他挺高兴的。不过我觉得他没看过我配乐的电影。

🎬 他也没怎么聊起过你的成功吗？

🎵 要知道，在那个年代，所谓的成功没有那么容易感觉到。我过了好几年才小有名气，那时我也只是一个写手，为电影配配乐，比我有名得多的大有人在，皮契奥尼（Piccioni）、特罗瓦约利（Trovajoli）、马塞蒂，他们都是很重要的音乐家。

🎬 你母亲也从来没看过你配乐的电影吗？

🎵 我觉得没有。可能也看过几部吧，只是有可能。可能她还跟我说起过喜欢哪几部，不过我记不太清了。

🎬 在你年轻的时候，最初学作曲的那几年，有为一些诗歌作曲的经历吗？

🎵 我从小就这么干过，无论是在学作曲前还是在跟了佩特拉西教授之后，我一看到什么喜欢的文字就会写一些人声和钢琴伴奏的小品。真正意义上的第一首是为一首日本诗歌创作的。我当时对这首诗喜欢得紧，就写了一首可爱的抒情小品，我还能清楚记得那首钢琴伴奏曲，有点儿怪怪的，我叠加了两个不同的和弦，降 B 小调和 C 小调。我还为贾科莫·莱奥帕尔迪和萨瓦多尔·夸西莫多的作品配过乐曲和钢琴伴奏。伊塔洛·卡尔维诺的作品也给过我灵感，我创作了一个合唱、弦乐和钢琴组合的音乐作品。不过要说年轻时的作品，我觉得都不太重要，这些甚至都不会出现在我的官方记录里。

🎬 你对战争有哪些回忆？

♪ 我得承认战时我没太受罪。那时候我经常能听到大炮轰炸罗马的声音，有一天圣洛伦佐教堂被摧毁了。如果撇去食物紧缺的感受，我也许没有真正体验过战争。那段时间是真的没有吃的，很难找，所有食物都是定额定量的。我的三个舅舅，也就是我妈妈的兄弟，在彼耶特拉拉塔街有一个木工坊，他们从意大利北方运来木材做木工。为了维持自己和我们家的生计，他们把树根锯出刨花。刨花可以用来生炉子烤面包。我经常背着几袋子刨花在罗马四处兜售，一天跑好几趟，每十袋刨花可以换一公斤面包。我不想跟你说那种面包长什么样子，就是你把手指按上去会留个洞的那种，黏黏的，但我们也照吃不误，我觉得这种面包根本不是面粉做的。

🎬 真的吗？你还要去兜售刨花？

♪ 是的，挺辛苦的，还会落一身碎屑。晚上回家后我要不停掸掉身上的碎屑和灰尘，但这样每天都能换到一公斤面包。我以前没说过，那时候我们住在一栋非常不错的公寓里，在二楼，有四个房间，还有一个面向台伯河的阳台。那里曾经叫国王大街。我们没有冰箱，我母亲会把吃剩的食物放在露天的桌台上，晚上就那么放着，可以保鲜。有一天早上我们发现夜里来过小偷，他们从下面爬到我家阳台上，你知道他们干了什么？他们什么也没偷，只把我们盘子里的食物都吃了。小偷也很饿。

🎬 你对法西斯时代的规程有什么记忆吗，你们有什么必须要做的事？

♪ 每到周六我就要履行法西斯少年先锋队队员的义务，穿专门的制服，去小学集会。我们要行军、演练之类的。虽然也不是什么不好的习惯，但现在想来还真是无聊。他们总是让我们在周六做那些我们一点都不感兴趣的事。

🎬 你还记得意大利向法国和英国宣战那天的事吗？

♪ 我至今还很清楚地记得墨索里尼的演讲。我当时在家，也不太知道他说的战争意味着什么，但我能感觉到这件事很严重，因为他说话的声音很严肃。我当时有点被吓到了，可能还哭了。纳粹来了之后，我和父亲整晚整晚地在佛罗里达俱乐部给德国人演奏。我清楚记得战争结束的时候我也哭了，那时候意大利进行了全民公投。我也搞不清什么共和制、君主制，但得知国王被驱逐、共和制获得胜利后，我哭得不行。你还能指望我有什么反应呢？我那时候就是一个爱哭的小鬼。可能我在想：我们把国王赶走了，这也没什么不好的。

🎬 那你和你父亲还继续在俱乐部演奏吗？

♪ 美国人来了之后，我们就去位于加富尔街的地中海酒店和阿泽里奥酒店演奏。我跟着小乐队穿梭于不同酒店，为美国和加拿大士兵演奏助兴。

🎬 你们演奏什么曲目呢？

♪ 美国人会自己带曲目过来，都是那些法西斯时代在我们国家被严令禁止的东西。那时我们不能唱或演奏美国的音乐。美国大兵给我们乐团的团长——一个叫弗拉米尼（Flamini）的小提琴家——一些已经出版了的合规曲目。我们乐团的配制包括三把小号、两把长号、四把萨克斯、一台钢琴、一把低音提琴和一套打击乐器。没有吉他，那时候还不流行。你知道吗？这份工作让我觉得很受羞辱，其他人也这么觉得。

🎬 为什么？

♪ 因为晚上演奏一完毕，他们就给我们一些吃的，还有香烟，然后我们拿着去卖钱。那时候战争已经接近尾声，我们去那里演奏糊口，他们不给我们钱作为报酬，他们没有。我就把所有这些东西带回家，有吃的，还有卖香烟换的钱。我父亲似乎还挺适应。为了尽可能拿更多的东西，我甚至见他带过包。他不在乎是不是从同事那边抢了东西，他见什么都拿，把它们塞进包里，然后带回家，包里什么吃的都有，还有油炸食品。我不喜欢我父亲这么做，他还拿其他同事的东西，但是我刚才说了，他不在乎这个，就随手抄起一个盘子，把里面的东西倒进包里。每到这种时刻我都备受煎熬，也许现在说起来像一个笑话。也就是这样，有一天我突然憎恶起小号来。小号是一种伟大的乐器，如果吹得好会非常了不起，但靠那种方式来演奏，是一份非常沉重的羞辱。我能明显体会到这种被羞辱的感觉。也是因为这个，我不再喜欢小号了。另外我那时候已经接触了作曲，也不用受困于这种奇怪的关系。

🎬 那段时期你还有什么别的音乐经历吗？

♪ 在加入阿泽里奥酒店和地中海酒店的乐团前，我在台伯河岸的一家俱乐部吹小号，地方很小，就在米尔维奥桥边上，很多士兵会去那里。那里也不给钱，乐团演奏水平就更糟糕了。一般就是演到哪里是哪里。"我们来首歌吧？""快，给我们演奏一首！"类似这样。我用小号吹旋律，有的时候再加上一把低音提琴，就这样即兴演奏。不过这些其实也还好，让我难受憋屈的是他们不给报酬。你知道我的同事们都是怎么做的吗？他们在架子鼓上放一个小小的盘子，这样那些大兵在演奏尾声的时候会留下点东西。我从来不这么做。说真的，这些回忆让我不太舒服。

🎬 当时你们演奏什么？

♪ 我能想起来的大概是《梦》("Dream")、《感伤之旅》("Sentimental Journey"),还有《运财列车》("Chattanooga Choo Choo")。我们演奏的都是这些。这些乐曲的配器都做得不错,当然还有其他很多曲子。我记得那会儿我还没毕业,有时候替下我父亲。就在那里,在佛罗里达俱乐部,发生了一件——怎么说呢,糗事儿吧。佛罗里达俱乐部的乐团规模很小,弹钢琴的弗朗科·梅勒(Franco Mele)很厉害。低音提琴手康斯坦迪诺·费里(Costantino Ferri)是我们乐团的团长,他也吹萨克斯,我是小号手。一般来说早上我去音乐学院,下午学习,晚上去佛罗里达俱乐部演奏。那里女孩子很多,都是比较轻浮的那种。我经常看到她们在台底下和客人调情寻欢,客人清一色都是士兵。乐团成员演奏一会儿就会去大厅尽头的吧台,俱乐部老板也是睁一只眼闭一只眼,服务员会给康斯坦迪诺和其他人调上满满一杯酒,很上头的那种,虽然乐团和俱乐部没有这种约定,但老板一般也就默许了。调酒师一般会调橙皮甜酒或是樱桃白兰地,每个人喝上一杯然后再回到舞台。但我不喝,因为我只是临时替代我父亲,他也不饮酒,所以我站在那里有些尴尬。然后有人给了我一杯酒,斟得满满的——是一大杯,不是那种小杯子,我快速一饮而尽,不想叫人发现。我回到舞台自然很开心,演奏了一些疯狂的爵士即兴伴奏,我喜欢小号吹出来的那种疯癫的声音。小号即兴表演通常是一些专业乐手的操作,但我那时候只在醉醺醺的状态下才能吹出这种效果。之后就非常困，我是一步一步走回家的。一路上我好几次闭上了眼睛，好像能一边走一边睡觉一样。其实我肯定没有睡着，相反非常小心，这样才能避免在大马路上被撞，尤其是这么晚的时候，大概凌晨三四点钟吧，一个路人也没有。后来有一晚我父亲回到佛罗里达俱乐部，到了喝酒的时候，父亲问身边的同事："你们喝酒的时候，埃尼奥在做什么？""他也会喝上一杯。"他们这样跟我父亲说。那晚他回到家后我已经睡了。他把我的被子掀到一边，用手狠狠抽了一顿我的屁股，下手非常重。从那以后我再也没喝过酒。被暴打的经历一点也不好受，但他的目的算是达到了，我再也不敢碰烈酒了。不仅如此，我演奏的时候也不敢四处张望，就是读谱、吹奏，什么也不想。我周围是一队士兵，他们或是跳舞，或是和姑娘调情然后带回去睡。我只是一个小孩，就是履行演奏的义务。有一次我要参加音乐学院的小号演奏考试，我的嘴唇开裂了，又累得很，因为我前几天晚上连着演奏了很久。我尽力发挥，最后他们给我打了 7.5 分。评审委员会里有卡尔洛·坦托尼（Carlo Tentoni）教授，他是圣切契利亚乐团的首席巴松管乐手。后来他跟我说："莫里康内，你的嘴唇都开裂了，我们不能再给你更高的分数了。"我知道，我那个样子是吹不好的。7.5 分要比我预想的低很多，但你知道吗，也许那个时候我对小号已经没有什么期待了。我已决定放弃当一名小号手。

🎬 说说更私密一些的东西吧。你还记得你的初吻吗？

♪ 那时候我在佛罗里达俱乐部吹小号。我说过，那里有好多德国士兵，还有一些随便的女孩。有一天来了一个意大利警察，他不是要找德国人麻烦，是来查那些姑娘的。忽然有个姑娘挽起我的胳膊，把我拉下楼来到大街上。警察命令所有女孩到门外去，她假装成我的女朋友自保。她虽然是从事那种职业的，却非常迷人，她紧紧拽住我，给了我一个吻。那个吻我这辈子都不会忘，激烈而又深情，不是蜻蜓点水的那种。后来我们在街上一起走了一段，她也靠这机灵一吻逃过一劫。

🎬 总之，那些年在这些地方发生的事给你留下了深刻的记忆。

♪ 还有一件事，不过跟我父亲没什么关系。我刚才跟你说，美国士兵会散给我们一些食物和香烟作为报酬。有一回我在转手卖掉香烟前从烟盒里抽出了一根，想试试抽烟的滋味。我把它带回家，锁上卧室的门，我不想让我父亲看到，因为他也不吸烟。我划了一根火柴，点上了烟，才发现根本不知道怎么抽，没人教过我，我只知道要猛吸一口。于是我先把肺里的气吐出来，然后把烟放进嘴里，火柴那头还点着，深深地吸了一口。瞬间我的肺里充斥着烟。我就在房间里一头栽倒在床上。摔下去的那一刻很奇怪，因为我的脑袋还是清醒的，我睁着眼睛却什么也看不见，好像是中毒了。我试着挣扎叫喊，声音却像是堵在喉咙口一般。我那时候明白抽烟不适合我，就再没抽过。

🎬 我能感觉到小号在你的人生中具有多重意义。你父亲是吹小号的，你学的第一件乐器是小号，小号也让你体会到被羞辱的感觉，你要靠它来换食物。等你能做选择的时候，你决定再也不吹小号了。成为作曲家后，你为电影《荒野大镖客》配的一段小号的音乐又获得了巨大的成功。

♪ 小号是一种非常出众的乐器。我经常用它，有的时候甚至会用上五把。你知道为什么吗？不是我生怕小号手失业，是因为这种乐器真的很美妙。我说的是铜管乐器。我想让它发出各种叫声，它能实现一些疯狂的音效。在《空荡的灵魂》（"Vuoto d'anima piena"）这首曲子里，铜管乐器在三个段落的开头都有爆炸般的效果。但不要拿《荒野大镖客》和《黄昏双镖客》做例子，那两部借鉴了迪米特里·迪奥姆金（Dimitri Tiomkin）在电影《赤胆屠龙》（*Rio Bravo*）中使用的一些东西。他在对决这一幕开始前使用了小号，但技法比较通俗，太简单了。我钟爱富有尊严意味的小号，一名出色的小号手在乐队演奏时吹出来的那种效果。在这种情况下，小号可以演绎很多情感：悲情、英雄主义、轻快、喜悦、幽默……所有情感都可以，就像斯特拉文斯基的作品一样，譬如我尤为偏爱的《火鸟》结尾，就是铜管和小号伴随合唱一起出现，效果惊人地出彩……这段音乐对我影响太大了。我变相使用过很多次，不是再现《火鸟》，但它给了我不少启示，饱含一种令人难以置信的情感，非常独一无二。

🎞 我知道，在神话题材的电影里，你喜欢在譬如皇帝或是军队司令登场前用小号的声音做引子，有点隆重、热烈的味道，预示着他们要出场了。

♪ 这种处理方式其实是比较简单的。对于小号来说，也是十分简化的使用方式。其实小号是一种能为神话、英雄主义、战争等主题增色的乐器，但这种用法是很受局限的。我很赞赏把小号用在现代交响乐中。在贝多芬的交响乐中，小号不常出现，在莫扎特和海顿的音乐里也是如此。过去那些伟大的作曲家知道如何正确使用小号，但他们并没有激发出这件乐器的潜能。再往后，瓦格纳和其他人在运用铜管乐器时采取的是另一种方式。铜管乐器能营造出充沛的感情，甚至能激发听众的热情。我们绝不能滥用铜管乐器，尤其是小号。小号的声音是细腻的，非常细腻，在演奏的时候一定要倍加用心。不能用简单粗暴的处理方式怠慢这种乐器。

🎬 在俱乐部和酒吧里给德国人和美国人演奏之后，你还在哪里吹过小号？

♪ 服兵役的时候。我在当工程兵后进入了掷弹兵部队，这是我申请的，他们也批准了。做掷弹兵的时候他们立刻把我纳入乐队，乐队水平一般，但还算能演奏。夏天来临的时候我开始创作一些音乐，给他们编曲，还会来几段小号独奏。我们在小镇的广场上有一片场地，就在那里演奏，来往的人们好奇地驻足围观。我是从作曲专业毕业后服兵役的，之前因为学业延迟了一段时间。我们的团长比波拉上校委托我给乐队演奏曲目配器。有一回掷弹兵团受指派配合拍摄一部电影，电影场景中需要很多雪花，所以他们都被调去忙剧务。挺倒霉的，好像是拍摄《战争与和平》。我就留在原地戍卫，一边还要作曲，除此之外还要看守火药库和车道大门。没人告诉我应该具体做些什么。我取了一顶头盔，把它放在一条长板凳上，然后放下加兰德步枪，回到寝室，在行军床上躺下，开始等换岗。没想到几轮岗下来又是我。于是我又去了火药库，把枪靠在墙上，把头盔挂在步枪尖上，开始看书。不一会儿中尉科尔西尼走进来，他是来整理内务的，那会儿是营房的第一负责人。他见我秃愣愣地站在那儿，也没戴头盔，也没持枪，一脸惊讶。站岗结束后，有人让我去找长官。我去找科尔西尼，他让我进去，然后狠狠敲了我一下，大喊道："我要把你送到监狱里去！"我回答说："中尉先生，我从来没受过惩罚。求求您了，请不要给我的军旅生涯记上污点。"他原谅了我。相信我，我并没有装无辜，真的是没有人告诉过我站岗时要戴头盔持枪。从此我意识到在军队中要服从纪律。

🎬 **后来你在新和音即兴乐团也吹过小号。**

♪ 在我作曲多年后，有些同事开始跟我交往起来。他们以前就常聚在一起做音乐。大概有六七个人吧，大家凑在一起，想对当代音乐的困惑表达自己的看法，也想解决由德国达姆施塔特的真正意义上的前卫作曲家们提出的问题。作曲的问题究竟出在哪里？作曲家往往会写一些超出演奏者控制的曲子，非常艰难晦涩的那种，但音乐其实是要通过演奏者来实现的，这种情况下演奏者会手足无措。我记得我的朋友弗朗科·埃万杰利斯蒂（Franco Evangelisti）就写过这样一首曲子。他准备了一些"字谜"，写上名词还有音符。这首曲子是给长笛演奏家瑟维利诺·加泽罗尼（Severino Gazzelloni）一天之后的音乐会写的。加泽罗尼真的很可怜，他能拿这些"字谜"怎么办？在音乐会上他即兴创作了一段，大获成功，他吹得很棒，但跟那张谱子一点关系也没有。正如发生在加泽罗尼身上的事，当演奏者变成了曲作者时，不得不说很让人难堪。他在埃万杰利斯蒂的谱子上进行即兴创作，很多其他演奏者也有过相似的经历。

🎬 **从某种意义上来讲，这对作曲本身构成了挑衅。**

♪ 我记得有一天在达姆施塔特，也是我们六七个人，有鲍里斯·波勒纳（Boris Porena）、阿尔多·克莱门蒂（Aldo Clementi），还有马西姆·波契安克基诺（Massimo Bogianckino）。我们参加了约翰·凯奇（John Cage）的一场实验音乐会。听我说，那场音乐会真的是尴尬极了。约翰·凯奇在琴键上按下两个音，然后打开收音机、关上收音机，再弹两下钢琴，拍一下琴身，随后稀里哗啦地翻乐谱。这一系列荒唐的举动大概持续了一个小时吧，台下的观众开始拆椅子抗议，是真的拆，还把椅子往地上摔，所有这一切都是约翰·凯奇设计好的，他就是要这种效果。第二天早上我们去达姆施塔特的一处树林中散步。我突发奇想站到一块石头上，我的作曲家同行也纷纷靠过来。我用嘴巴发出一阵奇怪的声音，类似猪嚎，然后有人跟着我从喉咙里发出怪声,还有人制造出更奇怪的声响。我开始领着他们发出怪声,一场小型音乐会就这样诞生了,这或许是致敬约翰·凯奇最好的方式。就这样,在达姆施塔特的小树林里,新和音即兴乐团应运而生。不过说到底,约翰·凯奇还是有他的道理的,他那场奇奇怪怪的音乐会矛头直指音乐节上几个不伦不类的作曲家。如果演奏者被迫即兴演奏,被迫在音乐会上成为所谓的作曲家,那真正的作曲家索性自己上台演奏好了。新和音即兴乐团就是这样不走寻常路,致力于制造出带有破坏性的音乐,我们就是这样描述自己的音乐的。譬如小号的声音不再是熟悉的,它能发出各种各样的声音,萨克斯不再是萨克斯,人们也认不出鼓的声音。这种做音乐的方式标新立异,我们是在创造声音,演奏出完全不同的音色。譬如我就用小号吹出了猫叫声,从常规的音律学角度出发,这一定是很糟糕的声音,但却出乎意外地好听。越奇怪的声音越动听。我们就这样做了好几年,也办了不少音乐会,我们也给 RAI 做过,效果很好,充满想象力。在罗马的博尔盖塞庄园法兰西学术院,我们举办了一场露天音乐会,用了六七件乐器,都装上了扩音器。我们演奏一种叫拉格的音律,总是保持相同的时值和音色,这样就营造出东方音乐的感觉,尤其是印度音乐。我们持续演奏了大概 49 分钟吧,然后觉得该放慢速度结束了。突然我们的钢琴师安东内洛·内里(Antonello Neri)开始弹奏浪漫的音乐,和现场气氛极不相符的那种浪漫!你懂吧,就是那种古典伴唱音乐或是肖邦的东西,即兴发挥。我们真是尴尬极了。"天哪,"我们说,"接下来该怎么办?"我开始咂舌,另一个人也开始发出可怕的声音。就在一瞬间,我决定来点不一样的,通常来说都是我起头。我拿过麦克风,简简单单说了两个字:"够了!"另一个演奏家也开始说"够了!",接着其他所有人都此起彼伏地说"够了!""够了!""够了!""够了!"。就是一场"够了!"的小合唱,给钢琴曲安上了一个毫不相关的尾声。其实这些"够了!"也是这场音乐会的一部分。大概持续了有20多分钟吧,最后安东内洛·内里结束了这场演出。音乐会结束了,我们的新和音即兴乐团也就此谢幕。

🎬 观众什么反应?

♪ 我都不知道怎么跟你描述!掌声不断,听起来自发有序。当我开始喊"够了!",当其他人也跟着我一起喊时,我们的声音俨然成了装饰音。我知道,这是一件非常扯淡的事,但它有趣,当然我们还是用这种方式为新和音即兴乐团的演出画上了一个句号,这也是不可避免的事情。据我所知,当时美国还有人想要模仿我们这种音乐模式。

🎬 所以说这些"够了!"让新和音即兴乐团完美谢幕了。

♪ 是的。这是一场令人伤感的音乐会,也是我最后一次吹奏小号。

🎬 真的吗,之后再没碰过?

♪ 也就一次吧。吉洛·蓬特科尔沃(Gillo Pontecorvo)在卡比托利欧广场举办婚礼时，请我去演奏《婚礼进行曲》，就在马可·奥勒留骑马像的下面。于是我重拾小号，虽然已经很久没练习了。他很高兴，但说实话我感觉那个场面有些悲情——在偌大的卡比托利欧广场上吹一把小号，况且吹得还很糟糕。不过吉洛还想让我多吹一会儿，我只好满足他的要求。要知道，我那时候的水平和服兵役期间已经无法相提并论了。

🎬 你懂音乐，会吹小号，这些在你服兵役期间给你带来过什么小小的特权吗？

♪ 可以说有很多，譬如我不用和其他人一起行军。不过我还是摆脱不了一件苦差事，因为那时候乐队要陪伴掷弹兵团去总统府上岗，我得步行过去。那时候我已经和玛利亚订婚了，她在乐队一侧的人行道上奔跑，和我们一起演奏行军。你想想，我们得从普拉堤走到总统府。你都不知道我当时的未婚妻一路追着我的样子有多可爱。

🎬 你看到她了吗？

♪ 是的，我边吹小号边看着她。我们俩就这样对视着，冲对方傻笑。但我走起路来是很标准的，掷弹兵行军是按照每分钟120次的节拍器速度行进的。

🎬 你还记得第一次见到玛利亚的情景吗？

♪ 她是我妹妹安德里亚娜的朋友，我见到她时她们俩正在一起。

你知道我认识她的时候羞于提及我会吹小号这档子事吗？

🎬 为什么？

🎵 因为小号是我和父亲在战争困难年代使用的东西。小号意味着往家里带食物，意味着卖香烟。吹小号仅仅是为了赚钱，这是一个赤裸裸的事实。这让我感到恐惧，我在外面甚至会把小号装进普通行李箱，而不是小号专用的箱子里。这样就没有人，包括她，能注意到它。我知道行李箱看起来有点大，还容易撞到，我也知道里面的金属摩擦声有可能会让人觉察出什么……不过好吧，这个秘密只是我的幻想，其实我妹妹早就什么都告诉她了，我是后来才知道的。

🎬 小号对你来说真的是一种折磨。

🎵 毫无疑问是这样的。

🎬 这么难以启齿是不是有点夸张了？

🎵 我这么做是出于对玛利亚的爱。这与我对待小号的态度截然不同。小号只是用来获得食物的，这让我觉得难堪，所以我不想叫人发现。

注释

1. **宾果游戏**：意大利传统的家庭抽彩游戏。**"7点半"游戏**：意大利赌博游戏。

像我母亲的名字一样

朱塞佩·托纳多雷 ————————————————

✕

埃尼奥·莫里康内 ————————————————

🎬　你第一次接触电影是什么情景？

♪　我去了伊斯佩里亚电影院，那里一次会连放两部电影。一张电影票就能看两部。很多电影院都会这样买一赠一。我不喜欢情感类主题的电影，我觉得有点假，音乐剧也没耐心看，演员常常会突然随着乐队伴奏开始唱歌。我喜欢冒险类和悬疑类的电影。

🎬　在卢恰诺·萨尔切第一次叫你为他做电影配乐之前，你从来没谈及预感自己有一天会对电影配乐感兴趣。

♪　我说过，那时候我对自己的小号手生涯已经绝望了，不过我对电影音乐的兴趣是在我为电影配乐演奏的时候培养起来的。当时我自然只是略懂皮毛而已，但已经准备好从事作曲事业了，此外，我已经写了很多年。萨尔切为正在拍摄的电影《春药》（*Le pillole di Ercole*）把我叫到萨尔索马焦勒。电影中有一部分录音播放的音乐需要我来写，不是电影原声，电影原声是迪诺·德·劳伦提斯负责的,他说:"谁是莫里康内?拜托了,能不能叫个别人!"不过萨尔切对我很尊重,一年后他又叫我为他的《法西斯分子》配乐。我还是比较平静的,这可以说是我初出茅庐的体验吧。

🎬 可是在此之前你从来没有在声画剪辑机上看过电影吗?

♪ 从来没有,是剪辑师罗贝尔托·钦奎尼(Roberto Cinquini)教我的。他向我解释怎么用机器,怎么打点,什么是声画同步,什么时候到标记点。所有这些都很简单,我没觉得有什么难的。我们就把一些要配乐的画面做上标记,然后我回家配乐。皮埃尔·路易吉·乌尔比尼(Pier Luigi Urbini)为配乐做指挥。他是一位非常伟大的小提琴演奏家,指挥得也相当不错。

🎬 为什么不是你指挥?你也有过一些指挥经验。

♪ 因为害羞。也可能是想从容一点吧,所以我叫乌尔比尼来指挥。他爽快地答应了,指挥得很棒。按照常理,有人找我给电影配乐,就应该是我来指挥,但这对我来说是个问题。几天前我还在跟我要指挥的乐手们肩并肩地演奏,就在他们身旁,我就是他们中的一分子,现在要抽离出来会有些奇怪,会尴尬,我自觉很难逾越这个障碍。我第一次上指挥台是指挥一首歌曲,台下的乐手都各聊各的,完全不听我的,我很生气,挥起拳头朝乐谱架砸下去,他们这才看向我,指挥才得以进行下去。至于《壮士千秋》,倒是我自己指挥的配乐。我请过乌尔比尼,还有我的同门师兄布鲁诺·尼科拉伊。他指挥过我的很多部电影配乐。后来赛尔乔·莱昂内对我说："为什么你不亲自指挥呢？这样或许能更好一些，乐队认曲作者，会更听指挥的。"从那以后我才开始指挥我自己的曲子。在克服了这个困难后我更加获得了勇气。

🎬 **莱昂内的直觉很准。**

♪ 是的，我接受了他的建议，很有用。不过导演鲍罗尼尼就完全相反。他跟我说："你就在我边上待着，我们可以随时沟通。乐队指挥这事儿就交给别人吧。"他怎么说我就怎么做。我找来尼科拉伊指挥。之后像弗朗科·费拉拉、尼古拉·萨玛勒（Nicola Samale）、强弗朗科·普勒尼奇奥（Gianfranco Plenizio）和弗朗科·坦波尼都为我指挥过。

🎬 **在你看来，你指挥和别人指挥有什么不同？**

♪ 准确来讲我也不知道。莱昂内和鲍罗尼尼意见相左，但他们的建议都是可以理解的。莱昂内认为乐队需要近距离感受到曲作者的权威，鲍罗尼尼觉得曲作者待在导演身边最重要。两人都有道理。

🎬 **回到导演萨尔切，你和他保持了很久的合作关系。**

♪ 我和他断断续续合作过五部电影。他对我的音乐总是很满意。跟我合作的第二位导演是卡米洛·马斯特罗钦奎（Camillo Mastrocinque）。他热心、开朗，细致又耐心，对人也很尊重。我为萨尔切的电影《一女一百万》(La cuccagna) 录制音乐的时候发生了一件荒唐的事。电影介于悲喜剧之间，萨尔切把电影分成四五个部分。有一个来自"国家音乐"的发行商，叫梅克尔，对预算看得特别紧。在第一轮录制时，他看到我和乌尔比尼进行到第四部分就停下来了，他立马表现得仿佛我们把事情搞砸了一样。乐队人很多，花费也不少。梅克尔开始当着全部乐队成员的面在乐谱架前飞快地踱步，可能是一种表达抗议的方式吧。我之前对梅克尔这个人和他控制预算的作风有所耳闻，不过说实话我既没有浪费他的钱，也没帮他省钱。我拉着他的胳膊说："这样吧，你不用付我钱了，但你现在先让我们把事情干完。"他立刻停了下来。他这么焦虑地走来走去让我不得不想出这一招来，不过后来电影进展一切顺利，梅克尔也支付了我的报酬。他是一个很坦诚的人，但有的时候过于焦虑，也有可能因为我还是一个新手。他对我很好，每天骑着摩托车陪我回家。人很好，但在工作上有点让人不爽。至于萨尔切，在拍完《花言巧语》(Slalom) 后他对我说："你不适合给喜剧片配乐，你给我做的那几部都不好。"从那以后他再也没叫过我。不过我们还是很好的朋友。

🎬 他为什么这么说？

🎵 我也不知道。我对幽默曲风的片子挺在行的，而且我给他写了不少。谁知道呢，可能是他看到我和莱昂内合作的片子非常成功吧。我也不知道为什么，也可能是他物色了新的作曲人选。

🎬 **最初你给萨尔切和马斯特罗钦奎做音乐的时候，你有什么特定的风格吗？**

♪ 都是从零做起的。我觉得自己没有特定的电影配乐文化或风格。我去电影院看电影时不太注意配乐。我对美国的音乐剧很反感，《西区故事》（*West Side Story*）除外。我做第一部电影配乐的时候就没有遵循什么一定之规。在学作曲时，我会拿自己跟一些作曲家做比较，我觉得有些东西我也可以做，但有些就算了。拿作曲家尼诺·罗塔来说，他写了很多重要的作品，那些一分钟或一分半钟的音乐，他能当场直接写出来。他有一把椅子正对着乐队，就在指挥旁边，另一边是抄谱员，负责抄写乐谱、马上发给演奏者。很不可思议吧！像这样的作风我也不愿意效仿，我需要安安静静地在家里搞创作，这是我作曲的方式。至于真正的音乐文化，我是在工作中日复一日不断成长的。今天的我和 10 年前的我已经不一样了，同样，10 年前的我和 20 年前的我也不同。我经常自问是否越做越好。总而言之我是在改变的。我也有在乐队面前写曲子的经历，你是知道的。

🎬 **是的。为电影做配乐的时候，你内心深处最看重的是什么？**

♪ 我希望这些配乐不仅仅是为电影而存在，它们的一致性和自身的可听性也要过关。好的配乐从电影中剥离出来后可听性也要很强，这是我做电影配乐最重要的目标之一。第二是与电影主题的匹配度。譬如一部讲古希腊的电影，我就不能配特别现代的音乐。在给朱塞佩·帕特罗尼·格里菲做《可惜她是个娼妓》（*Addio fratello crudele*）时，就要认识到这是一部伊丽莎白时代的喜剧。从服装、舞台布景、风土人情到人物的对话再到演员都要有所考虑，因此配乐也不能跳脱出这样的设定，从这点来讲我从来都不是一个改革派。只有当导演有特定需求的时候我才会打破这个规则，不过也不能说它完全是铁板一块。

🎬 你在那一代音乐家里可以说是一个标杆。我想知道，你在电影配乐上大有作为，这会改变你和纯音乐之间的某种关系吗？

♪ 即便到了现在，我在那些搞纯音乐的人看来依然是一个反面例子。虽然这些年来这种看法有所改变，但总体上还是这样。很多人认为纯音乐是自主独立的，而且只能独立于其他音乐之外。如果你为其他艺术进行音乐创作，这本身就是一种背叛，是要受到指责的。你知道埃万杰利斯蒂是怎么跟我说的吗？他说："埃尼奥，不用管这些人。他们虽然做的是纯音乐，但要是能做你做的那些，肯定会使出吃奶的劲儿去争取。"我现在还记得，从前的我真的觉得这份职业有点让我难堪，不是说招人嫉妒之类的，是说它和音乐的纯粹性不兼容。现在时代不同了，电影音乐的价值得以被重新评估。作曲家兼散文家鲍里斯·波勒纳也师出佩特拉西，不久前他就指出，那些成熟的音乐家对电影音乐所持的偏见是错误的。他这个立场给我带来了极大的喜悦。我们曾相互交换过礼物，他赠与我一首附有献词的中提琴曲，我也创作了一首送给他。

🎬 你还心念纯音乐吗？

♪ 不，不是这么说的。不过你也不要觉得，我创作电影音乐就把对纯音乐的追求晾在了一边。我确实因为电影配乐的工作，在很长一段时间里放弃了纯音乐，但自上世纪80年代以来重拾旧业，算下来我至今已经写了100多部了。

🎬 但是你所说的这两种音乐的趋近与融合，在上世纪60年代是不存在的。那时候的音乐界也是割裂的，就像很多别的艺术领域一样。这种差距可能会让你觉得不太舒服。你觉得自己是一个不被理解的音乐人、一个为电影市场效劳的人吗？

♪ 为电影市场效劳，确实是这样。我知道我的老师佩特拉西对我从事电影配乐工作非常看不惯，我也知道我本可以用一种非常有尊严的方式从事作曲工作，使用里切尔卡，在纯音乐的创作上不断提高自己，不过谁也没有告诉我说我不被理解。此外，将"不被理解"这个说法安在我头上也显得不太公正。从电影音乐编曲、配器的角度来讲，我绝对不是不被理解的那一类。要说不被理解，那可能要回到纯音乐的领域，这是有可能的。不过总的来说我一直很自由，就像我母亲的名字莉贝拉[1]那样，这一点对我来说有好有坏吧。

🎬 坏的一面有什么呢？

♪ 譬如我给达里奥·阿基多（Dario Argento）写了一首很现代的音乐，至少放在那个时代是超前的。就是那种混合风，半音自由，会把一些奇怪的音组合在一起。我给他写了三部电影的配乐。我会这么写也是因为我获得了充分的自主权。我写完第三部电影的时候，达里奥的父亲萨尔瓦托雷（Salvatore）对我说："为什么你写的音乐听上去都差不多？"这显然是不可能的，但是公众还没有习惯在不协和音之间感受不同，他们只能接受一首曲子的主旋律，其他的部分都会忽略。主旋律会完全盗走人们听觉上的注意力。我回答他说："你把这三部电影的音乐放在一起听，就能注意到区别。"我写的那些音乐没有旋律，在面对那些血腥的、充满犯罪谋杀情节的电影时，我会反其道而行之，用一些几乎是孩童式的主题音乐来软化它们，让观众意识到电影主角病态的行为似乎来自童年时期的某种缺失。这三部电影中，我都用了悦耳简单又有些天真的音乐桥段，像摇篮曲一样。其中有一段是以嬉戏的儿童合唱来结尾的。不过后来达里奥再也没找过我。这倒也没关系，反正我也不缺活儿。

🎬 像这种用天真的孩童主题音乐来展现血腥场面的点子是你还是导演阿基多想出来的？

♪ 我想出来的，我向达里奥提出来，他欣然接受。我看到了两者之间存在的某种联系，这不是什么偷工减料的借口，这样处理可以让音乐更好地为电影主题服务，这是我能想到的很有必要的做法。尤其是在第三部电影里，有一个暗示的桥段，主人公在年轻的时候受过严重的创伤，我想通过音乐来表现这个内容，这样画面上就可以不用交代了。我设计了一段妈妈唱摇篮曲的音乐。这样画面上的血腥生硬能在女声中柔化一点。我这么做征得了导演的同意，一切都很合适。后来我在其他很多电影里都使用过这类没有旋律的音乐，大概有 20 多部吧。有的时候某个导演跟我说："就这个，这个就很好！"说实话我都不知道怎么去复制，因为这些都是随机创作的，对我来说这种随机性很重要。我记得弗朗科·坦波尼和一些导演跟我说："埃尼奥，如果你继续这么写，就没人再理你了。"这之后我稍微做出了一些改变，我试着从写作方式上来改。我会有意避开那种过于先锋的表达，回归一种相对常规的风格。不过我还是会时不时地在这里或那里偷偷夹带一点私货，至少导演觉察不出来。过了几年，阿基多又喊我给他的两部电影配乐，不过我们俩因为一点小误会分道扬镳了。倒不是什么真正意义上的口角，我觉得现在说出来也无妨。那时候我去罗马电影城的录音棚录音，他正在盯《幻影歌剧》（*Il fantasma dell'Opera*）的混音，我没去找他，而是径自去了《海上钢琴师》（*La leggenda del pianista sull'oceano*）的混音棚，那里需要我，里面有成百上千个音乐点要复查，我得盯着。他就在我隔壁的房间，当时就怒了。他那部电影在音乐上需要留意的地方不多，没什么可说的。

🎬 是的，我记得你们在两个相邻的房间里工作，不过我当时并不知道还有这回事儿。

♪ 他挺不高兴的。但其实后来我去找过他,他已经不在了,几天后他都搞定了,就走了。

🎬 **你能意识到自己在音乐上做这些实验性的尝试会有点玩过头吗?**

♪ 不知道。但如果有人要做这类音乐,比较先锋的、随性的,就得一条路走到底,看看是可行还是不可行。音乐的演奏者要时刻准备用乐器来呈现作品,这才是音乐。作曲时不能寄希望于任何东西,因为空白的乐谱就是白纸一张,或许只标出了一首曲子的结构,但任何休止,以及时间上的静止应该出现在哪里,这些细节都是没有的。这就让作曲拥有一种与生俱来的绝对性。作曲不能畏畏缩缩害怕出格,否则这种绝对性就会打折扣。我承认有不少非常复杂的音乐会让我感到兴奋,甚至到现在也是,但如果仔细想想,我确实能意识到有时候有点过头了。譬如和马可·贝洛基奥(Marco Bellocchio)合作的时候我就弄得一团糟……那时候我正在为恩佐·多里亚(Enzo Doria)制片的电影作曲,《口袋里的拳头》(*I pugni in tasca*)算是最早的一部。我就负责音乐。我写了一首女声摇篮曲,那时候还没有艾达·德洛尔索,不过女歌手也选得不错,合唱是罗马交响乐团唱的。那首曲子也有点怪怪的,不算很现代,里面夹杂着一些纯音乐的影子。女歌手的声音伴随着各种钟声的不协和音,有震颤的声音,也有金属碰撞的响声。我对这个作品挺满意的,贝洛基奥看起来也是,于是后来他又叫我给他的电影《中国已近》(*La Cina è vicina*)作曲。我向他描述我想做点不一样的东西。我想写一种类似歌谣的曲子，有人唱"中国已近"，有人唱其他的，具体来说就是把"中国已近"这几个词的字母拆分重组，譬如组成"我骑着赞美诗"（Cavalcai inni），类似这种字谜游戏，非常疯狂的想法。不过他不怎么喜欢，我连录音的机会都没有，因为这实在有点不搭调。是的，我当时完全迷路了。我了解他，他也没再找我配乐。不过我们之间的关系还是挺融洽的。

🎬 **所以你是想说如果完全放任你去创作，可能会有风险？**

♪ 有可能。不过那是初作曲的时候，年代也不同了。马可的电影艰深晦涩，所以我也想加一点深奥的元素进去。不过我想写的那首曲子确实跟电影本身没太大关系，他说得没错。现在我会用另一种方式来对待艺术上的自由，我会稍微谨慎一些，也会叫上导演一起参与。那时候我胆子很大，也有点不负责任。但我必须承认，这个字谜的主意我很喜欢，现在依旧喜欢。

🎬 **如果你当时能录下来，我会非常好奇地想欣赏一下。**

♪ 这段音乐应该是表演出来的，不是唱出来的。伴奏是一首很简单的小曲子。我希望是节奏稍快一点的那种表演，我还想要用演员奥莱斯特·莱内罗（Oreste Lionello），他能诠释得很完美。

🎬 **是什么让你孜孜不倦地追求音乐的实验性？**

♪ 我不想一直停留在原地。这个愿望是自发的。这是一种能让自己保持主动的方式，这样可以源源不断创作出新的东西。不过要注意的是，实验性的音乐要配上对的电影才行，我不能随意到拿那些大众电影来做实验。这不现实！我很清楚，电影要靠票房支撑。我也对自己曾经犯过的严重错误表示遗憾。在和贝多利合作电影《乡间僻静处》时，在他的允许下我做了大量的实验。那部电影非常不错，但是票房一般，配乐极其艰涩。那是我一个人的责任，不关其他任何人的事，我本该更谨慎一点才对。电影没赚什么钱，我对制片人阿尔贝托·格里马尔蒂（Alberto Grimaldi）说，我可以免费再给这部电影重做音乐。这么棒的电影票房却一般，这是不能接受的。我觉得很内疚，幸运的是贝多利没同意，他在拍下一部电影《对一个不容怀疑的公民的调查》（Indagine su un cittadino al di sopra di ogni sospetto）时又叫了我配乐，那部电影票房不错。

🎬 那你调整策略了吗？

♪ 可以说我后来明白了。实验并没有结束，它以另一种形式和面貌出现了。你可以自由接纳更多不同的想法，在不同作品中用另一种形式去表现它，使之贴合你的初衷。所有这一切都保护了我的实验尝试，只是方式方法完全不同了，不再是摧毁性的那种。这么做，听众更容易接受一些。你依然能够从中寻找到意义，但音色会变得重要起来，它和音乐中的其他元素剥离开，变得更加清晰可辨。

🎬 除了达里奥·阿基多和马可·贝洛基奥的作品，你最荒诞的尝试有哪些？

♪ 我说过，大概就是贝多利的电影。我之所以做这样的尝试是因为我觉得有这个必要。那个片段描绘了一位抽象派画家，人人都觉得他疯了。我需要写一段音乐来突出他怪异的行为。音乐学家塞尔乔·米切里对我这段设计不太满意，他跟我说："如果你写这些先锋音乐是为了将它们用到疯狂和血腥的场景里，那这些音乐也算不上什么。"他说得有点道理，对我震动很大，我思考了两年时间。最后我是这样回应的：在威尔第的作品中，富有戏剧性的音乐单拎出来是很简单的，它伴随戏剧性的情节出现，但本身并没有戏剧性的效果。事实上，我们要考虑听众的感受，大家文化程度不一，因此会将瞬间的戏剧性情节带入音乐来理解。这件事不应该由作曲来主导。在电影配乐的创作中，我要考虑公众的感知，当电影中出现疯狂的桥段时，应该由导演而不是我来主导这部分的呈现。我是创作音乐的，我写出来的音乐要为这段情节服务。大众能感知到这一步，说明这么操作没问题。我并没有抛弃实验性的尝试，我经常用导演觉察不出的方式来呈现它。

🎬 所以，对于在创作中隐藏实验性探索的意图，你还挺自得其乐。

♪ 在达米亚诺·达米亚尼（Damiano Damiani）执导的电影《魔鬼是女人》（*Il sorriso del grande tentatore*）中，我创作了一首曲子，这支曲子可以看作我之后创作路径的一个源头。电影拍摄的时候我去摄影棚找导演达米亚诺，一般来讲这类地方我只有在遇到一些极罕见的情况时才会进入。我在舞台布景中看到了一些极为重要的东西。有很多电影场景会在类似宗教场所的地方进行拍摄，这部电影的布景师翁贝托·图尔科（Umberto Turco）在布置不同时期建筑风格的教堂方面非常在行，电影呈现了包括巴洛克时期在内的各种时期的教堂景观。他做得异常出彩，真的。我无法从这种华美宏大的布景杰作中抽离出来，置身其中仿佛沐浴在各个时期的圣乐中一样。我没有写弥撒曲，而是选用了复调音乐诞生初期不同阶段的音乐以及它出现之前的高旋律和假低音等元素。我想找到不同国家孩子的声音，但有点难，于是我自己做了合成。我选用了现实中的声音，并赋予它们音阶。我的这次尝试坚持了好几年，最后终于有了用武之地。在歌曲《世界之子》（"I bambini del mondo"）中，我就使用了这些声音，并把全世界各地孩子们的合唱放了进来，有塞内加尔的、中国的、日本的、美国印第安人的。我把这些歌声混在一起并赋予每首曲子一个音阶。这样，我就得到了一首有十一种声音的曲子，差一种就是十二音体系了。正是这个尝试——这件事对我有决定性的意义——让我开始重新思考电影音乐和其他的一些东西。另外，《寂静之声》（*Voci dal silenzio*）的创作就来自这些尝试。

🎬 既然说到了《寂静之声》，我记得上世纪60年代你曾经为塞尔乔·安德里戈写了一首歌，里面还加入了教皇的声音……

♪ 还有马丁·路德·金和约翰·肯尼迪的声音！

🎬 我觉得那首歌和《寂静之声》很相似，所以这些都来自你很早以前的尝试。

♪ 没错。这两者我倒从来没放在一起对比过，但确实，我在这首歌里放入了三个重要人物——教皇约翰二十三世、马丁·路德·金和约翰·肯尼迪的声音，这和《寂静之声》的创作手法如出一辙。你这样联系没错，就是把现实中的声音塞进音乐里，无论是唱歌还是说话的声音。在一段音乐声和安德里戈的歌声后，教皇约翰二十三世开始说话，约翰·肯尼迪开始说话，马丁·路德·金开始说话……不能说我在滥用这些声音，因为他们所讲述的中心意思正契合这首歌，这首歌就叫《自由之歌》（"Canzone della libertà"），是为电影《不在场证明》（*L'alibi*）创作的，导演是阿道弗·切利（Adolfo Celi）、维托里奥·加斯曼（Vittorio Gassman）和卢恰诺·卢契亚尼（Luciano Lucignani）。

🎬 这首曲子放在当时那个年代算比较极端的吗？

♪ 可以这么说，不过像这样的东西我经常做。我不喜欢躺在那些庸常或辨识度很高的作曲套路里。不过也不是说所有这些我都能避开，也只能说有的时候可以有所突破吧。

🎬 你是如何避免重复自己、陷入套路的呢？我想问的是……当你给一部新的电影做配乐时，肯定有导演会要求你复刻过去那些耳熟能详的曲子。你肯定是想摆脱过去那些东西的，但导演会对你说："你能给我写一些像《美国往事》(Once Upon a Time in America)那样的曲子吗？""你能写点《教会》(The Mission)或《天堂电影院》那种风格的东西吗？"

♪ 有时候我会做出退让，有时候不会。我会尝试建议做出一些新的东西，但导演常常会执着于那些已经成名的片段，面对新曲子会较难适应。我总是尽量满足导演的需求，然后在录音的时候给他送上惊喜，譬如一段旋律听起来有点似曾相识的感觉，但会有让人耳目一新的配曲，或做一些变奏，等等。这也可以说是一种妥协吧。每次去录音，我都对导演的反应异常紧张，因为那是我们一本正经做决定的时候，和几个月前在钢琴上试弹不一样。真正的配乐都是在电影拍摄、合成和配音之后完成的。那个时候作曲才会给出创意，也许导演根本就不喜欢。有的时候就会这样，我总是很焦虑。

注释

1. "**莉贝拉**"（Libera）在意大利语中意为自由。

荒野西部片

朱塞佩·托纳多雷 ─────────────

✕

埃尼奥·莫里康内 ─────────────

❂ 你刚才谈到了萨尔切和马斯特罗钦奎。之后呢？你的第一部西部片是和谁一起合作的？

♪ 第一部是和导演马里奥·卡亚诺（Mario Caiano）合作的，叫《我的子弹不说谎》（*Le pistole non discutono*）。不久我又和西班牙导演里卡尔多·布拉斯科（Ricardo Blasco）合作了第二部西部片《红沙地上的枪战》（*Duello nel Texas*）。在做这两部电影时我还不认识莱昂内。他也正是听了我这两部电影的配乐才找我的。这是他亲口告诉我的，之后就有了《荒野大镖客》。

❂ 你和莱昂内第一次见面是什么样的情形？

♪ 莱昂内来我家。我那时候住在罗马的绿山街区。他问我是否愿意做这部电影，我答应了。你知道吗，他在跟我说话的时候，我有种尴尬的感觉，因为那张面孔似曾相识。他的姓我也有点印象，还有他说话时嘴唇嚅动的方式，都很熟悉。我突然想起来了，就是他，我小学三年级的同班同学莱昂内。他的名字我已经记不太清了，姓还记得。就在他滔滔不绝时，我突然打断他："喂，你是那个上学那会儿上过电视节目《亲爱的》的莱昂内吧？"他回答道："是啊，是我！""我是埃尼奥·莫里康内，你还记得吗？""啊！真的！"于是我们就这样对上号了。上学的时候我们算不上朋友，可在那个瞬间我们就成了好朋友。那天下午，他把我带到老绿山街区的一家电影院，看一部叫《用心棒》的日本电影。他跟我解释说《荒野大镖客》就想做成这个样子。晚上我们一起去希斯托桥后面的车夫切柯餐厅吃饭。老板切柯也是我们小学三年级时的同班同学。总之那晚有一种久别重逢的感觉。

🎬 他来找你的时候，"荒野大镖客"这个名字已经定了吗？

♪ 没有，一开始好像叫《伟岸的外来人》。最初的名字是这个。不过有关片名还真是发生过一个小意外。当时电影上映后，制片人忘了通知唱片公司换名字，因此原声唱片依旧叫《伟岸的外来人》。《荒野大镖客》上映的时候，RCA 唱片公司没把它和手里在做的唱片联系到一起，一直在等。大概等了有一个月的时间吧，最后才知道原来已经造成轰动的《荒野大镖客》就是《伟岸的外来人》。RCA 立马匆匆发行了专辑，销售情况自然是很好的，但已经损失了一个月的销量，那可是一笔不小的损失。

🎬 莱昂内想让你写什么样的曲子？

♪ 他什么要求都没提。他就说很喜欢我跟卡亚诺和布拉斯科做的东西，继续朝这个方向写就行。我之前给一首美国音乐做过编曲，在这个基础上我复刻了当时的创意和想法，并重写了一个旋律。我还加上了口哨声，由亚历山德罗·亚历山德罗尼（Alessandro Alessandroni）演奏。在最后的录制现场，莱昂内特别兴奋，喜欢得不得了。我记得《荒野大镖客》是在佛罗伦萨首映的，一炮打响，取得了巨大的成功。

🎬 你说的那首美国音乐是什么来头？

♪ 在那之前 RAI 的一个负责人维托里奥·兹维利（Vittorio Zivelli）给我打电话。他希望做一档音乐节目，只有音乐的那种。他给了我很大的创作空间。"埃尼奥，你自己决定做什么，一首纯音乐、一首歌曲，就这个要求。"我写了九首曲子，取名"小小音乐会"。那时候，对于指挥乐队我还很害羞，所以我喊了卡尔洛·萨维纳来帮忙。他是一名很出色的指挥，此外，他也是第一个让我在电台给乐队编曲的人。我觉得他有恩于我，于是找他来指挥我的两部作品，分十二次转播。第一部很成功，电视台又把第二部委托给我做。也就是在那个时候，我还同时在给一首很棒的美国歌曲《富足的牧场》（"Pastures of Plenty"）编曲，那首歌是 1941 年写的，由伍迪·格思里（Woody Guthrie）演唱，我把这次编曲的配器思路运用到了《荒野大镖客》上。所以《荒野大镖客》的创意并非来自电影本身，而是来自这次编曲，只不过我又加上了口哨声。也就是说我是在编曲的基础上重写了旋律。你看，我在职业生涯中做了很多编曲，这些都可以拿来用。我不是很看重乐曲的出处，我可以在此之上写出自己的旋律，而且我能做得很好，我不觉得这有什么问题。

🎬 所以具体来说你是怎么做的？

♪ 莱昂内很是喜欢我在《小小音乐会》节目中给《富足的牧场》做的编曲，他想把它用到电影里。我也觉得这个主意很不错，于是我照搬了整首曲子，然后写了新的旋律，就是口哨那部分音乐。我只做了一处变动，小变动。在《富足的牧场》里，伍迪·格思里唱的是"我们随尘飘来，伴风而去"，在合唱部分，我把"伴风"改成了"伴火"。其他什么也没变，不过我也不希望所有的地方都一模一样。

🎬 是什么让你决定要用这首已经写出的曲子？

♪ 我再说一遍，莱昂内告诉我他在电视节目里听到了这首歌，很喜欢，想用。我也觉得很搭，和他的西部片很搭。这首曲子能够营造出一种预见未来的气氛。事实上，我在莱昂内随后的电影《黄昏双镖客》和《黄金三镖客》中也重复了这些经验。我个人认为《黄金三镖客》是他最初做的所有电影里最有意思的一部。我指的是音乐上。彼时，莱昂内也日臻成熟，他的成长速度惊人地快，我也在这个过程中有所提升。我还记得在拍《荒野大镖客》的时候，预算只有一亿两千万里拉[1]，这部电影大获成功后，他的预算渐渐充裕起来。

🎬 **你的意思是《荒野大镖客》原声带制作的预算也紧巴巴的？**

♪ 没错。我们在拍《荒野大镖客》的时候发生了一些分歧，出于某些原因，我甚至差点不干了。你想想，我那时候没有工作，都宁可不干。事情的经过是这样的：电影进入后期剪辑时我去看片，那是我第一次看，电影到尾声两人对决的时候，我们的剪辑师罗贝尔托·钦奎尼给这段画面加入了迪米特里·迪奥姆金为导演霍华德·霍克斯（Howard Hawks）的电影《赤胆屠龙》写的一段鼓乐，叫《墨西哥进行曲》（"Degüello"），但这是迪奥姆金为演绎那个年代的美国军乐创作的一首曲子。赛尔乔想在电影里用这段音乐，他觉得特别适用于最后克林特·伊斯特伍德（Clint Eastwood）和吉昂·马利亚·沃隆特（Gian Maria Volonté）对决的那个大场面。你明白吧？我得接受他们在我的作品里放《墨西哥进行曲》。我跟他说："赛尔乔，你觉得什么好就用什么吧，不过我得回家了。这电影我不干了，再会，感谢。"

🎬 **这哪是分歧，简直就是争执了。**

♪ 确实，差不多算吵起来了。我从不接受任何一位导演做类似的选择，即便放在那个时候，没有太多活儿也不能接受。我对他说："抱歉，你是想在压轴的那部分放现成的音乐？如果是这样的话，我就是一个只配写配乐的小傻瓜了。"我真的就撒手不管，回家了。赛尔乔不得不屈服，但给我提了一个条件："那你就给我模仿《墨西哥进行曲》写一段，我觉得它效果太好了。"

必须承认，他这么做已经非常够意思了，但我还不打算就范。为了逃避这个义务，我耍了个诡计。

🎬 你怎么做的？

♪ 几年前，我给根据尤金·奥尼尔的戏剧《水手悲歌》改编的同名电视剧写音乐。剧中，有个黑人歌手在船尾唱摇篮曲，曲子就是我写的。我对自己说："赛尔乔，这下可有你好看的了。"我把在《赤胆屠龙》上映前写就的这首曲子的旋律剥离出来，用在了打斗的场景里，选择小号演奏，这样，这首重塑的曲子就不再是原来的样子了。在把曲子拿给莱昂内听之前，我亲自指导小号手米凯雷·拉切伦扎（Michele Lacerenza）用《墨西哥进行曲》中的方式来演奏："注意所有可能出现的变化，还有变奏，哪怕是极细微的地方。"他把所有的起伏和旋律走向摸透了，即便是我没写下来的他都搞得清清楚楚。就这样，我的诡计成功了。要知道，一开始莱昂内钦点了另一位小号手，想让尼尼·罗索（Nini Rosso）来演奏，那时候他很火。我跟他解释说这不太行，我们用的是RCA唱片公司，但罗索是Fonit Cetra唱片公司的人。然后又是一场恶战。你看他挺和善的，但总是发脾气，我只好慢慢劝。还好他的妻子卡拉帮了我一把。说回拉切伦扎，那天他演奏得特别棒，但吹小号的时候眼泪一直在眼眶里打转，因为他知道莱昂内不想要他。几年后我才跟赛尔乔老实交代了事情的原委，那会儿我们俩的友谊已经千锤百炼了。我对他说："你知道吗，赛尔乔，那首曲子可不是我给电影现写的，是我几年前的。"

🎬 除了改成小号吹奏，歌曲部分你是怎么处理的？

♪ 我把它改成了简单的弦乐配乐，和迪奥姆金演绎军乐的方式差不多，但我让演奏者额外加了一些快速的变奏。这首曲子的旋律是我写的。

🎬 所以拉切伦扎是背负着巨大的委屈演奏的。

♪ 是的。他真的是含泪演奏，幸好演奏得相当不错。后来莱昂内再也不提尼尼·罗索了，他对演奏非常满意。我刚才说了，我对赛尔乔使了一点诡计，没告诉他那首曲子是之前写的。不过后来有一天他问了我一个难以置信的问题："那首曲子早就有了吧？如果是的话，你知道我要什么、不要什么吗？这样吧，你把之前被其他导演否决的音乐都拿来听听，我自己来选。有的时候这些导演就是什么也不懂，他们不要我要，我不在乎。"

🎬 他后来真的用过？

♪ 你想想从《荒野大镖客》到《美国往事》有多少年吧。《黛博拉之歌》（"Tema di Deborah"）就是我给弗朗科·泽菲雷里（Franco Zeffirelli）的电影《无尽的爱》（*Endless Love*）写的曲子。我把它拿给赛尔乔听，他很喜欢。有一回在剪辑室，弗朗科对我说："这里放戴安娜·罗斯（Diana Ross）唱的歌，另一个作曲者写的那首。"我就直接怼他："那你就这么做吧。我走了，祝好！"我真走了。最后这首歌用在了《美国往事》里。《无尽的爱》的制作人来自瑞典，人特别好，最后还是给我支付了报酬。我拿了钱，再也没理会那部电影。后来泽菲雷里和我大吵了一架，他是真火了，想方设法让我赶不上回意大利的飞机，一直缠着我说这个说那个，就是为了拖延时间。算是被逼急了吧。我也没妥协，一手推开他说："我现在要去机场了，再见。这部电影我不做了。"不过他也没对我怀恨在心。相反，几年后他又喊我做一部新的电影《哈姆雷特》(*Hamlet*)，他跟我说："埃尼奥，这次你不用像以前那样写一个主题出来，我想要一些烘托气氛的音乐，要音效特别棒的那种。"我回答："那好，这件事我乐意做。"我特别高兴，他可以给我这么大的自由去做我想做的事情，尽可以不考虑主题的设计。我还记得我在锡耶纳举办的一场电影研讨会上说过这件事，因为一般来讲，导演都会要求创作者有一个主题，但泽菲雷里却没有这样要求。于是我就没有考虑主题这档子事。进录音棚录音的时候，泽菲雷里却突然变卦了，黑着脸问我："你是没写主题吗？""弗朗科，"我回答道，"是你让我这么做的啊。"他却坚持表示需要一个主题。于是我用接下来的一天时间写了一首双簧管的主题曲，为演员梅尔·吉布森（Mel Gibson）的独白"生存还是毁灭"伴奏。我是在一首现成的曲子上写的旋律，最后效果非常不错。当然了，后来他再找我，我严词拒绝了，我再也不想给他干活了。到此为止。不能在录制环节临时改方案，因为我已经写完了，还花钱请了乐队。这对我来说是不能接受的。他对我倒是不错，我也尊重他，但这种玩笑我开不起。不能这样做事情。

🎬 **让我们回到赛尔乔还有那些被其他导演否决的音乐作品。**

🎵 赛尔乔有点喜欢揶揄其他意大利导演。他喜欢意大利导演，但也没有那么喜欢。他最倾慕的是美国导演。我们在做《美国往事》的时候，我把《黛博拉之歌》拿给他听，他非常喜欢，其实我个人也很喜欢。这首曲子里有静默、有停顿，这些都是我热衷的元素。另外，《黛博拉之歌》的创作过程很艰难，我在洛杉矶花了8天时间才写出来。当时泽菲雷里把我叫到那儿去，他本应该当天就到，却迟了整整5天。他把我一个人扔在宾馆里，留下一架钢琴，也从不过来。我不太喜欢这样，会有点紧张。幸好这首曲子最后在莱昂内的电影里派上了用场。我一个音符也没改，完全就是我在洛杉矶给泽菲雷里写的那首。

🎬 **《荒野大镖客》的音乐早于电影诞生，而这首《黛博拉之歌》也许是你做的电影配乐中大家最喜欢的一首了，原本竟是为另一部电影写的。你得承认这听上去有点儿奇怪，挺有意思。**

🎵 有时候一些作品就是这样诞生的，我并不反感这样的过程。总之这一切都给我留下了不可磨灭的印记。说实话我不喜欢《荒野大镖客》的音乐，虽然它很成功，但这并不妨碍我对它无感。我也经常念叨赛尔乔，让他在后面的电影里不要再用这些音乐了，但他还是一如既往地坚持："给我来段小号，给我来段口哨声。"我后来不得不又把口哨声放了进去。每当赛尔乔喜欢一个什么方案时，他就总想把它用在所有的电影里。只有少数几次他愿意做出改变，在"镖客三部曲"的第三部，也就是《黄金三镖客》里，我创作了一段有狼嚎的主题音乐。那段效果还不错，他特别喜欢。

🎬 狼嚎的创意是从哪儿来的？

🎵 是直接从电影中获得的灵感。我在听同期声的时候捕捉到了狼嚎的声音，把它截下来加以包装，总之这是我的偏执，就把它继续做下去了，事实上要想把现实中的声音放到音乐里去是很艰难的，也很少见。音色在其中起到了很重要的作用。

🎬 你觉得《荒野大镖客》为什么会取得如此轰动的效应？是只因为电影本身还是也有音乐加持？

🎵 不知道，我说不清楚。虽然晚了一个月发行，但《荒野大镖客》的唱片一样破纪录大卖。也许就像我之前说的那样，这是我创作《小小音乐会》的成果，它简单，非常直白，有合唱、扬鞭策马的声音，还有钟声、口哨声、短笛声……以及很多其他吻合口哨声旋律或与之毫无关联的元素。在做《小小音乐会》的时候，我就想过要把这段音乐的配器做得出乎意料，同时还要脍炙人口、接地气。我猜可能这就是它会成功的原因吧。不过，我并不认为音乐在电影的成功中扮演了什么角色，我觉得没什么关系。你看，没有多少观众会因为想听音乐而去看一部电影。再者你也知道，在我给赛尔乔创作的电影音乐里，这首我自认为是最差的。

🎬 莱昂内这两部电影的原声非常成功，很多人会把这归结于它在音乐上与传统西部片截然不同的表现。它们真的在风格上有本质区别吗？

♪ 《荒野大镖客》的配乐确实与传统西部片有很大割裂。一切从配器出发，我丝毫不在乎是否有旋律。这种做法是有违传统的，我当时觉得配乐才重要。我在想，那些住在乡下的人能听到什么，有树叶沙沙的响声，有从遥远城市传来的声音；那些住在城市的人又能听到什么，有从遥远乡村传来的声音。我试图用最逼真的声音来模拟这种环境，于是就有了城市里传来的短笛声和钟声，从乡村传来的扬鞭策马声和类似的声音。这些伴随着最初的口哨声出现。画面里就应该有来自远方的两种回声，也就是城市与乡村两种不同地方的声音。

🎬 塞尔乔·米切里在他的一本书里写道，莱昂内原本打算委托安杰洛·弗朗切斯科·拉瓦尼诺（Angelo Francesco Lavagnino）为《荒野大镖客》写音乐，拉瓦尼诺是莱昂内第一部电影《罗德岛巨像》（Il colosso di Rodi）的作曲者。米切里还称莱昂内当时并不认识你。当乔力电影的制片人向莱昂内推荐你时，他这样说道："让我们听听这个名不见经传的'迪奥姆金'的东西吧。"他对这些建议有点不耐烦，但还是同意见见你……

♪ 拉瓦尼诺这件事我没听说过，米切里是怎么知道的我也不清楚。

他应该是从哪里打听来的，他是一位喜欢拘泥于细节的音乐学家。我不知道莱昂内是否曾把我称为"名不见经传的迪奥姆金"，不过我也不在乎。如果要我回答的话，我会对他说："要选就选大腕儿莫里康内吧，对你和你的电影都再好不过了。"

🎬 有一名记者问莱昂内，为什么你给他写的电影配乐最好。赛尔乔绘声绘色地形容："因为我会让莫里康内重写甚至十遍主题！那些不喜欢的，我会给他撕掉。"他对你的创作提议真有这么严格吗？

♪ 没有的事儿！赛尔乔总能对我最初写下的东西拍板。你这个说法真够荒唐的。他说得太夸张了，虽然也有一点真实的成分在里面吧。他从来不会表现得很挑剔，他总能对自己的电影需要什么样的东西有一个很直接的想法，剩下的譬如音乐主题之类的他根本不懂。我还记得他让我做过什么更改，确实有道理，那是在做《黄金三镖客》的时候。这种情况仅有一次，就是电影结尾图科在墓地找钱的那段，他不停兜着圈，不顾一切地寻找，整整三分半钟，一会儿站住，一会儿找东西，因为他不知道钱到底藏在哪块墓碑下面，所有墓碑看起来都差不多。我起先写了一段音乐，但当时没太明白会配什么样的画面。莱昂内听了不喜欢，让我重写。这是唯一一次让我返工，其他的都很对他胃口。

🎬 在那个年代，传统的美国西部片音乐是什么样的？

♪ 我也形容不好，因为我不经常听。埃尔默·伯恩斯坦（Elmer Bernstein）给《豪勇七蛟龙》（*The Magnificent Seven*）做的配乐给我留下了深刻的印象。那段有节奏的旋律让我魂牵梦萦。我在做《我的子弹不说谎》时就模仿这段节奏写了一段音乐，然后加上了我自己的旋律，配器也是我自己的想法。这段节奏相当重要，看上去好像无足轻重，却起着决定性的作用。

🎬 是骑马奔驰的那段吗？

♪ 是的，我很喜欢这个创意。

🎬 它之前从来没被用在音乐里？

♪ 几个世纪前，克劳迪奥·蒙特威尔第用过。在《牧歌第八卷：坦克雷迪与克洛林达之争》（*Il Combattimento Di Tancredi E Clorinda*）中，就有一段骑马的节奏，我不知道作者是不是想模拟骑马奔驰的声音，但至少听起来很像。那首曲子很古老，是17世纪上半叶的作品。我对它非常熟悉。埃尔默·伯恩斯坦为《豪勇七蛟龙》写的那段音乐听上去不像是真的策马奔腾，尽管节奏踩得非常准，写得很不错。我受到了很大的影响，前所未有的。

🎬 在电影《荒野大镖客》的演职人员名单中，你用了假名字。

♪ 制片人焦尔乔·帕比（Giorgio Papi）和阿里戈·哥伦布（Arrigo Colombo）希望给意大利观众营造一种美国电影的假象。事实上，主演克林特·伊斯特伍德是电影里唯一的美国元素。不仅我，还有导演莱昂内、演员沃隆特都起了新名字。我的名字叫丹·萨维奥（Dan Savio）。

🎬 **为什么起这个名字？**

🎵 丹·萨维奥是我妻子一个朋友的名字。我记得是玛利亚的主意。不过这个名字既不是美国人的，也不是男性的，所以我也不知道我为什么会用它。我还记得卡尔洛·里扎尼（Carlo Lizzani）执导的一部西部片，他在片尾连自己的名字都没写，那我也没必要署名。

🎬 **那个年代导演拍西部片多少都会觉得有点不堪，你们也会觉得很丢人……**

🎵 有一天，迪诺·德·劳伦提斯联系我，想让我给一部西部片配乐。我回答他："我有个条件，做完这部你得给我再找两部其他类型的电影。"他满足了我的要求。我记得其中一位对接我的导演叫马可·费雷利（Marco Ferreri）。他不太尊重人，兴许是因为他不得不接受我。他说："给我写一段吉他独奏、一段萨克斯独奏。我给你指派吹萨克斯的人。"他给我推荐了一个阿根廷人，非常厉害。

费雷利极其不好交往，真的。时至今日，如果有人说我是一个搞西部片音乐的，我会说："看看吧，我给500部电影写过配乐，西部片只占其中30部。"我刚才说了，和莱昂内合作时用假名字，只是为了让电影看上去更有美国范儿，但和里扎尼合作不是。既然导演都不放自己的名字，我还放自己的名字干吗？不过后来我渐渐有勇气在片尾署名了。

◉ 确实会经历一番内心的挣扎。你谈西部片就好像在谈一件你爱得很有分寸的事情，有时候却又在否认它。

♪ 我对西部片有所保留不是因为我否定自己给它们写的音乐，事实上，我在写西部片配乐的时候还会用上一些有趣的创意。你知道的，在意大利电影界，西部片就是二流货，但莱昂内的西部片和我做过的其他一些西部片远不该得到这么低的评价。不过我开始拿意大利大卫奖，靠的都不是西部片。其实《美国往事》和《黄金三镖客》本应该享有另一种尊重，但那个时候没有这个条件，我感到很遗憾，我为之奉献音乐和艺术创意的作品被人们看轻。不过后来西部题材实现了价值重塑，无论是电影，还是其他作品。

◉ 可你经常说你拒绝了很多西部片的邀约……

♪ 和赛尔乔的合作大获成功后，所有人都来找我做西部片，全都是西部片。我不得不拒掉一些。我不想被人们打上"西部片音乐人"的标签，别的电影都碰不了了。我需要态度坚决地制止这种现象继续下去，要不然会死路一条。人们给我披上专家的外衣，但我并不是什么专家。不过也有比较明智的导演，譬如蓬特科尔沃，他让我给《阿尔及尔之战》配乐，那是一部风格完全不同的电影，他是在看了莱昂内的片子后给我打的电话，也就是说他把我当作曲家看，而不是一个做西部片的作曲家。

🎬 **当导演和制片们让其他作曲家写西部片音乐时，你觉得他们会要求这些人怎么写？**

♪ 我明白你要问什么。这倒不难回答，要完全摆脱对我的模仿是不太可能的。我能理解，我也从不轻易以恶意来揣测他们。另外，对于那些被我回绝的电影，我后来也没有都看。再者，模仿也不只是被动的行为，也有主动的。那些模仿我的东西也可以有自己的风格和辨识度。

🎬 **有不少导演会要求你模仿之前的作品，一般都是他喜欢哪一段，就希望你能写一段相似的……**

♪ 你知道我通常会怎么做吗？如果一位新合作的导演告诉我，他想用《西部往事》（*C'era una volta il West*）或是我做的别的电影音乐给自己的电影做临时主题曲，我会告诉他："你喜欢这个是吗？那就用这个吧！我回家了。"我会选择放弃，因为这样的导演深受现成音乐的影响，短时间内是摆脱不了的。他只会用这段熟悉的音乐或与之相近的音乐来思考他的电影。这种情况我宁可不做，要不然只会弄得导演横竖不满意。当他不说话、对之前的音乐念念不忘时，情况就更糟了。这个时候再说服他接受新的曲子会变得很困难。有很多导演起先跟我保证不会打现成音乐的主意，他们会说："不，埃尼奥，这个你别担心，不会的……"但我知道这不太可能。我再说一遍，我说的是那些之前从没有合作过、打过配合的导演，我会安静离开；如果导演是朋友，是我尊重的人，我不会这么做。我不能随便撒手不管，我会博弈一下，但胜算不大。

🎬 你不得不模仿自己以前的东西时，有没有写出过比原版更好的作品？

♪ 他们让我写那个时代我从没听过的东西会让我很困惑。如果需要把我自己不太认同的东西和认同的东西结合在一起，我会感到很费劲，但不可否认的是，这往往能创造奇迹，获得出乎意料的结果。导演让我写一些奇怪的东西，我反而能创作出更具音乐性的作品。是的，这种融合有时候效果不错。

🎬 有一次你跟我说，电影刚剪好还没配乐时，你可以加上任何音乐来观察效果，这个方法百试不爽。

♪ 通常人们在想起一段电影情节时总能记得配乐。很多导演在给制片人审片的时候还没做配乐，为了避免片子看上去冗长无味，他们往往会找一段临时的音乐加上。为了迎合我，他们常常会安上《教会》、《天堂电影院》，或是莱昂内电影的配乐。每逢这种情况，我就会明白导演想要什么样的配乐。你看，画面的灵活性是很强的，什么声音都可以合上，所以配乐的方案有千千万，很开放。而音乐之于画面也是一样的，你可以将音乐用在和它完全没有关系的画面上，因此作曲的空间其实是无限的。有的时候，这种灵活性也会带来巨大的误会，所以作曲家在给电影配乐的时候会很为难，总是面临配错音乐的可能。

🎬 那些被要求模仿莫里康内西部片音乐的作曲家会如何模仿你呢？

♪ 在我听过的极有限的例子里，他们通常会模仿我 d 小调的调性。那是我的风格，是我给莱昂内做的最初三部电影配乐的调性。我就是用的 d 小调，谁知道我为什么那么喜欢 d 小调呢，反正我觉得它和他的西部片很搭。但这不能说明什么，因为我本可以用 e 小调、f 小调，甚至 g 小调，所以他们对 d 小调的模仿并没有什么价值。

🎬 在配器上呢？

♪ 用吉他或是其他弦乐器表现骑马的声音，这一点毫无疑问。当然还有口哨声。但就像我刚才说的，模仿这些等于什么也没模仿。

🎬 《荒野大镖客》上映后你去看了吗？

♪ 我和赛尔乔是在至少一年后一起去奎里纳莱电影院看的，当时这部电影取得了压倒性的成功，一直在首轮戏院播放。我们都想知道它为什么会如此成功。电影放映结束后，我们非常平静地从侧门出来，你知道我们发表了怎样一番感慨吗？我们都发现自己不喜欢《荒野大镖客》。他不喜欢，我也不喜欢。我之前说过，我对这部电影的配乐不满意。虽然我承认，借用现实中的声音来增强音乐效果确实不错，但它也不过是唯一的原创之处而已。更不要说小号了，我一直不喜欢那段小号吹奏。

- 他是不喜欢配乐还是不喜欢电影？
- ♪ 赛尔乔不喜欢电影，我两者都不喜欢。不过"电影"这份责任我是可以逃脱的，毕竟那不是我拍的，但音乐上的问题我是能感觉到的。

- 带着这些疑虑、困惑和不尽如人意，赛尔乔接下来的那部电影是如何诞生的？
- ♪ 当我给下一部电影《黄昏双镖客》配乐时，你知道我对莱昂内说了什么吗？我说："赛尔乔，你看看，和第一部比起来，这部就像'悲剧之父'埃斯库罗斯拍出来的一样。"这次莱昂内拍出了一部意义非凡又极具深度的杰作。我对这部电影感到满意，它很有趣，我非常喜欢。在配乐的时候我或多或少地用了与之前相同的元素，这也是赛尔乔要求的。他还想再用口哨声，我满足了他，但小号部分我拒绝了，我对他说："这个情况不适用了，我们别管小号了。"

- 所以他还是希望继续沿用之前的那些东西，但你希望有个改变。
- ♪ 在这方面，赛尔乔很固执，他想把第一部电影里他觉得还不错的部分都保留下来。在创作口哨声时，我做了一些另外的处理，去掉了《荒野大镖客》里多余的部分，但他还希望用相同的方式呈现小号的部分。我表现出了非常坚决的态度，因为我们不能在两部时间上如此接近的电影里放入同样的表达。"我给你听一个主题，"我对他说，"你来决定。"赛尔乔想要在破败不堪的教堂前那场戏里用小号：沃隆特面对一名男子，而后想要杀他，他的妻子就在身边，怀里抱着一个孩子。我觉得这里可以用巴赫的《d小调托卡塔与赋格》来开场。赛尔乔喜欢得要命，于是我们就用了，但之后他又来找我，还是抱着老问题。到了第三部电影《黄金三镖客》时，他又想照搬第二部里的音乐，但这么做的空间并不大。他总是这样，一旦觉得一个东西好用就使劲用，但我不是这样的，我觉得始终需要改变。于是我重拾第一部电影中的小号，但演绎方式完全不同，我把片头的口哨声也给去掉了，换成了土狼尖叫的声音。这是一种比较幽默的处理方式。我喜欢在"土狼尖叫"这种颇具戏剧性的声音后配上能与之形成鲜明对比的其他声音，营造出一种谐谑的气氛。于是我在狼叫后用三种乐器重复三次，加入了两种颇具现代性、协调又有些嘶哑的声音，音乐的主题能很快被捕捉到。这三种乐器分别带出了片中的三个主角：善人、恶人和丑人[2]。几个月前我听说这段原声入选了上世纪百佳电影配乐，好像是排第二吧。我的天，在整个20世纪的电影配乐里排第二，仅次于约翰·威廉姆斯（John Williams）《星球大战》的配乐。我感到很幸福，能有这样一个好结果。

在《黄昏双镖客》里，你是如何想到用口簧琴这种民间乐器的？

♪ 我经常会尝试使用一些不太常见的乐器。口簧琴也是有音乐性的，因为它能吹出一些声音。我说的声音是指协调的那种，可以在传统音阶上找音。记得在给达米亚诺·达米亚尼的电影《最美丽的妻子》（*La moglie più bella*）配乐时我就使用了按照不同方式调音的口簧琴。这些口簧琴并不是用来演奏旋律的，而是用来伴奏的。在做《黄昏双镖客》的时候，我又萌生了使用口簧琴的想法。

至于电影是不是一部典型的美国西部片，这没有什么关系。我知道，这种乐器是地道的意大利乐器，后来我发现韩国也有，但更粗壮、更有表现力，吹奏起来的声音和我们的民谣很像。用这些罕见的乐器是我的一个老毛病了，佩普齐奥，但这个老毛病挺好的。

🎬 你找了谁来演奏呢？

♪ 我也不认识什么吹口簧琴的人。我找到管弦乐协会，让他们帮我找找这样的人才。有一个叫萨尔瓦托雷·斯基里洛（Salvatore Schilirò）的人，来自西西里，他扛了满满一箱各色音调的口簧琴来制作室。我让他把所有的琴都吹了个遍，根据和声变奏每次吹一把，然后我通过剪辑录音片段，重新合成了口簧琴本身所不具有的变调。就这样，我创造了口簧琴的另一种声音，今天仍然只能通过声效合成器来实现。

🎬 在《黄昏双镖客》里你也使用了一种生动的元素——钟琴，来表现一个重要的主题。

♪ 是的,这也不算什么大的创新,而且也不是我的创意,是赛尔乔的主意。画面里就有这么一座钟琴,他很清楚其中的机制,他知道任何一个从电影场景里发出的声音都有可能迅速成为一种象征,只消做一些抽象的处理,恰到好处地出现在音乐的核心位置。在《西部往事》中,他也运用了这个方法。有一幕是一个男孩肩上站着他的哥哥,嘴里吹着口琴,当男孩筋疲力尽、再也吹不动口琴时,便一头栽倒在地,而他的哥哥旋即被吊死了。这也是莱昂内的设计,显然不是我的。我只是谱写了口琴的音乐。

🎬 所以这么说来,赛尔乔也是作曲者了。

♪ 我为他能有这样的创意而欣慰,他完美地理解了我作曲时的想法。在这不久前,我跟他讲了一则在佛罗伦萨音乐学院的见闻,我是跟新和音即兴乐团一起去那里的。在音乐会第一部分的演奏结束后,台下的观众坐在那里,等待接下来的第二部分开始,但左等右等什么也没发生。事实上,舞台上确实一点动静也没有。人们继续等待,想听到点儿至少跟音乐有关的东西,但随着时间的流逝,依旧什么都没有。随后,一名后台工作人员举着一把梯子突然上了舞台,他爬上梯子,来到了俯瞰舞台的包厢。他往上爬的时候,梯子也跟着一起震动,吱吱呀呀,就是那种干枯木头发出的声响。很显然,台下的观众对此毫不关心。彼时我就坐在观众席上,因为刚才已经演出完毕了。这时候的观众席上，有的人很安静，有的人在说话，或是在往上看，但谁也没有太注意那个正在爬梯子的工作人员。他呢，过了十几分钟后又爬了下来，然后就走了。你能相信吗？这场音乐会就这样结束了。那次就连我们也觉得被耍了，其实并非如此。事实上，任何一种声音，放在脱离它的真实环境中都会成为另一种东西。它会成为另外一种声音，具有另一种音色。赛尔乔就由此推导出一种音乐表现形式，这说明我俩的聊天富有成果，这对我来说是最重要的。

🎬 你是说《西部往事》那段尽人皆知的开头吗？

🎵 我本来给《西部往事》写了一首片头曲，比起之前的电影配乐，我觉得有了质的飞跃，也把它录了下来。像往常一样，我把它拿给赛尔乔去合成。后来我在剪辑室看片时他对我说："看看你喜不喜欢我做的这个。"他开始放第一卷胶片。音乐没了，我和乐团录制的音乐根本就没有放。取而代之的是很多背景噪声：风车转动的声音、苍蝇乱飞的声音、电报机的嘀嗒声、水滴在帽子上的声音、公鸡啼鸣声，以及其他各种各样的声音，唯独没有我的音乐。放完一卷后他问我："你喜欢吗？""啊！赛尔乔，"我回答，"你觉得我会怎么说？真的很喜欢，就这样好了。""很好！"他答道，"这是你写过的最棒的音乐了。"于是片头就这么定下来了。不能说我很高兴吧，但这确实是我有点期待的东西。这也算是我跟他分享佛罗伦萨那场奇怪音乐会的一个小成果吧。

🎬 那段吹口琴的音乐是怎么写成的?

♪ 我们在罗马找到了一位很专业的口琴手,叫弗朗科·德·杰米尼(Franco De Gemini)。在电影里,吹口琴的男孩肩上站着他的哥哥,因此不能用手来移动口琴,只能吹出几个相同的音。两个音吧,一个吹,一个吸,但两个音组成不了旋律,我就又加了一个音。这段音乐就是这么来的,后来成为这部电影的标志性音乐。

🎬 这段曲子,连同你写过的其他类似的音乐都受到了电影画面的限制,譬如这一幕中吹口琴的男孩无法移动口琴,其实就限制了你创作的灵活度。

♪ 是有所制约,但有时候这些限制又可以为你创造出一种新的自由。不是所有的条条框框都会把你禁锢起来,有时候它甚至可以带你寻求一种更自由的表达。口琴那段对我和赛尔乔来说都是一次成功的尝试。虽然音乐主题不是他创作的,但银幕上这一戏剧性的呈现源于他的创意,我顺着这个画面进行了音乐表达。赛尔乔的这一操作十分适用于这段音乐,当然,这很大程度上是无意识的创作,却很对路。

🎬 在《西部往事》这段口琴主题音乐里,有一个音听上去是走调的,像是从受损唱片里放出来的,又有点失速的感觉。这是怎么实现的?

♪ 谱面上没有走调的音。我们是在录音的过程中实现的,在拖拽磁带时加入了一定厚度。口琴手来录制的时候是用几近颤抖的方式演奏的，整个录制过程持续了一整晚，但他吹出来的感觉总是过于平稳。方法没问题，但声音过于干净了。赛尔乔听后嘟哝了一阵："不行，这样可不行。"然后你知道他是怎么做的？杰米尼在吹奏的时候，赛尔乔径直走进录音间，用双手一把掐住他的脖子大喊："吹！吹！现在吹！"那个可怜的口琴手随即开始吹奏。我们觉得这样的效果就很好，因为他被掐住了脖子，上气不接下气，这些都体现在音乐里。每回杰米尼吹奏、赛尔乔进去时，我都会让他们单独在里面待着。有几次我按捺不住，对导演说："你可一定要注意啊。"他们甚至以此为乐，赛尔乔还老拿掐人家脖子这事儿来讨我们开心。杰米尼也是，还以此为豪。他知道，我肯定不会做出这种事情，但赛尔乔会这么做。

🎬 既然你拒绝再次使用小号和口哨声，是不是可以这样认为：莱昂内把口琴和钟琴这些乐器元素嵌入故事叙事中，这也把你给框住了，你就不至于太任性。

🎵 也可以这么认为，但我从来不觉得这是强迫。我并不会把赛尔乔嵌入画面的声音视为必须全盘接受的东西，相反，我会把这些看作一种动力。另外，他在写《西部往事》剧本的时候，从来没询问过我有关口琴的桥段。这也没什么。相信我，只要他想，他就可以把自己打造成一名神枪手。在制作《黄昏双镖客》的时候，我们俩坐在声画剪辑机前，讨论完要做的片段，我刚顺势往后快进，赛尔乔就拦住我说："干吗呢，埃尼奥，快停下。""可是赛尔乔，"我回道，"这段什么也没有啊，就是一条空荡荡的马路。""空荡荡的马路也可以有点什么啊，你得给我弄出点什么来……"不难理解他的意图，赛尔乔想让我为这段做一些他喜欢的音效。

🎬 通常情况下，他会在开拍前让你读剧本吗？

♪ 会。当他给我讲述电影的时候我们就达成了默契，他甚至会跟我描述怎么取景、特写怎么拍、镜头怎么拉近推远。有些东西其实跟我说没什么用，我并不懂电影拍摄。可以说我是从我们合作的第三部电影开始渐渐理解更多东西的，他的姿势、表情，甚至讲述时的手势都让我获益匪浅。我从中捕捉到了画面的动态或静态。这对我来说很重要。他讲电影的时候更关注画面，不太注意情节。相比人物的对话，他更在乎画面。后来从某个时候开始，他希望我在电影开拍前就写好音乐，这是一个好习惯。

🎬 是从哪一部电影开始的？

♪ 从《西部往事》开始。《美国往事》的主题曲《黛博拉之歌》和《贫穷》（"Povertà"）都是在开拍前就写好的，《西部往事》也是录好音乐再拍的。我想到了电影开头克劳迪娅·卡汀娜（Claudia Cardinale）在车站下车的场景。她从火车上下来，进入车站，赛尔乔用移动式摄影车瞬间给了远方山峦迭起的镜头。

我不是配的同期声，是赛尔乔根据我先前写的音乐搭配的移动镜头。

🎬 我知道你应该是在最后一刻为《西部往事》写了一段音乐，是哪首曲子呢？

♪ 当时我已经做好了音乐的剪辑，赛尔乔还在做混合录音的时候突然对我说："我觉得还缺一段音乐，主角应该专门来一首。"他说的是杰森·罗巴兹（Jason Robards）饰演的夏延。混音室里正好有台钢琴，我坐上琴凳即兴创作了一曲，赛尔乔听后微笑通过了。那段音乐很简单，因为夏延是一个有很多秘密的人。这首曲子只出现在片尾。我加入了一次小小的炫技，用班卓琴，演奏者是德·安杰利斯（De Angelis）兄弟中的一位，后来成了电影音乐创作人。想起他我就很愉快，他的演奏干净、纯粹，给电影增色不少。

🎬 《黄昏双镖客》的第一幕里有一个很宏大的广角镜头，有山峦、草原、一个骑着马吹口哨的男子。是谁吹的口哨？有人觉得可能是赛尔乔本人……

♪ 有可能！有可能是这样的。赛尔乔确实有点与众不同。你知道他在《革命往事》（*Giù la testa*）点映时做了什么吗？他不看电影，完全不看，就观察台下的观众，在银幕前背过身去，看他们的反应。整场电影下来都是如此。观众自然没有注意到他，我知道他是故意这么做的。《革命往事》里有很多闪回，在片尾有一长段画面优美的闪回。点映的时候我把我妻子的姐姐和姐夫也带去了。片子放到结尾处，我姐夫突然站了起来，就在闪回的开头，他以为电影结束了，其实还有几分钟，于是赛尔乔决定在意大利版的《革命往事》里剪掉这段。其实这段画面非常美，但正因为看到有人误以为电影结束起身了，赛尔乔就认为大家不喜欢或是紧张感一下消失了。

🎬 我觉得在你给莱昂内做的西部片配乐里，你最喜欢《黄金三镖客》。

♪ 是的。不过《革命往事》和《西部往事》的配乐也很有意思。我说过，一旦我们摆脱了口哨和小号的束缚，一切就都骤然变得更好了。

🎬 从莱昂内构思要拍《美国往事》到投入开拍过去了很多年，这段时间发生了什么？

♪ 通常情况下，他让我给电影写主题曲，我会给他提供一些可选项，不会只写一首给他，然后他要在开拍前选定。我们拍《美国往事》时创造了一项纪录：往后拖延得太久了。因为当时电影剧本要推翻重来，有好多编剧，大概六七个吧，在一块儿弄。他对我写的主题曲很满意，选了几首他自己最喜欢的，但很快他就顾虑重重。他老给我打电话，还经常来我家，那时候我们住得近。"给我听听这首主题曲……""我想听下另一首""那个我再听一下"。最后我打消了他的种种疑虑，然后他满心欢喜地回家，过不了多久他又会带上两个编剧来："我想让他们也听听看。"他们听完很喜欢，可他还是会不停喊别人过来，然后再带上他的妻子卡拉，卡拉也会表示喜欢。总之就是永远不放心，他对一切都充满了疑虑，包括对自己。这些疑虑让他绷得紧紧的，时常发脾气。有一回他在工作室听音乐，听到混合录音的时候他把我叫到一边问："你确定这是乐队演奏的？我怎么觉得像是街头手摇钢琴的音色。"他就是这么说的。我回道："赛尔乔，你说的可是一个交响乐团啊。"他说："好吧，但我听上去就像街头手摇钢琴。"卡拉也在场，她对丈夫说："你把音量抬高点，没准就会好很多。"他提高了音量，立马平静下来。我说了，他成天都疑虑重重。他非常仔细，也很顽固，永远不满意。我不是在批评他，这种性格让他精益求精、追求完美。

🎬 《美国往事》里吹奏排箫的创意是如何诞生的？

♪ 电影有个场景中出现过一种很小的笛子，是那种吹口是塑料的乐器，就出现过一次，也就一闪而过。我就想写一段音乐，能让人们记住它。赛尔乔对彼得·威尔（Peter Weir）执导的《悬崖上的野餐》(*Picnic at Hanging Rock*) 印象深刻，想找"排箫之神"格奥尔基·赞菲尔（Gheorghe Zamfir），其实我本想用竖笛来演奏，但赛尔乔的直觉一向很准。于是我们决定用排箫，赞菲尔在导演的邀请下专门从罗马尼亚飞来演奏。在他来之前我就把乐谱给了他，这样他可以有所准备。赞菲尔使用了一种和电影里出现的笛子非常相似的乐器，木质的，比较宽，音管长短不一，每根音管的音高是固定的。他吹奏前一阵调音，最后演奏得十分出色。所以可以说这是我提出来的创意，而赛尔乔选择了赞菲尔演奏。值得一提的是，电影里笛子的声音和赞菲尔演奏的声音没有直接联系，这跟《黄昏双镖客》里使用钟琴以及《西部往事》里使用口琴的情况是不一样的。

🎬 你也说了，你给泽菲雷里写的《黛博拉之歌》，因为被戴安娜·罗斯的歌替换，最后出现在了《美国往事》里。但在莱昂内的这部电影里，我们还听到了一首西班牙民谣《虞美人》（"Amapola"），这不是你原创的。为什么在泽菲雷里那里你无法接受别人的曲子，在赛尔乔这里却可以呢？

♪ 确实，但这么做是有具体原因的。在泽菲雷里那儿有一首音乐不是我原创的，而在《美国往事》里，有一处情节为了营造出时光飞逝的感觉，需要这么一首当年的曲子，这是必要的，不能随便删掉。用一首不是我原创的曲子没什么特殊的原因，纯粹是电影叙事的需要，为了情节服务是说得通的。

🎬 真的只是因为这个吗？

♪ 当然了，也因为我和赛尔乔的友谊在那里摆着呢。我应该尊重他的选择。不能随便删掉这首曲子，不能简单地删掉它。我们没删，相反，我还对它做了反复改编。我们把它用在了那场威尼斯拍摄的戏里面，"面条"和黛博拉在一个专供他们俩进入的廊厅里跳舞。

- 还有她小时候一个人练舞那段。
- 对，那场戏以《黛博拉之歌》开启，然后过渡到儿时的"面条"在厕所里第一次偷窥黛博拉跳舞。那场戏很美，伴随着留声机里传出的音乐。我把这段音乐处理得比较有年代感，为了配合旧时光。

- 莱昂内会干涉你的创作吗？我的意思是，他的音乐品味怎么样？
- 有一次我们在录音棚录制一段节奏比较紧张的音乐。我在监控室监听的时候，莱昂内就不停在我耳边强调："埃尼奥，让他们演奏得再强一点！再激烈一点！"我出去跟乐队说："拜托，再激烈一点。"他又听了一遍，继续坚持道："再强烈一点，埃尼奥。让他们再强烈一点！"事实上乐团已经演奏得很激烈了，但我不得不再去要求他们："赛尔乔让你们再强烈一些，你们再提高一下。"然后我回到监控室，赛尔乔跟我说还需要再强。我回到演奏厅，继续下达导演的指示。回去后我望着他问："现在呢，现在可以了吧？"赛尔乔说："过来，埃尼奥，你过来。"我走到他跟前，他对我说还希望更强烈一些。我实在忍不住了："赛尔乔，我没法儿再要求他们了，我没脸再这么做了！你要愿意你上。"于是他按住对讲键喊道："你们给我再强烈一点！"空气突然凝固住了。首席小提琴手弗朗科·坦波尼站起来说："不，轮不到他来命令我们！指挥才有权说这些。这些音乐上的事导演不要干涉，别在这里指指点点。"这一幕真的特别戏剧化，好在没持续多久。赛尔乔一脸沮丧，我觉得这是我的错，因为我不好意思一而再再而三地要求乐队，于是把责任推给了他。但乐队确实已经尽全力了，我敢保证这是他们能力范围内所能演奏出来的最激烈的音乐了，赛尔乔却总嫌不够。

🎬 **你之前提到过艾达·德洛尔索，她在《西部往事》里的声音真是太绝美了。你是怎么认识她的，又是怎么开始合作的？**

♪ 她在亚历山德罗·亚历山德罗尼的6+6合唱团里演唱，我们那时候已经开始合作了。我是无意间发现她的才华的，立刻就被她吸引住了。她是一个很有才的人，大方、专注，具有专业的音乐素养，只消稍微说两句就能瞬间明白对方的意图。有的时候你甚至都不用说，她能从谱面上领会作曲者的意思。她的风格无与伦比，声音很到位，遇到她我就不想再用其他人了。她的声音悦耳动听到难以置信。

🎬 **艾达·德洛尔索演绎的一些作品取得了巨大的成功，以至于人们一听到她的声音就不禁会联想到莫里康内。有时她演唱别的作曲家创作的歌曲，人们都以为那是你的作品。**

♪ 她的声音有很鲜明的个人色彩，常常会压过作曲创作本身。我唯一的担心是她的个人色彩会破坏或削减主题的创意。她的演绎时常会盖过演奏本身，这个时候旋律没有那么重要，她的音色会很强烈。但我对她的音色太着迷了，每次都会尽可能用到它。

🎬 **她从来没有让你给她写一首歌——一首真正意义上的歌吗？**

♪ 在我看来，她已经习惯了唱无词歌。有一次她跟我说想唱带歌词的作品，我印象特别深，后来我对她说："如果我让您唱有歌词的歌曲，那您就和其他歌手没什么区别了。如果您唱无词歌，您还是独一份儿。"也许是我对她的声线太着迷了，以至于用得有点过于频繁。我本该把这个声音当作稀世珍宝捧在手里呵护。在这点上我有些后悔。有的时候我会自问：究竟是我写的音乐动听，还是因为是她唱的才动听？也许两者都有吧，但我会时不时有这样的疑问。

🎬 你觉得她最棒的表演是哪一次？

♪ 她在《西部往事》里的表现太出色了。在做《革命往事》的时候，她病得很厉害，都不能唱了。赛尔乔就在那里等着她痊愈，他也想用她，但病情拖延了一段时间，艾达·德洛尔索还是唱了，效果没有平时好。于是我们在录音上做了一些改动，把她的声音反复叠加在原声上，形成二次、三次旋律。除此之外，我们还混入了回声，效果特别好，不过就是和她原来的声音相去甚远。

🎬 你与合作者一般都会以"你"相称，但你为什么以"您"称呼艾达·德洛尔索？

♪ 真的，我也不知道为什么，我觉得这不涉及什么尊重不尊重的问题，我对以"你"相称的人也报以尊敬。我们一起合作过至少 30 部电影。你还记得最近一次是哪部吗？

🎬 《最佳出价》(*La migliore offerta*)，她在里面唱了《脸庞与幻影》("Volti e fantasmi")。

♪ 是的，那次我没有让她用惯用的唱法和声线，而是让她用低音吟唱，为的是不让外人辨认出来。但是拿到你这儿，你刚听两句就认出了她的声音。真不可思议，你的乐感太了不起了，佩普齐奥。

🎬 在所谓的"黄金三部曲"年代，你的音乐原声经常在自动点唱机里响起。这在之前是从来没有的事。对此你有什么感受？

♪ 很惊讶，也觉得很有趣。但我自己从来没有在自动点唱机里听过我的音乐。

🎬 你和作为制片人的赛尔乔·莱昂内关系怎样？

♪ 作为制片人，他自然是有权对音乐发表意见了。他总会管这管那。"让我听听你写的主题曲，吉奥里亚诺说他挺喜欢。"就是吉奥里亚诺·蒙塔尔多（Giuliano Montaldo），《危险玩具》(*Il giocattolo*)的导演，那部片子的制片人是赛尔乔。在拍《危险玩具》的时候倒没遇到什么问题，但我们在和达米亚诺·达米亚尼做电影《一个天才、两个朋友和一个傻子》(*Un genio, due compari, un pollo*)的时候发生了严重的冲突。我和达米亚诺合作得很愉快，我们一起合作了很多其他的电影。那次我们俩一起算好了每段需要配乐的镜头时长，譬如这里需要、那里不需要、从哪个时间点到哪个时间点、从这处镜头到下一处镜头等等。正当我准备开始写的时候，赛尔乔给我打来电话："让我看看哪里准备放音乐。"于是我们一起去看片，赛尔乔表现得很惊讶："这里不放音乐吗？怎么可以？还有这里，这里和你们要放的音乐有什么关系？"我没打算辩解，就顺着他的话说。"不行！"他再次补充道，"这里全错了，我们得从开头重来一遍。"我只好跟着他再来一遍。就这样，我按照赛尔乔的想法录制了音乐。这是我作曲生涯中第一次遇到制片人干涉导演的想法。达米亚诺没能第一时间知道这件事，他得知后震怒，但没迁怒于我，他知道这跟我没关系。

🎬 那谁更有理一些呢？

♪ 我希望维护达米亚诺的立场，但赛尔乔更有理一些。对，他的想法更好。

🎬 托尼诺·瓦莱里（Tonino Valerii）拍摄《无名小子》(*Il mio nome è Nessuno*)时又发生了什么？

♪ 托尼诺拍的《无名小子》，制片人也是赛尔乔。可你知道有几组镜头是由另一拨人拍摄的吗？猜猜看是谁？

🎬 制片人赛尔乔！

♪ 没错，就是赛尔乔。《无名小子》这部电影也很不错，我对它的原声音乐也挺满意的。

🎬　赛尔乔还做过卡尔洛·韦尔多内（Carlo Verdone）几部电影的制片人。

♪　没错，赛尔乔还做过韦尔多内电影的制片人，我记得再后来就没有了。韦尔多内正是赛尔乔挖掘的导演。我曾经在几部戏剧里见过他，他扮演了很多角色。他执导最初两部赛尔乔制片的电影时，就把这些戏剧里的人物搬到了电影里。这两部电影都是我写的音乐。赛尔乔甚至还想让我在这两部电影里加入口哨声。电影拍得很美，也很有趣。我记得第二部比第一部还要出色。但我总觉得韦尔多内并不喜欢我给他写的配乐，尤其是他在音乐的选择上没有什么话语权。你知道，作为初出茅庐的导演，他必须接受来自赛尔乔的每一条指示和建议，他得时刻保持沉默。卡尔洛并没有反抗，但在拍第三部电影时，他就没再找我。我倒并不觉得难过，他应该只是不喜欢这种强塞给他的配乐方式。卡尔洛接下来的几部电影，配乐都没有一条明显的旋律，没有真正的主题。不管怎么说，我和他的关系一直很不错。可能在音乐上他太受赛尔乔干扰了吧。赛尔乔不仅管这些，还管剪辑，哪儿都不闲着。

🎬　在电影《白色、红色和绿色》(Bianco, rosso e Verdone)的主题曲里，你还把意大利国歌写进去了。

♪　是的，这是我的创意。那部电影拍摄的时候正好遇上大选日，所以……

🎬 **你为 400 多部电影配过乐，但作为音乐人，人们更愿意把你和赛尔乔·莱昂内的 6 部电影联系在一起。对此你有何感受？**

♪ 这自始至终都没给我带来过什么喜悦，从没有。我所有电影配乐中最重要的那些是和莱昂内做的，这种说法我听过不下一千次了，这让我很困扰。许多和我合作的导演在音乐合成的时候把我的音乐糟蹋了，但我向你保证，这些音乐本来和我写给莱昂内的一样好听。我也不知道我还要解释多少遍。我记得有个导演叫赛尔乔·柯尔布齐（Sergio Corbucci），对音乐完全一副漠不关心的态度，总是会在音乐背景中嵌入很多杂七杂八的声音。有一次我跟他说："柯尔布齐，还是算了，你还是别放音乐了。"我记得我给柯尔布齐写过的最好的一首曲子是在一部总是下雪的电影里。那部电影寂静极了，连行走的马队都没有任何噪声，另外，男主角还是个哑巴。他听完我写的音乐后对我说："这是你给我写过的最美的音乐。"我向他表达了谢意，并解释说，之所以听上去很美，是因为音乐终于在干净的背景中被听到了。对我来说，导演尽可能少用音乐并赋予音乐自由的空间会更好些。音乐是靠听觉去听的，不是靠视觉去感受的，它是一种抽象的元素，在电影里可加可不加，但如果决定用音乐，你就要充分尊重它，删掉或减少任何可能会打扰到它的东西。如果一定要说我给莱昂内写的音乐比其他音乐好听，那可能有很多原因。在他的电影里，一切都是有逻辑的，选择在哪个时间节点插入、怎么合成、怎么去考虑，都是有讲究的。所有这些都关乎风格，都是属于莱昂内自己的风格。也许正是这些清晰的表现、这种完全不同的听觉体验，让人们误以为我写给他的音乐要优于其他音乐。我总是很反对这种偏见。我再说一遍，音乐效果好坏取决于你在哪里放它、怎么去合成以及你能为它留出多少时间和空间。

🎞 我发现有时候莱昂内会干涉你正在做的其他工作。

♪ 这种事经常发生。有段时间我在给阿尔贝托·德·马蒂诺（Alberto De Martino）的电影《百万陷阱》（*100.000 dollari per Ringo*）做配乐。莱昂内知道后对我说："你不仅给我干，还给德·马蒂诺的西部片干？你不能同时给两部西部片写音乐啊！"我只好给德·马蒂诺打电话："你耐心听我说，我不能再给你的电影做音乐了。"他拼命挽留。我给他推荐了布鲁诺·尼科拉伊，他只好接受。发生那次不愉快后，他又给我打电话："下一部电影你要来啊！"我说："这不可能，你和尼科拉伊合作得很不错，别再找我了，这对布鲁诺不公平。"他执意坚持，最后想出一半用我的音乐一半用尼科拉伊的音乐的法子。布鲁诺答应了，所以德·马蒂诺后来的几部电影配乐都署了我和布鲁诺的名字，但我不太喜欢这样。布鲁诺是一名出色的作曲者，也是一名很棒的指挥，所以我才接受这么做。我们就这样合作了5部电影，也有可能是6部吧，都是德·马蒂诺的作品，直到有一天布鲁诺给我打电话："埃尼奥，又有一位导演想让我们俩给他合写配乐。"我说："布鲁诺，我们都快变成卡里内伊和乔瓦尼尼组合了[3]。我们到底在干什么，两个人干一个人的活儿？

这种模式到此为止，咱俩的组合不用继续了。"后来我连乐队指挥的活儿都没叫过他，也是因为有些对我眼红的人散播谣言，说布鲁诺代我做了很多谱曲和配乐工作，这简直胡扯。阵痛过后，我果断切断了这种联系，我想要完完全全的作者权。可惜尼科拉伊英年早逝，但他的去世至少可以证明，我的音乐永远是我自己的作品，是不可能由别人来完成的。莱昂内不让我给德·马蒂诺写配乐，可不是他唯一一次干涉别人的工作。我那时候跟达米亚诺合作了一部很不错的西部片《将军的子弹》(*El chuncho, quien sabe?*)，与此同时还在和莱昂内合作。他得知后对我说："不行，你不能这么做！"音乐编辑、制片人，还有导演达米亚诺自然都很生气。那个年代好多人找我给西部片配乐，但我根本不想做太多西部片。《将军的子弹》制片组一再坚持，甚至想诉诸法律解决问题。音乐编辑恩里科·德·梅里斯（Enrico De Melis）最后想出一个办法："我们让巴卡洛夫来作曲吧，他很不错，在他的名字下面，我们写上'埃尼奥·莫里康内监制'。"这样一来大家都能接受，各就其位。但其实我也并没有做什么监制的活儿！巴卡洛夫做了他想做的东西，很不错。

🎬 莱昂内为什么不让你给别人作曲？

♪ 也许他有他的道理，我当时正在给他做电影，他不想让我串到别的作品上去。说实话，我能处理好，但归根结底他不喜欢我给别人做西部片，我就只好作罢。

🎬 你和杜奇奥·泰萨利（Duccio Tessari）也合作过几部成功的西部片……

♪ 他很有趣，有点自相矛盾，拍过几部很好看的西部片。我们在做《翼魔G》(*Forza G*)的时候，有一回几个主演从巴萨诺桥走过，头顶低空飞过一架飞机。杜奇奥对我说："给我写一首介于《墨西哥进行曲》和阿尔卑斯合唱团曲目之间的曲子吧。""这你得做个选择，"我说，"要么是《墨西哥进行曲》的风格，要么是阿尔卑斯合唱团的风格。"其实是可以写的，佩普齐奥，可要是我当真把《墨西哥进行曲》和阿尔卑斯合唱团的曲子写到一块儿，说不好会变成史上最抽象的音乐。萨尔瓦托雷·桑佩里（Salvatore Samperi）在拍《快来和我一起玩》(*Grazie zia*)时也跟我提过一个很荒谬的想法，在丽莎·伽丝托妮（Lisa Gastoni）和洛乌·卡斯特尔（Lou Castel）饰演的角色非常亲密的那场戏里，桑佩里提出来："为什么不写一段童声小合唱？""你疯了吧，"我回道，"在这场戏里放童声小合唱？"最后他说服了我，我想说那段有点荒诞的小合唱反倒给这场戏增添了另一种意味。比我想象中要好。

🎬 莱昂内的电影和你给他写的配乐，尤其是西部电影及配乐取得了空前的成功，但电影界和各大影视奖项的评审委员会又对你们的作品做何反应？

♪ 除了《黄昏双镖客》的配乐获得了意大利电影银丝带奖外，赛尔乔的西部片没有摘得其他任何奖项，无论是银丝带奖还是大卫奖。有一回《西部往事》的配乐角逐大卫奖，最后铩羽而归。遗憾的是，西部片在意大利电影圈内被视为小众电影。那时候意大利很多有名的导演，像卢基诺·维斯康蒂（Luchino Visconti）、维托里奥·德西卡拍了不少值得称道的电影。我们的西部片被看作一种低劣的制作，其音乐也不为人们所接受。不过我从未对此感到难过，没什么。那些电影之所以能获奖都是因为宣传需要，电影本身反而是次要的。为电影、配乐和演员颁奖都被视为绝佳的电影宣推方式。

🎬 你起假名的那几部除外，在众多西部片，譬如《大捕杀》（*La resa dei conti*）和《瑞格之枪》（*Una pistola per Ringo*）的配乐里，都有一首男声或女声歌曲，听上去像美国电影的歌曲。

♪ 赛尔乔·索利马（Sergio Sollima）叫我给《大捕杀》和《大捕杀续集》（*Corri uomo corri*）配乐，这两首电影同名曲是我起的名字。当时我觉得有必要在曲风上避开莱昂内电影的影响，另辟蹊径。在片头放音乐并不是我的想法。我因为给 RCA 唱片公司工作认识了很多歌手，但从来没想过请谁来给我的片头曲唱英文歌，即便是在给杜奇奥·泰萨利做那两部电影时也没有。有一回萨尔切给我推荐了一位歌手，毛里齐奥·格拉夫（Maurizio Graf），非常棒！他为片头曲录了歌，英文歌词也是他写的。说到底，西部片是典型的美国产物，不是意大利的东西，如果用意大利语唱西部片里的歌曲会让人觉得可笑。我还找了亚历山德罗尼合唱团中一位叫克里斯蒂（Cristy）的歌手，她唱得非常好，表现力强，充满热情。歌词是我写的。音乐渐起，歌手呢喃，节奏非常缓慢，然后越来越快，最后喷涌而出。效果棒极了，令人印象深刻，成功并不意外。

🎬 你尝试了很多办法，想摆脱"西部片"这个标签，但人们总觉得你是一位伟大的西部片作曲家，我是说甚至是那些有学识和教养的人也这么认为。

♪ 确实。有一次莫洛·鲍罗尼尼邀请我去罗马歌剧院看他指挥的、与帕瓦罗蒂合作的歌剧《托斯卡》(*Tosca*)。《托斯卡》这部歌剧我爱得不得了，不仅仅因为它以罗马为背景，还因为它蕴含了一些美好且不平凡的东西。第一幕结尾非常出彩，托斯卡在斯卡皮亚的淫威下出卖了自己的身体。演出非常精彩，无论是剧本还是编排。演出结束后我去后台向帕瓦罗蒂致以敬意。后台的小屋子里挤满了人，鲍罗尼尼上前把我介绍给帕瓦罗蒂。帕瓦罗蒂站了起来，热情地向我打招呼，然后对我说："大师，您为什么不给我编曲呢？如果您愿意的话还可以加上口哨声……"我做过的重要电影数不胜数，我做了各种各样的声音，可为什么我在他眼里就等于一串口哨声……这个我实在不能忍！走出他的化妆间，我忍不住咒骂了一番，外面恰好站着他的前妻，我还担心被她听到了。但不管怎么说，他没理由跟我提什么口哨声……我猜想他有些跟不上时代，也可能他不怎么去电影院，记忆还停留在《黄昏双镖客》那部电影上。

- 在演艺界这种事情应该是不可避免的。维托里奥·德西卡就反复说过："我拍过《偷自行车的人》（*Ladri di biciclette*）、《风烛泪》（*Umberto D.*），但所有人都觉得我就是拍《面包、爱情和梦想》（*Pane, amore e fantasia*）的。"你的哪部片子知名度最高，人们就把你和那部片子画等号。我想他肯定也备受煎熬。

- 我也备受煎熬。你知道我要面对多少这样的尴尬时刻吗？"你给莱昂内配乐的片子真是太好了，祝贺！"他们都这样对我说。有一回有个朋友从街对面向我走来，冲我学《黄金三镖客》里的狼嚎声，他用这种方式来跟我打招呼，太可怕了。这也是我对西部片避之不及的原因，你都不知道我拒绝了多少西部片的邀约。

- 赛尔乔·索利马的西部片呢？

- 那是后来的事了，很后来的事，那时候我已经做了很多其他类型的电影，所以对西部片释然了。我再也不会为"西部片专家"这个标签烦恼了，都过去了。事实上，在这之前我拒绝了索利马第一部电影的邀约，但制片人阿尔贝托·格里马尔蒂一再坚持，我和他还一起合作过莱昂内的片子。面对他这样一位友善且对导演充满敬意的制片人，我不好意思说不。有很多导演会对你的工作指指点点，譬如"这段戏剪掉""那段加长""不行，这个你一定要给我去掉"，但索利马没有这个习惯。所以我答应了他，后来还跟他合作了几部作品。

🎬 你拒绝西部片的邀约,是想撕掉身上的标签,还是因为你那时候想要更自由的空间创作新的东西?

♪ 不是。我在做别的电影时是很自由的,我不受他人意见左右,尤其是之前做的西部片音乐并不会限制我之后的创作。一般来说我会选择忘掉自己创作的电影音乐,全忘掉。我得往前看,不喜欢停留在原地。有一回蒙塔尔多对我说:"大家都反映说你写的东西差不多,我建议他们都去听听 RCA 唱片公司给你出的那张 33 转的电影配乐集。一首不落地听一遍,然后再来说它们是不是有什么相似的地方。"我写的音乐都差不多,这种说法简直就是一个天大的谎言,不过像我这种有这么多曲子要写的人,肯定会遇到一些眼红的人。那个年代我抢走了不少人的饭碗。我自己也会听我那张 33 转的唱片,真的是没有一丁点重复的地方,完全没有。

🎬 那些人如果想在背后说你的坏话、毁你的名声,为什么要用音乐重复性这样的伎俩来攻击你?

♪ 因为他们不能说我不懂音乐,谁也不敢这么说,这根本站不住脚。说我"总是老调重弹"当然更容易,也更有市场。有的时候我碰到一些人,甚至能从他们的眼神里看懂他们想说什么:你独吞了所有的电影。

🎬 但事实上你创作了很多音乐,你不担心自己会无意识地重复一些东西吗?

♪ 有一些重复是肯定的,但我会安慰自己这些是风格上的重复。抱歉,譬如我们听巴赫的时候,难道不是总能听到他风格上的重复吗?他的音乐就是他的音乐,也会有重复!他不可能复制相同的段落,但会重复他记忆中的东西。他特有的风格就是这样诞生的。我之前说了,我会试着跟达里奥的父亲萨尔瓦托雷·阿基多解释:"它们有可能听上去差不多,但其实并不一样。"

🎬 回到西部片的话题上来,美国人也会找上门来让你做配乐。

♪ 是的,经常有,但除了唐·希格尔(Don Siegel)的《烈女镖客》(Two Mules for Sister Sara),我会拒绝找上门的美国人。他们想让我做《与狼共舞》(Dances with Wolves),但我并不愿意。那部片子应该做得挺好的,但我没看过。是巴瑞·莱文森(Barry Levinson)叫的我,我们之前就有过合作,他问我为什么不愿意。我说就是不愿意。"只要是西部片我就不想做。"后来《与狼共舞》大获成功,摘得奥斯卡各项大奖,但我并不后悔拒绝了他们。他们后来委托约翰·巴里(John Barry)做音乐,音乐风格和他其他的电影很相似。

🎬 我觉得,如果要拍一部重要的西部片,首先就想到你是非常合乎情理的。对莱昂内来说,在你们成功了几次之后,他也顺理成章地把你当作了他的御用配乐人吗?

♪ 在做《西部往事》的时候,莱昂内让我写主题曲,我因为想得多、写得慢，没按时给他试听。他没当面怪我，而是偷偷找来了另一位作曲小试了一把。到了周日，这位作曲家让一个小型乐团给莱昂内演奏了几首曲子，他立马放弃了。几天之后我把写好的东西拿给他看，我当时还什么都不知道。那次秘密试水是很久以后我从多纳托·萨隆内（Donato Salone）那里听说的，因为所有人都要把谱子拿给他复印。我知道后向赛尔乔抗议了，在电话里还和他吵了起来。

🎬 撇开这些电影不说，为什么你和莱昂内的关系这么重要？

🎵 我对他佩服得五体投地，这份敬佩与日俱增。他的电影一部比一部拍得好，每次都精进很多，这并非仅仅得益于越来越充足的预算，电影的故事也越来越出彩，他每次拍摄都倾尽全力，使出浑身招数，这才是最重要的。我认为《美国往事》是他最伟大的一部电影，是一部杰作。我也说过，其实《黄昏双镖客》相较之前的那部，已经像是"悲剧之父"埃斯库罗斯拍出来的一样了。遗憾的是，他的一生就这样戛然而止了。我非常想念他，电影圈也尤其怀念他。莱昂内有才华，足够坦诚，对周遭有一种先验的直觉和判断，这是一个艺术家所应具备的良好品质。唯有一个缺点，每次和他约会，他都会非常精准地至少迟到一小时。你要跟他约中午12点见面？下午1点前你都压根见不着他。

🎬 他和你家客厅里的这张小桌子之间有什么故事吗？

♪ 有一次我带玛利亚和赛尔乔夫妇在巴布伊诺街散步，顺便逛逛街边的古董店。我们逛了一圈，最后也没买什么。我们在还没到人民广场的一家古董店逗留了一会儿，我看中一张漂亮的小桌子，询问价格，2000万里拉。赛尔乔对我说："这就是一件小玩意儿，埃尼奥，不值那么多钱。"总之他劝我不要买，我们就回家了。后来我又给古董店去了一个电话："刚才我看中的那张小桌子，我还是想买，你们可以送货上门吗？"几天之后我才得知，赛尔乔给古董店打了电话，他也想买那张桌子。你懂吧，其实他也想要。

🎬 你们合作有什么秘诀吗？你们之间维系关系又有什么成功的秘诀？

♪ 两个词概括：信任和友谊。和他这样的导演建立关系是一个平缓的过程，我们不是从第一部电影开始就火花四溅。最开始，导演需要充分信任作曲者，然后这种友好的关系能促进创意的产生。对那些不信任我的导演，我不太会继续合作。当我觉察出对方对我的工作有所怀疑时，我就会终止合作，为此我放弃了很多导演，包括一些名导。

🎬 你是如何对待不确定性的？

♪ 所有创意工作都离不开自我怀疑，正是这种不确定性给予艺术家探索的勇气、不断突破和改变的愿望，以及继续寻找更能满足内心世界之物的动力。这个过程有时充满了痛苦、未知和自我怀疑。我本可以做得更好……如果我能……我是不是应该考虑重做……我写的这段感觉还行，但我也不清楚到底好不好……所有这些来自日常的自我怀疑是和创意工作相生相伴的。我也会思考那些和我合作的导演有所疑虑的东西。记得有一次给一部非常棒的美国电影做配乐，电影主角最后变成了一匹狼。我写完音乐，在洛杉矶录制完，然后把乐团送走。这个时候导演迈克·尼科尔斯（Mike Nichols）对我说："结尾是不错，但如果换个风格会怎么样？"我回答："乐队都走了，你现在跟我说这个？"他在以悲还是以喜收尾上显得踟蹰不定，但这个时候我能做的很有限。最后尼科尔斯实在难以决定，竟开始对我的音乐犹犹豫豫起来。我写的曲子以悲剧收尾，他觉得需要把结尾换成更平缓的基调。这就意味着所有一切都要变，我着实帮不上他。一天后我们俩一起吃中饭，他跟我说了一句我至今都忘不了的话："希望上帝能帮我们一把。"最后电影票房一般，上帝也没能帮到我们。

🎬 **工作中有什么特别煎熬的时刻吗？譬如某部电影里的音乐创作让你特别为难。**

🎵 每次我临到要去录配乐的时候，都会产生强烈的自我怀疑，甚至到了有点折磨人的程度。我怎么写是经过导演认可的，我也事先给他听过小样，但我不确定整部乐曲配器演奏下来他还会不会满意。这种不确定性总是让我很紧张消极。有一次我在美国给约翰·保曼（John Boorman）的《驱魔人2》（*Exorcist II*）

写配乐，那部电影本身不错，但运气不怎么好。有一回他在那儿听我写的东西，你知道，我不懂英文。他听完后说："Terrific！（太棒了！）Terrific！"我心里犯嘀咕，他说的这个"Terrificante"（意大利语中意为"可怕的"）是什么意思。我就问尼诺·德伊（Nino Dei），让他给我翻译一下"这个 terrific 到底是什么鬼意思"。这自然需要对方解释一下，于是我们去问保曼。他向我们解释说这表达了他对曲子的欣喜之情。我当时感到了巨大的满足，焦虑和折磨顷刻消散。

🎬 那部电影的配乐确实非常有意思。

♪ 我也很喜欢。那些合唱很疯狂！为了录制那些合唱，我提前好几天就到洛杉矶协助彩排，因为我写得有点复杂，我是知道的。你知道吗，和乐队比起来，人声更加让我感到难以掌控。我说："让我提前知道一下合唱彩排什么时候开始，我到现场去。"于是有人带我去了排练厅。打老远我就松了一口气，合唱团很出色，这种水平的合唱团我只在日本见过，它要比日本的合唱团规模更大，声线非常细腻，你知道日本人在这方面本就很厉害，而他们更胜一筹，仿佛声音是从腹部出来的一样。他们唱起来富有感情，用脑子，处理得很聪明，可塑性强。我进去的时候几乎被感动到了。我写了一首比较特别的曲子，《非裔佛兰芒小弥撒曲》（"Little Afro-Flemish Mass"），里面有很多独唱。有人在我身边耳语："你可以让领唱的那位女士来一段，她的演唱非同一般！"于是我向她走去："这位女士，请您唱一段，我知道您非常了不得!"我说了两次她才听见,于是她便开始唱起来。简直难以置信,她有一副男中音的嗓子,虽然是女性,但的的确确唱的是男中音。

注释

1. **里拉**：意大利于 1861 年至 2002 年使用的货币单位，现已不再流通。

2. **《黄金三镖客》**的意大利文片名直译为"善人、恶人和丑人"。

3. **卡里内伊**和**乔瓦尼尼**经常合作谱曲。

音乐的消遣

朱塞佩·托纳多雷 ——————————————

✕

埃尼奥·莫里康内 ——————————————

🎬 我知道你最近在整理书房，有什么新发现吗？

♪ 混乱，混乱极了。我在写纯音乐的时候，通常会把乐谱交由编辑苏维尼·泽尔伯尼（Suvini Zerboni）处理，电影配乐的谱子会交给多纳托·萨隆内，他负责复印并带给乐团演奏录音。萨隆内经常几个月甚至几年后才把原谱还给我，一大沓谱子，夹着一些其他的东西。所以就很乱，我都不知道我手里有哪些谱子。有一天我和妻子决定好好归置一下，把乐谱按谱名字母的顺序分门别类归到文件夹里。现在我家的书房里有几十个文件夹，虽然重新整理过，但书房还是很无序。这是我的责任，这方面我总是对自己很失望。

🎬 你在分门别类整理乐谱时，有没有遇到什么惊喜？

♪ 有惊喜，但更多的是遗憾。有些我觉得很重要的谱子已经找不到了，这让我一时有些接受不了。我找了很多地方，还打扰了不少人。我尤其记得一份谱子，是给阿尔多·拉多（Aldo Lado）

的，对我来说也是向美国科幻片致敬的一首曲子，》（"L'umanoide"），是戈弗雷多·伦巴尔多（Goffredo）监制的。他亲自来的我家，对片子很上心，所很努力。有一段音乐以电话铃声开头，另一个很抽，合成一段相当棒的音乐，很成功！我为美国电乐，写得都不错，但我自己不是很满意。在这部了一首有六个部分的赋格，配的是管乐器和弦乐经找不到谱子了。我觉得这首曲子和宇宙飞船划很配。它的灵感来自我看过的一部动画片。啊，是一部迪士尼动画片，里面配了巴赫的音乐。这我觉得巴赫和天空、太空这样的环境很搭。那部出色，但现在已经找不到谱子了。

《幻想曲》（*Fantasia*）吗？

《幻想曲》！它在抽象图画片段中使用了《d 小调。你看巴赫的音乐是怎么行进的，那些抽象的音一条旋律，会有很多条。不过拉多的电影最后反得挺遗憾的。那部电影的花费应在 500 亿里拉，300 亿里拉。就仅有的预算来看，导演已经做得

埃尔·保罗·帕索里尼（Pier Paolo Pasolini），中分量很重的一章。

♪ 有一天恩佐·奥科内（Enzo Ocone）让我去和帕索里尼见面。奥科内是电影《大鸟和小鸟》(*Uccellacci e uccellini*)的音乐总监，他希望我给这部电影做配乐。初次见面也没有什么特别的，帕索里尼拉出了一张长长的音乐备选清单，都是现成的音乐，他自己已经做了选择。我对他说："抱歉，我是一名作曲家，是创作音乐的，我给电影配乐，不会拿别人的音乐来用。我不能用现成的东西，否则就不做了。"他回答我说："那可以，你愿意怎么来就怎么来吧。"这句话我记得很清楚，没有哪个导演会这么说，他给予我充分的信任。帕索里尼当时还没拍太多的电影。他跟我补充了一句"只要配乐里能听出莫扎特的曲子就行"，然后给我交代了具体是哪一首。我接受了，放了一段歌剧《女人心》(*Così fan tutte*)的主题曲，用陶埙来演奏。后来我才知道其中的原委。他之前的电影《马太福音》(*Il Vangelo secondo Matteo*)和《乞丐》(*Accattone*)就用了巴赫和莫扎特的音乐，电影反响很不错，他就开始有点迷信。我在给他写《大鸟和小鸟》的时候，他基本没给什么建议。他对我的配乐很满意，拍后面一部电影《定理》(*Teorema*)时又找了我。这部电影他想要不协和音，还要有莫扎特《安魂曲》的音乐。音乐录制的时候，他有些不懂，在不协和音的配乐中听不出莫扎特的东西，便问我："《安魂曲》在哪儿？"我停下手里的录制，走到监控室跟他解释："您听，单簧管吹的这段就是莫扎特的……""很好很好！"他打断我说道。佩普齐奥，其实他根本不懂。

🎬 你说得有道理，可能他就是有点迷信：只要有《安魂曲》在，也不管能否听得出来。

♪ 怎么可以这样呢？但他的反应确实说明了这点。总而言之，我和他的合作总是很有趣，直到《定理》。《十日谈》（*Il Decameron*）之后，有些东西发生了变化。他希望用一些现成的音乐，回放的那种。他会听一些音乐，然后要我按照它们的样子录制出来，和之前"愿意怎么来就怎么来"的态度截然相反。我不得不接受这种在其他导演那里绝不会答应的要求。毕竟这不是我们合作的第一部电影了，他这么晚才提出来是对的，要不然我一开始就会跟他说再见。这要是放在其他导演身上，我是无法忍受的，但对于他是个例外。如果《十日谈》的背景设定在那不勒斯，配上《我的太阳》（"'O sole mio"）后，我就没什么可以做的了。我甚至没太受煎熬，因为那个时候我和帕索里尼的关系已经很牢固了，他对我的工作非常尊重，即便是后来拍《坎特伯雷故事集》（*I racconti di Canterbury*）时情况还要更糟，我可以写的地方少之又少。尤其是他的最后一部电影《索多玛120天》（*Salò o le 120 giornate di Sodoma*），我知道里面不需要我的原创音乐。我得按照他的意思复制二流乐队演奏的军乐舞曲，那种舞曲和我年轻时为生计所迫在美国大兵面前演奏的曲子差不多。你知道吗，就是那种有点走调的小破曲子。但我也挺过来了，甚至可以说是完美复制了整首乐曲。那部电影里有一段钢琴独奏是原创的，女钢琴家在狂欢的人群中演奏，曲子怪怪的，伴有不协和音，最后她自杀了。事实上在剪辑的时候，帕索里尼从来不会让我看完整的片子，只在需要加音乐的地方停下来。至于电影里那些特别猎奇的画面，我从没看到过。那部片子我是首映的时候看的，没想到那么有煽动性、怪异和特别。看完我有点震惊，但我觉得这也正是帕索里尼乐见的事。

🎬《大鸟和小鸟》的片头字幕曲是谁的创意？

♪ 是帕索里尼想出来的。他建议我给电影的片头字幕写一首歌，歌词是他自己写的：

> 阿尔弗雷多·比尼制片
>
> 荒诞的托托
>
> 充满人性的托托
>
> 疯狂的托托
>
> 慈眉善目的托托
>
> 在皮埃尔·保罗·帕索里尼执导的
>
> 电影《大鸟和小鸟》里
>
> 与无辜又狡猾的
>
> 达沃利·尼内托联袂出演
>
> 全世界犄角旮旯里的演员
>
> 从费米·本纽西到维托里奥·维托里
>
> 转着悲伤的圈子
>
> 转着幸福的圈子
>
> 路易吉·斯卡恰诺切布景

达尼洛·托纳蒂化妆

尼诺·巴拉里一遍又一遍剪辑

埃尼奥·莫里康内作曲

马里奥·贝纳尔多和托尼诺·德里·柯里摄像

费尔南多·弗兰基协调

赛尔乔·齐蒂提供哲学支持

一支小部队在乡间田埂上乱晃

坑蒙拐骗

阿尔弗雷多·比尼

冒着掉价的风险做制片

皮埃尔·保罗·帕索里尼

冒着毁誉的风险做导演

这首片头曲是多米尼科·莫杜尼奥唱的。歌词写得很好,我就顺着歌词写了旋律,我觉得这类歌词就应该加上变化丰富的配器,像万花筒那样的感觉。一开始帕索里尼想让托托唱,我们还专门去了一趟他家,我把自己试唱的唱片拿出来放,当然了,我唱得一如既往地难听。托托是一个很优雅的人,和他在银幕上的样子完全不同。他特别亲切,但就在那一刻他脸上掠过了一丝忧伤的表情,他拒绝了。帕索里尼就想到了莫杜尼奥。其实这首歌主要是帕索里尼作的,我只不过是顺着歌词写了曲子,然后加上配器,演奏录制。这应该是世界上唯一一部用唱歌的形式把演职人员名单呈现出来的电影吧。

🎬 录有你唱歌的那张唱片你还有吗？

♪ 奥科内几年前还给过我，但我现在又想不起来在哪儿了。

🎬 我还真是很想听你唱歌啊。

♪ 可能还在，我得找找。我肯定没扔掉，找到带给你。佩普齐奥，那是一首童谣一样的歌，介于严肃和幽默之间。莫杜尼奥在电影里唱得比我好听多了，也大受欢迎。当他唱到埃尼奥·莫里康内作曲时，我禁不住大笑，唱的是我啊，还很好听。

🎬 帕索里尼有一部电影《女巫》(Le streghe) 我尤其喜欢，无论是电影本身还是配乐，那首《从月球望向地球》("La Terra vista dalla Luna") 百听不厌。

♪ 关于那部电影的音乐，帕索里尼只提了一条非常简单的小建议："为什么不组支曼陀林乐队来演奏？""极好的主意！"我回答。于是我就去找曼陀林演奏师。乐队意味着既要有曼陀林，还要有各种大小的曼陀林，低音的，声音更浑厚的、更细腻的等等。

🎬 帕索里尼会在你录音的时候过来吗？

♪ 会，他会一直在，从来不会在别处观察我。他总是表现得很满意，但终究是有点让人捉摸不透，他似乎从来不笑，有的时候会有点尴尬，有时候却也会表现得非常友好。1968 年意大利统一 100 周年的时候，RCA 唱片公司托我找帕索里尼为一张纪念专辑写词，包括两张 33 转的唱片。我问了他，三天后他就来我家把东西交了，写得非常好，充满想象力，颇有怀旧古风。我把词转交给 RCA 唱片公司，那边又提出要求，想让帕索里尼来念。我给他去了电话，他答应了。于是他在 RCA 唱片公司的安排下录了自己写的东西，公司还让我谱了曲。这就是《冥想唱诵》（"Meditazione orale"）的由来，名字是帕索里尼起的。这之后，为感谢他一以贯之的慷慨大方，我还写了一组曲子。当时除了孩子，所有的人都在闹罢工，于是我突发奇想，让他为我写一段孩子闹罢工的词。帕索里尼写了三首十四行诗。第一首是孩子们起而革命，势头很凶，我写了一首非常难演绎的曲子，几乎唱不起来。我自问道："谁唱得出来呢？"就暂时搁置了。第二首是孩子们嘲笑老师，我又写了一首很难唱的歌曲。就这样，我完成了第一首的一部分和第二首。过了 13 年，我终于把第一首写完了，并继续把第三首写了，这回写得容易多了。你知道为什么吗？因为经过革命、嘲笑老师，到了第三部分，孩子们终于放弃斗争，他们祈愿老师不要消耗他们的耐心，要善待、尊重他们。我写了一首流行歌曲。我把这几首曲子合在一起，制造出一种强烈的对比效果。

🎬 **不得不说他是把你当朋友了，真的是太好了……**

♪ 是这样的。这还没完，还有一件事。我那时候有一个很可爱的想法：我要为街头流动演奏家写一首曲子。在罗马还有那不勒斯的大街小巷，就有这样一群流动的音乐家，他们背着曼陀林、吉他、小号和单簧管从这里走到那里，为路过的人演奏音乐。

我请求帕索里尼为我写一首描写这群人的小诗。像往常一样，他"交稿"非常准时，诗的名字叫《街头表演者》。诗看起来很简单，却很难读懂，里面的主人公被描绘成一个幽灵。于是我去找帕索里尼。"不好意思，"我说，"这里我不太明白，我不知道你想表达什么。"他这才恍然大悟。他以为我说的街头流动演奏家是指泊车小弟。我说这首诗怎么看起来那么不知所云呢。不过，我之前跟他解释过啊，我说我想配上街头演奏家手里的乐器。他应该明白我在说什么的，对吧？

🎬 **有一件逸事，是有关你、帕索里尼和费德里科·费里尼（Federico Fellini）的……**

♪ 有一回我和帕索里尼还有奥科内去一家餐馆吃饭。我给他们讲了一个我津津乐道的创意：音乐的消逝。这个想法我同很多导演提及过，却始终没人理会，我希望帕索里尼能喜欢这个点子，然后拍出一部电影来。这个想法从头至尾都是我个人原创的。故事的时代背景是虚化的，地点是一座城市，那里的人诚实、善良、有自己的理想，整个社会是扁平化的，没有首领，处于一种无政府主义的状态，人们的言谈举止都建立在善行的基础上。有一天，一名或许是更智慧一些的男子产生了这样一个想法：这种虚假的和平会被音乐推翻，人们听到音乐会产生难以预料的反应，有悲有喜，有积极的也有负面的，这些情绪正在撼动这座城市稳定祥和的局面。解决这个问题的唯一办法就是禁止音乐。所有人都表示同意，他们接受了他的想法，就这样，他水到渠成地成了这座城市的首领。于是，美妙的声音不再出现，人们也有意识地调整着自己的说话语调，没有高音，也不再有低音。渐渐的，这样的禁令变本加厉，这名男子成了名副其实的独裁者。那些觉察出变化、不愿意遵守规则的人成立了各种秘密的社团力图抗争。我的构思止步于此，故事情节还要继续往前推进，我希望制作一出大悲剧，但得有人替我把故事讲下去。故事的结尾我都想好了，这名独裁者做了一个梦，梦里有人对他说："下午4点您会在海边看到未来将发生什么。"到了下午4点，大海开始引吭高歌，各个时代的音乐在海面上徐徐奏起。音乐终于战胜了独裁，人们奔走相告，庆祝音乐的胜利。

🎬 帕索里尼如你所料喜欢上这个创意了吗？

♪ 他特别特别喜欢，立马站了起来，快步走出门给费里尼打电话。半个小时后，费里尼就过来找我们了，帕索里尼给他复述了一遍故事情节。费里尼说："我喜欢这个故事，我会拍的。"但他没有。不过他拍的一部电影好像用到了这个创意，我对这件事倒不反感。

🎬 你说的是《管弦乐队的彩排》(*Prova d'orchestra*) ……

♪ 是的，那部电影里就有这样一个独裁者。他建立了一支管弦乐队，管弦乐队的演奏家们表现得反叛传统，他们躺在地上、交欢，做出各种让人惊掉下巴的事情。突然独裁者挥起指挥棒，锣声响起，管弦乐队开始演奏无比悲伤的音乐。

🎬 我想知道，导演第一次让你看电影画面的时候，哪些东西是你特别在意、能给你的创作带来灵感的？

♪ 我把注意力放在电影本身。电影中的任何东西都能影响我的创作。对我来说，画面、摄影、服装、台词、对话、故事情节都很重要。我不想无视电影本身瞎写一气，虽然音乐相对来说是一个比较抽象的东西。有的电影看后能一下子知道要怎么写，在询问导演想要什么之前我就有一个思路，虽然听取导演的想法是最基本的步骤。我觉得给导演讲音乐是一件很激动人心的事情，我也知道，对导演来说，光靠讲是讲不清楚的，这就需要借助钢琴，但还不够，钢琴的声音太单薄，他也听不到其他配器，你知道，我对配器是很看重的。譬如弦乐器的休止，小号和长号的配乐，这些很难用语言描述。音乐是不可名状的，需要我们用耳朵去听。我经常会在电影开拍之前很久就把音乐写出来，这样我才能表达清楚我想要传达的意思。但并不是每次都能这样。有的时候，导演会在电影收尾的时候才叫我配乐。贝纳尔多·贝托鲁奇（Bernardo Bertolucci）在拍《一九零零》（Novecento）的时候就是这样的，因为他总是无法做出决断。我之前跟他合作过，但他不确定这部电影是否适合我。是吉洛·蓬特科尔沃对他说："你就得去找埃尼奥。"于是他就来找我了。我和他合作得很不错，音乐创作的思路来自看片和看片后的不断冥想。有的时候思路并不会来得那么快，这让我觉得很煎熬，如果点子说来就来，那就说明它天然对路，音乐和电影剧情、画面都匹配，就像完美的婚姻一样，有点一见钟情的意思。但有时候不是这样，需要努力去寻找灵感，大多数情况下都能如愿找到。譬如我在给罗贝尔托·法恩察（Roberto Faenza）的电影《佩雷拉的证词》（*Sostiene Pereira*）写配乐的时候就遇到了一点困难。有天早上我在威尼斯广场上看到一群人在罢工，人们在游行队伍中大声抗议，敲着锡鼓一路行进。我瞬间来了灵感，把这场罢工的节奏运用到了电影里。

🎬 人物之间的对话也会给你带来启发吧？

♪ 当然。譬如那种中间有很多停顿的地方，演员在思考，停滞在那里，或者是两个人都在思考，这种情况下我会考虑加入音乐。如果我必须要放音乐的话，我会把演员的表演和导演的意愿综合起来设计。两个人之间的对话以及对话的写作方式，势必会对音乐的走向产生影响。作曲家不能忽视其中的停顿处理，我不是说一定要用音乐填满空当，但静默的画面一定会预设演员的内心活动，有的时候这种内心活动还非常重要。音乐有时就能承担描绘不可描述场景的作用。

🎬 你有过多少次"一见钟情"？哪部电影思路来得飞快？

♪ 贝纳尔多·贝托鲁奇的《一九零零》。我看电影的时候周围一片漆黑，我兜里有一张纸，我一边看一边在纸上谱曲，当然只是一些音符罢了。这些想法是看到画面后就立马蹦出来的。我当时就记下了多个主题的思路。我在头尾都有一道口子的纸片上写下了所有的音符，那是一张普通的纸，不是谱曲用的那种，我只能做这些。

🎬 你和贝托鲁奇的关系怎么样？

♪ 非常好。我很想念他。我们一同合作了 5 部电影：《革命前夕》（*Prima della rivoluzione*）、《搭档》（*Partner*）、《一九零零》、《月神》（*La luna*）和《一个可笑人物的悲剧》（*La tragedia di un uomo ridicolo*）。后来我去美国了，他就再没有找过我。拍《末代皇帝》（*L'ultimo imperatore*）的时候他应该是找过三位作曲。但我非常理解，导演的优柔寡断和不确定性也在一定程度上促进了音乐的发展。事实上导演应该自己写音乐，这样才更坦然。克林特·伊斯特伍德就是这么做的，不过效果嘛……唔……

🎬 可能也只有卓别林为自己的电影写过一些很棒的音乐了……

♪ 他是让别人写的，当然创意都是他自己的。事实上，学过作曲的导演确有一位：斯蒂法诺·瑞利（Stefano Reali）。他能为自己的电影谱曲。不过他没上过高阶的作曲课程，可以听得出来他的音乐受到了他听过的一些东西的影响。

🎬 另一位在你人生中扮演了重要角色的导演是吉奥里亚诺·蒙塔尔多。你和他合作了很多部电影。讲讲你们是怎么开始合作的吧。

♪ 他是在我和吉洛·蓬特科尔沃合作完之后给我打的电话，当时他给吉洛做帮手，很信任吉洛。我们见面的时候他对我说："我所有做过的电影都是在为《死刑台的旋律》(*Sacco e Vanzetti*)做准备。"你明白吧？他一直在孜孜不倦地朝这部电影努力，他非常想拍它，但在长达很多年的时间里他都没能实现。他努力为自己的合同争取利益，为的就是给萨科和万泽提[1]拍一部电影。最后他终于实现了梦想，我给他做了配乐，大获成功。

🎬 那也是你最受欢迎的作品之一了。

♪ 是的，很多人都喜欢。在结尾两人走向生命尽头时，我写了一段双簧管的主题曲。这段音乐我也用在了电影开头他们暴乱的情节中，但只是小试了一把弦乐。通常情况下，吉奥里亚诺几乎不介入。那次他跟我提议："为什么不试试只用弦乐，不要主题？主题你后面再放。"他说得很有道理，我听从了他的建议。一上来就让观众听这段主题曲有点不太合适。我和吉奥里亚诺合作的日子里有很多值得珍藏的美好回忆，他忠于自己的想法、探索和愿望。他是大家的开心果，总能把每个人逗乐。我们成了很好很好的朋友。我还记得和他合作《乔达诺·布鲁诺》(*Giordano Bruno*)时发生的一件事。在电影里有一处情节，主人公在望月怀远，想象着一些抽象的东西。于是我就写了一首有点离奇的不和谐曲子，把表达空气、天空等各种意象的声音杂糅在一起，虚虚实实、影影绰绰。到了录音的时候，吉奥里亚诺对我说："抱歉打扰一下，埃尼奥，你能不能再让我听一遍乐队合拍的那一段？"可事实上那段音乐没有合拍的部分，都有各自的节奏。几年后回想起这一幕，我笑了，当时我并不明白他的意思。一位导演这么说，其实是有点攻击的意思了，但他攻击起人来还是那么婉约，总是那么友好，他其实是想表达不满。

🎬 **这是一种向你委婉表达他不喜欢这首曲子的方式吗？**

♪ 也不是，因为后来这首曲子保留了下来，他也没让我换别的。他没跟我说："你可以再写点儿别的吗？"但这个问题是很普遍的：当你去掉主题，听者就好像失去了方向和平衡，像要摔下来一样。其实不会摔，还能好好站着。在给旋律做减法的时候也是如此。你觉得音乐变得没有头绪，因为所有的声音都失去了控制，变得自由自在。

🎬 **在《死刑台的旋律》中，琼·贝兹（Joan Baez）那首歌曲的创意是怎么来的？**

♪ 吉奥里亚诺想在电影里加入一首歌。我说："好极了！可是你来唱吗？""最好不要！"他回答道，然后给我推荐了琼·贝兹。我怂恿道："那你得先把她带到我面前来。"彼时琼·贝兹真是红到发紫。几天后，吉奥里亚诺去美国，有一晚他碰到了弗利奥·哥伦布（Furio Colombo）。他给哥伦布讲了《死刑台的旋律》这部片子，提出想邀请琼·贝兹为电影唱歌。弗利奥·哥伦布说："这有什么难的？琼今晚会来我家吃饭。"于是吉奥里亚诺迅速塞给了他一份英文唱词。第二天一早，吉奥里亚诺在宾馆接到了琼·贝兹打来的电话："这个很棒，我可以唱。"后来她去圣特罗佩，我去找她，当面教她唱主题曲。我是一大早开着车带着全家去的，到了那里大概是正午吧。我带着小纸片在游泳池旁边找到了她。我给她听了歌曲，她高兴极了。8月份的时候她来罗马，在打击乐和一台临时钢琴的伴奏下唱，然后我们又在她的声音上加了乐队的其他伴奏。她唱的时候周围条件不太好，但她把那首歌曲演绎得非常好。其实我当时以为另一首原声《萨科和万泽提的歌谣》（"La ballata di Sacco e Vanzetti"）会火，没想到最后大热的竟然是她唱的这首《你将永存》（"Here's to You"）。法国还有很多其他国家的人都会传唱这首歌。有一些政党和在野团体甚至把它作为一种象征。

🎬 **在人们赋予你的赞扬中，你愿意听到哪些，不愿意听到哪些？**

♪ 当有人对我说你写的音乐很美时，我就很高兴。有一回图利奥·凯齐赫（Tullio Kezich）在评论文章里写道："鲍罗尼尼电影里的那首小曲子……"那首小曲子？我给他打电话说："抱歉，不过事实上那首曲子是特意写成那样的，朴素短小，这出自电影的需求，凡事求简。"

🎬 **你和阿尔贝托·拉图瓦达（Alberto Lattuada）也做过很多部电影。**

♪ 我们合作过《独一无二》（*Matchless*）、《毒气间谍战》（*Fräulein Doktor*）和《你不要走》（*Così come sei*）。他做过一件有点特别

的事。他让我和吉诺·马里努奇（Gino Marinuzzi）一起作曲，马里努奇是一位很出色的作曲家兼指挥，拉图瓦达之前很多电影都是跟他一起做的。他这个要求让我觉得有一丁点儿奇怪，但我是很尊重马里努奇的，我们很要好，所以我接受了。这应该是我职业生涯中唯一一次例外，当然之前我说过的和尼科拉伊的合作不算。到了《毒气间谍战》就变成我一个人作曲了。我写了一段很重要的交响曲，配电影中"一战"期间毒气战的情节，这次经历让我终生难忘。写一段纯交响乐是拉图瓦达的主意，他给足了我时间。可能他是唯一一个向我直截了当提出这般要求的导演了；真的不是我自己要求的，我也因此写了一首真正意义上的交响乐。我很能理解他对我的满满信任，我觉得他懂得的，比我的电影原声所能传达的东西还要多。当然了，我指的是音乐上的理解，他的爸爸费里切（Felice）就是一位作曲家兼指挥。《毒气间谍战》之后我们又合作了《你不要走》，娜塔莎·金斯基（Nastassja Kinski）在其中饰演了一个角色，她是个非常优雅的女孩。

- 吉洛·蓬特科尔沃也是一位对你来说很重要的导演，甚至可以说是至关重要的。他把你从西部片的旋涡中拽了出来。
- 蓬特科尔沃拍《阿尔及尔之战》的时候给我打电话，说要见我，他想让我配乐。我那时初出茅庐，还没做过多少部电影，万万没想到这么大牌的导演会找到我。于是我问他："你为什么会找到我？"他说他听过《黄昏双镖客》的音乐，很喜欢。我各种喜出望外。他跟我说，他已经和制片人安东尼奥·穆苏（Antonio Musu）碰过头了，穆苏会让我们签一份作曲的合同。

🎬 你是说吉洛也签了作曲合同？

♪ 是的。他算是让我帮个忙吧，我们一起创作音乐，但就这一次，之后的电影音乐都由我来写。我当时还年轻，在这样一位导演面前，我不能拒绝。但音乐都是我写的，他只是给我讲一些很重要的想法。他想反复加入一种非洲乐器的声音。我采纳了他的建议，在音乐中添加了这些元素。当然所有配器也都是我做的，合成后听起来非常不一样，但他的想法保留了下来，能听出来。你知道吧，即便那个时候我也不轻易妥协，就像我给赛尔乔做配乐的时候坚决抵制使用《墨西哥进行曲》和小号一样。所以在配片头曲的时候，我想来个大变样。我用了我之前写的一段弗雷斯科巴尔迪式的半音变化里切尔卡。

🎬 你们合作过哪些电影？

♪ 《阿尔及尔之战》、《奎马达政变》（*Queimada*）和《奥科罗行动》（*Operación Ogro*）。他做的电影不多，也就5部。有一回我跟他聊了聊我的一个音乐计划，他从中琢磨出了一部有关耶稣受难的片子。看上去他很想拍，还写了剧本，也有人投了钱，但最后也没做……

🎬 你们的第一部电影是怎么做的？

♪ 他来我家了，但我向你保证，准备《阿尔及尔之战》的配乐非常非常不容易。我足足想了一整个月。吉洛每天都来找我，每次来都带着他的录音机，他会把自己想到的主题用口哨吹出来录给我听。而我呢，会日复一日地跟他说我不喜欢这个，他也表示既不喜欢自己的吹奏也不喜欢我在钢琴上弹奏的曲子。就这样我们走了好长一段路。有一天，他照常来到我在绿山街区的家，我家住三楼，他在爬楼梯的时候哼唱了一段音乐，我竖起耳朵听完，旋即跑回写字台，把那段音乐写了下来。然后我笑容满面地给他开了门，跟他一起吃了点东西。饭后，他让我给他弹新写的曲子，我就把刚才偷听到的旋律弹给他听，调子都一样，就是为了让他能听出来。吉洛目瞪口呆、不知所措，非常地惊讶。他一言不发，开始播放他录的口哨声，完全一样，看来我听得还不错。不过他突然冒起一阵怒火："这个我也不喜欢，不管是你的钢琴版还是我的口哨版。"然后就准备走了。我试图劝服他："我们在一起苦思冥想 30 天了，现在终于想到一起了。""不，我还是不满意。"他回答道，"这个巧合我没法儿解释，但我还是不喜欢这段音乐。"我只好继续跟他在接下来的日子里磨，最后我们终于找到了好的方案，但他对那天的事总是不大高兴。不过你知道吗，他也没问我是怎么回事。他应该是觉得，这是一个想起来就很疯狂的惊天巧合。

🎬 你一直都没跟他实话实说吗？

♪ 你知道，那部电影当时正要参选威尼斯电影节。我跟他说："如果你获奖了，我就告诉你实情。"他好像一直念叨着这件事。最后他还真拿了金狮奖，拿奖后的第二天早上他给我打电话，因为要做一些电影上的修改，但他还是没忘了问我。"现在你告诉我是怎么回事吧。"我和盘托出："你上楼的时候我就偷听到了，我边听边写，然后再拿给你听。就是逗你玩呢！"

😊 吉洛会弹奏乐器吗？

♪ 不会。我刚才说了，他就是吹口哨，然后录下来给我听。他对音乐很在行，但不会写。录制《奎马达政变》的配乐时，他被震撼到了。之前在看画面的时候他还提出了一个让我印象很深的要求。他想让我给这部片子的结尾写 7 首曲子，这样他可以从里面挑出他想要的。我真的给他写了 7 首。他和莱昂内以及其他很多导演一样，总是充满了疑惑。到选曲的时候，他叫了我、他妻子、剪辑师，还有其他两三个片场的人一起来做决定。我全程都不说话，因为对我来说哪首都行。最后，应该是有一个人选了吉洛私下最倾心的那一首，大家就这样做出了决定。

😊 《奎马达政变》是一部很特别的电影。

♪ 我们在剪辑的时候还没有配音乐。那个时候我刚给莉莉安娜·卡瓦尼（Liliana Cavani）的电影《食人族》（*I cannibali*）创作并录制了音乐，《食人族》的后期剪辑工作就在我们旁边的房间里进行。莉莉安娜不在的时候，吉洛看隔壁大门敞开，就悄悄进去拿了一盒刚才偷听到的配乐的磁带。他想将之用在《奎马达政变》那段沙滩的情节里：马龙·白兰度骑在马上，后面跟着一群人。他揣着磁带过来，指着一处画面对我说："我们就在这里用这段音乐！"我说："你疯了吧，不能用人家电影里的音乐啊。""那么你去跟莉莉安娜说一下。"他竟然这样回答。我答道："不，吉洛，我不会去的，那部电影已经做好了，我不能对莉莉安娜提出这种要求，我可没疯。这绝对不行。你就别想了！"我们就这么吵起来了。最后两人都精疲力竭了，他只好作罢："好吧，那你得给我写一段差不多的出来！"我就按照他的要求写了一段差不多的曲子，只有几个音符不太一样。男女声的合唱还是保留了，一听就是《食人族》里的合唱。莉莉安娜听了之后反应很激烈。不是跟我，她什么也没跟我说，但从那以后再也没有找过我。我就这样被夹在他们俩之间。莉莉安娜对他各种羞辱，脸色都变了。

🎬 在《奥科罗行动》里，我们感受到了你和吉洛对巴赫的热情。我没说错吧？

♪ 吉洛拜托我模仿我另一部电影的配乐，给片头曲重写一段音乐。那段曲子带有明显的巴赫色彩，低音部分徐徐移动，高音部分是固定旋律。我没有照搬现成的东西，而是用自己的方式模仿了那首曲子。那首曲子中已经找不到巴赫的东西了，但高音部分是固定旋律，a 小调在低音部分的某种行进会让人觉得非常像巴赫的风格。

🎬 我记得你是因为吉洛的电影作品认识埃里奥·贝多利的？

🎵 埃里奥·贝多利看了《阿尔及尔之战》后很喜欢我的音乐，于是打电话来，请我给《乡间僻静处》配乐。我们第一次见面的时候，他对我说了一句话，让我一下子就放心了。他说："埃尼奥，我和尼诺·罗塔、皮耶罗·皮契奥尼（Piero Piccioni）、巴卡洛夫、拉瓦尼诺等等都只合作过一次。我和所有的作曲都只合作一次。所以请你不要介意，这是我们第一次也是最后一次合作。"我说可以，就这么做好了。我当时觉得拍完这部电影我们俩就不会再有交集了，但他后来拍每部电影时都找了我合作。

🎬 《对一个不容怀疑的公民的调查》的原声也非常深入人心，是绝对的经典。

🎵 埃里奥对我一开始写的东西不太满意，他喜欢我的第二个创意。他没有对我下达任何指示，我是在一个相当自主宽松的环境下写成作品的。做这部电影的难点在于如何用曼陀林的琶音赋予通俗音乐最典型的特色。电影主人公是一位说方言的警长，因此我需要借由通俗的方式表现，我使用了一连串半音阶重复的琶音，升半音，然后再降半音。这部电影只有两首主题曲。总之，这些着实让我费尽了脑筋。

🎬 埃里奥介入过创作吗？

🎵 没有。不过有一天在他家，是为了另一部电影，他让我听了舒伯特生前问世的一首奏鸣曲。他的意思不是让我照抄，是想让我用舒伯特的方式写一些变奏曲。我总共写了 5 部，配器用的是中提琴、打击乐器、单簧管和钢琴，但效果不太好。

🎬 你有没有遇到过那种对音乐完全不感兴趣的导演，就是他最后用你的音乐完全只是出于要有配乐的需求？

♪ 我曾和一位对电影配乐三不管的翘楚共事过。他真的就是什么都不管，配乐只是因为一部电影真的需要有音乐。他叫帕斯夸里诺·费斯塔·坎帕尼莱（Pasqualino Festa Campanile）。电影《盗贼》（*Il ladrone*）录音乐的时候，他来都没来。有一天我终于忍不住了，对他说："帕斯夸里诺，我们听一下，这些音乐不是给我自己做的，是给你和你的电影做的。"他回答说："你看你都做完了。你都做完了，我还来干什么？"后来我警告他，如果后面的电影还是这样，我就不做了。

🎬 说到寡言少语的导演，有一次你跟我提过你和迪诺·里西（Dino Risi）的一段逸事……

♪ 他给我打电话，请我给《成功》（*Il successo*）配乐。里西负责这部片子的监制工作。我和他的对话全程都有点摸不着边，我跟你细讲：我那时候去图斯克拉纳街的电影实验中心看片，里西正在监督电影《安逸人生》（*Il sorpasso*）的后期剪辑，在左侧一道帘子之隔的地方，他同时盯着电影《成功》的后期剪辑，我和剪辑助理弗朗科·马尔维斯蒂托（Franco Malvestito）就坐在《成功》的声画剪辑机前看片。进度条拉到某个画面时，马尔维斯蒂托掀开帘子问另一头的里西:"这段加斯曼开车放什么音乐?"里西答道:"欢快的音乐!"马尔维斯蒂托放下帘子转向我说:"要欢快的音乐"。我打上记号,写下时长,然后继续。随着进度条的推进,马尔维斯蒂托又在另一处停了下来,掀开帘子问里西:"他们晚餐的时候放什么音乐?"里西答道:"忧伤的音乐!"马尔维斯蒂托对我说:"这里用悲伤的音乐。"就这样,我们用这种奇怪的方式把一整部电影拉完,迪诺·里西在那头不停地回答道:"欢快的!""忧伤的!""欢快的!""欢快的!""忧伤的!"到了录制的时候他也没来,因为他忙于另一部电影。我就一气儿都录了。我还记得我找了一支非常不错的铜管乐队来演奏片头曲,效果很好,有爵士乐伴奏。好多人听了还以为是美国乐队的杰作,其实演奏者都是本土意大利人,每个乐手都很厉害。最后我们在后期剪辑时把音乐给合上了,这次里西出现了,和我们一起把电影看了一遍,可他每听到一段音乐就会说:"这段音乐太欢快了!""这段太忧伤了!""太欢快了!""太忧伤了!"总之不是太欢快就是太忧伤。过了一会儿,抄谱员多纳托·萨隆内把我叫到一边:"埃尼奥,我跟你说,10天后你再过来吧,到那会儿事情就会简单多了。"10天后,我去找萨隆内,他说:"我跟你说迪诺喜欢什么。他喜欢钢片琴、吉他、钢琴、低音提琴、打击乐,你愿意的话还可以再加一个萨克斯。不用写得多复杂,只要有和声旋律,再用打击乐或低音电贝斯伴奏就行。"我全盘接纳了他的建议,结果确实奏效,但这一切让我很厌恶。好多年后,迪诺·里西又给我介绍了一部由托尼亚齐和加斯曼主演的电影《以意大利人民的名义》(*In nome del popolo italiano*)，我当时就拒绝了。我不想再组建一支很棒却无用的乐队。后来里西又找过我一次，是为了索菲亚·罗兰（Sophia Loren）参演的一部电视剧，我还是给拒绝了。

🎬 通常情况下你喜欢什么都不说的导演还是给你下指令的导演？

♪ 还是什么都不说的比较好。你知道为什么吗？因为导演常常会受他最近所听音乐的影响，但我尽可能坚持原创。导演应该给作曲者自由，只有自由才能让我有责任意识，我才会自主自愿地来做这件事情。很多导演一句话都不说，有的是因为不想，有的则是因为完全不懂我在说什么。蒙塔尔多就曾在多年后跟我坦言，他对我说的和我给他在钢琴上演奏的东西一窍不通。即便这样，我还是跟他合作了十多部电影，我有点诧异。

🎬 所以你觉得导演掺和多了就不会有什么好作品出来？

♪ 不是说不能和导演讨论过多，但最好是到了第三、第四部电影的样子。合作第一部电影的时候最好不要说得太多。

🎬 那我觉得我是个很让你生厌的导演了……

♪ 你的烦人程度远不及其他导演。再说了，你做出的贡献是巨大的。另外，我们初合作的时候也并没有什么过多的争执。

🎬 不过我可记得，我们深度讨论过不少主题曲的创作动机。你还遇到过其他什么不太愿意开口的导演吗？

♪ 卡尔洛·里扎尼也不太爱说话！后来我才知道，他不说话是因为他以为让作曲家写完音乐就完事儿了，不能再干涉任何事情。不管满意与否，他都没有权利再要求人家修改。这也是为什么我觉得导演缄默不言，对我来说隐含着痛苦和尴尬。

🎬 我觉得导演沉默的原因不都是相似的。每个人都会出于各种各样的原因不说话。

♪ 嗯，可能是吧。里扎尼和帕斯夸里诺·费斯塔·坎帕尼莱沉默的方式有点像。里扎尼是不太说话，而帕斯夸里诺甚至连录音现场都不会来。他们的悲剧在于，他们觉得导演无权介入音乐领域，因而制造了一种绝望的沉默：导演只能被动接受音乐，和电影的其他环节，譬如剧本、舞台布景、服装、演员、灯光、摄影、取景不同，导演对音乐没有掌控权，什么也做不了。

🎬 还有什么类似的例子让你记忆犹新吗？

♪ 约翰·卡朋特（John Carpenter）。他来意大利的时候，约我在他下榻的旅馆见面。他让我看了电影，然后就走了，一句话也没说，你知道吗？我一脸茫然。你知道，和导演沟通对我来说至关重要。这种情况下我只好写了各种类型的音乐给他挑选。通常情况下，卡朋特会自己给电影写音乐，当然是在音乐家的帮助下。我去洛杉矶录制的时候，导演和制片人特别开心，还给我带了礼物。我写了两首相近的曲子，一首是合成器合成的，另一首是乐队演出版。演奏的方式完全不同。电影上映后我去电影院看，他们只放了其中一首，也就是我在意大利用合成器合成的那首。他们选择了那首，并反复使用在电影中。这就是不沟通的后果。卡朋特可能有点害羞，他不愿意让我接触过于怪异的画面，譬如一头面目可憎的怪兽从一个人的嘴里跑出来。我写的音乐确实全篇都用了，但只有那一首，用计算机合成的那一首。这和我写的那些东西比起来也太少了。

- 他是怎么跟你解释的？
- 我刚才说了，我觉得他可能是有点害羞，就像帕索里尼拍《索多玛 120 天》时那样。有的时候导演自己会有一种说不出的羞耻感，而另一个极端是盲目信任作曲。譬如瓦莱瑞奥·苏里尼（Valerio Zurlini），他可真是有点不可思议。有一天他想听一下主题曲，我坐在钢琴前开始弹奏，刚弹了几个音就听到他说："可以可以，就这样好了。"于是我让他听另一首，是一段沙漠场景的配乐。和刚才如出一辙，我刚开始弹他就说："可以了，非常好。"他对音乐的走向、配器等一窍不通，就是单纯觉得可以，这样就行。当一个导演信任你时，他就把所有的一切都交给你了。也可能是因为我之前的电影配乐让他觉得没什么可不放心的。到了音乐录制的时候，他还是一如既往地说"可以可以"。

🎬 你和他就合作过一部电影,那部电影的音乐非常赞,是你最成功的配乐作品之一。

♪ 是《鞑靼人的荒漠》(*Il deserto dei Tartari*),我记得这应该是他的最后一部电影,就像是命运的安排。苏里尼很喜欢我的配乐,于是向我发出了邀约。为了表现从未降临的战争,我写了来自远方的五把小号的声音,就仿佛军队渐渐靠近,但什么也没发生,只有孤独和寂寞。五把小号我在《黄金三镖客》里也用过,但风格完全不同。我记得《鞑靼人的荒漠》在后期合成的时候,贝托鲁奇的《一九零零》正好上映,遭遇了空前的批评,我觉得这有失公允。有些人对他的攻击真的可耻。我替他鸣不平,随后招来一些对我音乐的攻击,有一些还特别暴力。我对这些不太在乎,只管凭良心做事,如果导演认可我的工作,我就觉得没问题,随他们去说。苏里尼给我打电话说:"你不和那些吵吵嚷嚷的人理论一下吗?""我不在乎,瓦莱瑞奥。"我说,"我真的一点不在乎。"他在电话另一头说:"交给我好了,我会写一篇文章为你主持公道。"他后来真的写了,特别积极地捍卫我的音乐。他非常慷慨,是一个很棒的朋友。

🎬 在音乐生涯中,你交过很多好朋友吗?

♪ 在 RCA 唱片公司我结识了很多朋友。利里·格雷科(Lilli Greco)、里卡尔多·米凯里尼(Riccardo Michelini),还有后来的埃托雷·泽佩尼奥,他们都在 RCA 公司工作。后来涉足电影界也有一些导演朋友,但我指的是工作上的友谊,不涉及各自的家庭。吉奥里亚诺·蒙塔尔多和吉洛·蓬特科尔沃是那个时期最重要的两位朋友。达米亚尼算不上真正意义上的朋友，和他们不一样。和罗贝尔托·法恩察合作时，我们总是很有默契，他的第二部电影遭到非议时，我竭力捍卫过他。不过后来他老是在音乐上干涉我，我就了断了关系。如果他不指指点点可能会更好。上了年纪后，你成了我最愿意托付的导演。我们之间的信任和尊重也变得越来越深厚。我们两家之间也越走越近，我觉得这种友谊非常对路，对工作很有助益。佩普齐奥，我是一个非常需要信任的人。我知道我有可能出错，但来自导演的信任会激励我找到解决困难的路径，就譬如《最佳出价》。我肯定不想看到，你念及我们之间的友谊对我的工作放水，这是不对的，也不能发生。我反而期望你善意地提醒我："埃尼奥，我觉得这个不行。"你也确实这么做过，拍《巴阿里亚》（*Baaria*）的时候就是这样。有的东西是要说出来的，我们关系好就更要说了。对，我觉得友谊能让创意变得更好。

🎬 如果你想让我不好意思的话，你还真是成功了。让我们回到你同其他人的友谊上来。你和你的作曲家同事们结下过什么深厚的友谊吗？

♪ 有一些真正意义上的朋友，不过也没有太多。我的同门师兄弟都不看好我写电影配乐，所以可以说这份工作让我有点被孤立了。这对我来说算是个悲剧，我承受了很多。我和阿尔多·克莱门蒂还有其他一些人会见面，但算不上是真正的朋友，我们之间不交心，倒是跟乐团的演奏家之间有一些真挚的友谊，我经常能感受到他们在我身边，离我很近。我发现我以前会把友谊和工作中展现出的天赋挂钩。如果一个小号手技艺过人，我就会对他青睐有加。譬如首席小提琴手弗朗科·坦波尼之所以跟我很好，是因为他非常慷慨热情，琴也拉得绝好，值得我尊敬，配得上这份友谊。迪诺·阿肖拉也同样如此，非常出色。首席中提琴手弗奥斯托·安泽尔莫（Fausto Anzelmo）是我为所有电影配乐时几乎都会用到的音乐家，我们真的非常要好，我经常找他演奏。我有个不太好的地方，有点工作狂，常常忽视了友谊。

🎬 **我现在向你提两位和你合作过的导演：保罗·塔维安尼（Paolo Taviani）和他的哥哥维托里奥·塔维安尼（Vittorio Taviani），你们之间也是爱恨交加。**

♪ 塔维安尼兄弟在拍第一部电影《阿隆桑芳》（*Allonsanfàn*）时找到了我，他们想一炮打响。我接受了邀约，但保罗说想让我模仿一首他听过的曲子。我立马回他："如果是这样的话那就算了，我不做了！"他们坚持要我留下，我也抱住我的想法不放。最后我还是留下了，但想方设法用自己创作的音乐。只有一首劳拉·贝蒂（Laura Betti）唱的歌不是我原创的，他们征求我的意见："这首可以保留下来吗？"我同意了，但后来他们拍《我父我主》（*Padre padrone*）时就没再找我。他们请了我的朋友厄奇斯托·马切（Egisto Macchi）。你知道厄奇斯托做完后对我说什么吗？"我再也不会跟他们合作了！"显然，就连厄奇斯托也受不了这对兄弟在音乐上瞎掺和。这就是他们的做事风格，他们想替作曲者做选择，即便后者不太愿意。我觉得这种工作方式有点过于冒犯。虽然他们的态度比较温和，也足够尊重对方，但我不喜欢，所以……

🎬 **什么样的冒犯呢？**

🎵 他们希望用别人的音乐，模仿已经存在的东西。你知道我很讨厌这样。我不想借用别人的脑子，尤其是其他作曲家的脑子。我拒绝他们后，他们又向我伸出过一次橄榄枝，也就是电影《林中草地》(*Il prato*)。我对他们说："如果你们给我充分自由我就做。"他们同意了，我也就应下了。保罗觉得自己有资格说上几句，不仅因为他是导演，还因为他觉得自己有点音乐家的样子，也许是有点吧。到录制的时候，出现了我从未碰到的情况，那是一首很关键的曲子，用全音阶写的，伴有不同节奏的半音。保罗说："你为什么不把半音去掉？"我有点被激怒了："不为什么，我是不会去掉的！这就是它的风格，如果你们不懂的话就算了！"我还是按原来的节奏录制。直到今天我还在庆幸，那首曲子获得了一项电影原声特殊贡献奖。后来我就真的是再也不想跟他们合作了，不过谢天谢地，他们也没再找我。在之后的几年里，每当我碰到他们，我还是会对他们表示敬仰，但我们会把这些陈芝麻烂谷子的事儿拿出来调侃。我想说，他们最近自编自导的电影《凯撒必须死》(*Cesare deve morire*)真的很不错，可以算是他们最好的电影了。

🎬 《阿隆桑芳》里的塔兰泰拉舞曲是如何诞生的？

♪ 那首曲子是放在结尾处的，创作过程有点奇怪。他们还在拍摄的时候就让我写一首歌曲的回放，我连他们想要的意思都不知道，怎么可能写得出来？于是我就先用定音鼓和大鼓写了节奏，就好比用节拍器给舞者打拍子一样。布鲁诺·契里诺（Bruno Cirino）负责指挥演员跳舞，他们就跟着我写的节奏跳，一切都很顺利。电影拍完后，我才把配乐加上去，写了整首曲子的音乐。

🎬 和里娜·韦特缪勒（Lina Wertmüller）的合作怎么样？

♪ 她拍第一部电影《浪荡少年时》（*I basilischi*）的时候我就听说过她，我那时候就知道她了，因为之前她和乔瓦尼尼一起做过杂志。《浪荡少年时》充满奇趣，很有意思，我非常喜欢。她找我配乐我当然很高兴，但她这个人太奇怪了，经常发脾气，而且有点过。她动不动就辱骂别人，幸好没这么对我。和她共事时我做得还不错，但她总喜欢给人提建议，也许她之前在杂志干的时候，也经常对那些给她、卡里内伊和乔瓦尼尼投稿的作曲家指指点点。你知道我有多受不了别人在音乐上对我指指点点，尤其是陈词滥调翻来覆去讲的那种："这里给我把旋律调低一档！"什么东西？什么叫调低一档？"这里给我把旋律调高一档！"我对里娜说："里娜，这不可能。如果这么做，简直就是一个笑话。"到电影收工的时候，我对她说以后还是算了。尽管如此，我们之间的友谊和交情还是在的。我们后来遇到时还相互调侃，她会问我："你什么时候能再给我写曲子？"我顶回去："再也不会了！"

🎬 但事实上你们后来还是一起做了电影。

♪ 是的，《平民天使》(*Ninfa plebea*)。那是过了很久以后的事了。我对她说："里娜，要不我就做我的，你别来烦我，要不我就不干！""好吧，"她回道，"你想怎么做都行！"果然，从头到尾她都很安静，后来她对结果满意极了。值得一提的是，这回她谁都没骂，也没怪麦克风，也没怨制作室，很平静。

🎬 你和阿尔贝托·贝维拉夸（Alberto Bevilacqua）关系很不错。

♪ 《嘉莉珐夫人》(*La Califfa*)是一部非常赞的电影，它的同名小说也写得很好，可能是阿尔贝托最出色的一部小说了。我还记得他和制片人马里奥·切契·戈里（Mario Cecchi Gori）发生了争执，后者想要一个不同的结局，但贝维拉夸坚持用原著的结尾。他们吵得很凶，在我面前也不避讳。我试着调解，让他们重归于好，最后我做到了，但到了下一部电影，他们又吵起来了。阿尔贝托是一个很难缠的人，很严肃，总是能和任何人吵起来。有的时候，他似乎能跟所有人置气，尤其是制片人，后来我也不再掺和了，没什么用，但他对我很坦诚。有一次他跟我坦言，如果唱片机里没有我的音乐，他就写不出东西来。这让我感到很惊喜，自然也就觉得很得意。

🎬 你也给弗朗科·弗兰基（Franco Franchi）和奇乔·因格拉西亚（Ciccio Ingrassia）写过东西，是吗？

♪ 写过两部电影。他们想要一首谐谑欢快的曲子，我不是不能写，但遇到那种电影本身就很不错的，一般会尽可能地少配乐。他们很厉害，其实没有必要再加过多的音乐了。只消一个眼神、一个动作，挤一个鬼脸，观众就会笑得停不下来。我对给他们写的音乐不是很满意，但那时候我几乎有求必应，只拒绝实在不可接受的邀约。那两部电影的导演卢西奥·弗尔兹（Lucio Fulci）从小就吹小号，这让我们走得更近了一些。

🎬 我想到了一名导演，维托里奥·德赛塔（Vittorio De Seta）。我记得你只跟他合作过一部电影，但对那部电影贡献很大。

♪ 我想说《半个男人》（*Un uomo a metà*）是一部非常令人煎熬的电影，不仅是拍摄，还有音乐的创作，到后来去威尼斯电影节参展也是。对德赛塔来说拍摄这部电影的过程满是痛苦，因为他曾经历过类似的精神浩劫。我还记得他的爱人，很端庄大方，总是在一旁支持他，帮助他恢复平静。我对这部电影的配乐非常满意。它不是一部商业片，我为能参与这部电影的制作感到自豪。在当年的威尼斯电影节上还有《阿尔及尔之战》，我也是那部电影的作曲，同时给吉洛和维托里奥写音乐。对此，德赛塔在前期跟我一起看片时显得很紧张。这让他感到焦虑，因为他无法接受我同时给两部电影作曲。事实上，这对我来说没有任何问题，也没有任何风险。我知道如何规避问题，我早就习惯了。我能平均分配时间和精力。特罗瓦约利老取笑我,说我是用两只手作曲的。他这么说是因为他觉得我过劳了。"你用左手作一首曲子,用右手作另一首曲子。"我回答他说,我都是用右手写的。我总是把这当作笑话、灵光一现的俏皮话,但其他人总是抱怨我接了太多的电影,可能正是因为这个,他们想把我孤立起来。

🎬 你为《半个男人》创作的音乐非常精彩……

🎵 观众对这部片子评价一般,让我感到很遗憾,因为剧组的所有人都付出了自己的心血。我不太记得评论都是怎么写的了,但我记得音乐部分得到了很高的评价。不过这也无济于事。佩普齐奥,音乐本身拯救不了整部电影。

🎬 塞尔乔·米切里曾说过,佩特拉西挺喜欢。

🎵 我不记得了。那不是一首调性主题曲,如果是的话他是不会喜欢的。那首曲子是他会喜欢的那种。

🎬 你能跟我解释一下吗,譬如你给一部商业片作曲就会写得简单一点,如果不是就会写得稍复杂些,这是真的吗?你觉得这样的搭配是最合适的?

🎵 我如果这么做的话,就代表我觉得这是可以的。譬如《半个男人》,我想象不出另一种音乐风格。电影里的男主角精神上有一些苦恼,这和导演曾遇到的问题如出一辙。德赛塔在片尾写过这样一句揭示内涵的话，意思是这部作品就仿佛一面镜子，照出了自己，有点像一部自传。那首曲子形象地描绘了男主角精神受到重创、几乎无法交流的状态，所以曲子本身要晦涩难懂，尽可能向观众传达男主角饱受精神折磨的信息。我觉得这首曲子很合适。

🎞 **听说这部电影的音乐还有一些后续演绎？**

♪ 你的消息真灵通。《半个男人》的电影原声乐团后来和意大利芭蕾舞团合作，在全国开启了漫长的巡回演出。那首曲子叫《命运安魂曲》（"Requiem per un destino"），讲述的是导演的命运，假如抛开主角的话。

🎞 **不管是沉默还是争吵，你总是会和导演直接沟通。**

♪ 基本上是的。这是我唯一认可的沟通方式。我遇到过上千次这样的情况，制片人在电话里向我建议这建议那，但我完全不关心。电影的作者是且只是导演，所以导演之外的人我都不管。只有一个例外，那就是赛尔乔·莱昂内做制片人的时候，但你知道，他的情况有点特别。还有一次我接到电话，要我给特伦斯·杨（Terence Young）的电影《冒险家》（*L'avventuriero*）配乐，我从头到尾都没见过他。安东尼·奎恩（Anthony Quinn）、丽塔·海华斯（Rita Hayworth）和罗莎娜·斯基亚菲诺（Rosanna Schiaffino）是这部电影的演员。杨一直没出现，我是跟一名意大利剪辑师沟通的。虽然各种条件简陋加上情况不确定，可我想说这部电影的音乐做得很好。在录制音乐的时候我遇到了乐团罢工，我们就这样一连几个月没有组织起来，这是很夸张的事情。我问制片："这样我们怎么进行下去？"他们让我不要担心，他们请了一支那不勒斯的乐队过来，当然不是那不勒斯圣卡洛剧院的乐队。我不太信得过他们，就让弦乐演奏了一些很简单的东西，但即便如此，演奏也不能说是完美的。因此我找来亚历山德罗尼的合唱团和三位出色的独奏音乐家来救场。钢琴演奏请的是阿尔纳多·格拉乔西，中提琴是迪诺·阿肖拉，小提琴是圣切契利亚的首席。虽然当时情况很荒诞，但我对结果很满意。

🎬 你和很多导演合作过，有些合作了很多次，譬如贝多利、蒙塔尔多、帕索里尼、鲍罗尼尼、莱昂内、还有我、阿基多等等。每个导演的作品都存在音乐风格连贯性上的问题，你不觉得困扰吗？

♪ 当然没有！我一直希望导演能为我的音乐提供准确而独特的支持。这并不难，因为不管怎么说，我会在后面把关的。但有的时候我也确实能体会到这个问题。如果一个导演拍了一部风格和之前完全不同的电影，那这种连贯性就会打破。贝多利的电影内在连贯性上就很强。有一次乌戈·皮罗（Ugo Pirro）跟我说："你这次写的音乐和之前的一模一样。"这是不可能的，但我承认听上去会有一种强相关的感觉，在后面的电影中也同样如此。《托多·莫多》（*Todo modo*）也许有点不同，但我认为还是能听到一些熟悉的东西。我倾向于为每一位导演提供一种独有的风格，在这个基础上我再根据电影本身做自由发挥。

🎬 **所以你为蒙塔尔多定制了一个莫里康内，也为莱昂内、鲍罗尼尼和阿基多各自定制了一个莫里康内……**

♪ 是这样的。有一个例外，那就是你，因为你的电影风格各不相同。《幽国车站》(*Una Pura formalità*)和前面的电影截然不同。我们也不能把它的音乐套用在《天堂电影院》或是《天伦之旅》中。你在电影上的多样化尝试也给我带来了风格上的变换和突破。《海上钢琴师》的音乐能模仿第一部、第二部或是第三部电影吗？不能，所以朱塞佩·托纳多雷是一位让我无法讲风格连贯性的导演。

🎬 **如果我没理解错的话，你会为每一位导演量身定制一套忠于他们电影的音乐风格，这些风格又彼此不同。**

♪ 作曲需要尊重导演内在风格的连贯性，因此在作为电影辅助元素的音乐方面，应该知道如何保留并突出这种连贯性。然而在给《美国往事》作曲的时候，我不能套用之前给莱昂内电影做的音乐的风格，因为那部电影太不同了。我们要尊重电影的多样性，就像我们尊重电影风格的内在连贯性。

注释

1. **《死刑台的旋律》** 改编自美国真实案件,讲述了两位意大利移民萨科和万泽提被冤为罪犯、判处死刑的故事。

错过的橙子

朱塞佩·托纳多雷 ————————————
    ✕
埃尼奥·莫里康内 ————————————

🎬 让我们来说说你和好莱坞的关系吧，你和美国人做过不少电影……

🎵 大概30多部吧。

🎬 你出于各种各样的原因拒绝的好莱坞电影要比这个数字多吧。

🎵 我是否接受，取决于他们需要我做什么以及怎么做。如果他们想让我一味模仿，模仿导演听过的东西，我肯定会拒绝。另外，如果我接受了邀约，写了一些不同的音乐，但导演并不喜欢，那我就不会继续做下去。我不想让导演不满意，也不想在创作的时候受太多制约，甚至委曲求全。

🎬 你和哪位美国导演关系比较好？

🎵 应该是布莱恩·德·帕尔玛（Brian De Palma）吧。他从来没有对我提过什么奇怪的要求。他每次都很愿意听我写的东西。我和他合作了三部电影：《铁面无私》（*The Untouchables*）、《越战创伤》(Casualties of War)和《火星任务》(Mission to Mars)。布莱恩给予我很多的信任。在做第一部电影的时候，我跟他说了一些我的想法。我在纽约待了十几天的样子，写了好几首不同的主题曲，嗯，差不多所有的都写了吧。到了最后一天我们道别的时候，他对我说："我觉得结尾还差一首颂扬联邦探员胜利的曲子。"我的天，我暗自吸了一口凉气，现在怎么办？我有点绝望。他想要一首英雄凯歌。我对他说："可以，但我要回罗马写，然后都给你发来。"我就回罗马了。我写了三首主题曲，喊了两位钢琴家来录制，四手联弹的那种，然后我把曲子发给布莱恩，顺附了一封信。他回信表示那三首曲子不太行。他想要英雄史诗般的感觉，我对这个不太感冒，这需要扩充乐团的规模。我更倾向于用隐藏的感情来处理，但我还是照做了，重写了三首。写完我再发给他，又附了一封信，但布莱恩还是不喜欢。我又写了三首，这次他还是没通过。这么一来一去我一共写了九首曲子。你知道我后来是怎么做的吗？我把第六首拎出来合上乐器配奏给他寄过去，他喜欢得不得了。我的妻子最近在电视上重温这部电影，说那首曲子很不错，虽然她知道我不太喜欢。通常情况下，我对这种张扬浮夸的音乐一点兴趣也没有，但看完电影后我不得不承认，布莱恩有他的道理。

🎬 还有那段特别长的音乐……

♪ 在那场冲突戏里，一个人在跑，有人在追击他，他一会儿躲藏，一会儿逃窜。这段画面大概需要八九分钟的音乐。我先写了一段，但后来发现这么长的曲子听起来容易审美疲劳，于是我用了类似华尔兹的音乐。这段节奏好像和画面不太匹配，但男主角在车站楼梯顶上快速奔走的样子让我觉得就是这个感觉。尤其是婴儿车从台阶上滑下来时，镜头速度开始放缓，为我提供了一个反转紧张氛围的机会，所以我在这里选择用华尔兹。到了录制的时候，布莱恩问我："这段音乐和画面有什么关系吗？"我试图给他解释，他不太认可，但不管怎么说最后还是勉强答应了。几个月后他接受了一家报纸的采访，说之前还对我的这个创意不太满意，但最后觉得我确实是做了一个正确的决定。非常诚实，也很有职业素养。这段音乐效果真的很不错，楼梯顶上的华尔兹颠覆了公众的想象，他们看到了逃亡者的奔跑，看到了婴儿车缓缓滑落……悲壮的同时又有一些轻佻的色彩。这正是我想要的。

🎬 你妻子的感觉也很到位，那首结尾的曲子非常美，我一直以来都很喜欢。

♪ 这对德·帕尔玛来说或许也是一个挑战，他是一个可爱的人，虽然他给人的感觉总是不太高兴、很内向的，但如果你走近了，会发现真人完全不是这样的。

🎬 《铁面无私》大获成功，电影原声也获得了满堂彩。你还因此获得了奥斯卡提名。在这之后你参与了《越战创伤》的作曲工作，那部电影的音乐可以说是非常特别。

♪ 是的，很特别。这部电影讲述的是一队美国大兵在越南领土上执行任务的故事。这些士兵拐骗了一个越南女孩，企图轮番强奸她，但有一名士兵不愿意这么做。那些美国人甚至想亲手杀了这个女孩，当然了，那个意见不同的士兵不在其列。可怜的女孩试图抵抗，被大兵们打下了铁轨。女孩摔下去的画面节奏比较慢，我就想是否可以模拟飞禽猛摔到地面上的声音效果。于是我找来一名长笛演奏家，让他打破平常的演奏方式，反复送气，由快到慢，与此同时用手指敲击笛管。我不知道他们当时理解了多少我想要的那种死亡悲剧的效果，但后来我发现这段音乐成了电影的一个标志性元素。

🎬 那我们就从这个飞禽的创意说起吧。

♪ 德·帕尔玛拍这个画面的时候是加速的，但最后的效果显然有放缓的过程。这给了我启发，让我想起了飞翔的感觉，就好像这个女孩会飞一样。我用长笛的送气和敲击来表现女孩仿佛张开一双翅膀，在空中不停扑打，最后坠地死亡的景象。这也成为电影中的一段标志性音乐，我还把它用在了其他几个场景里。你是很清楚的，在乐谱中加入乐器之外的声音是我作曲的常规操作。

🎬 后来你和德·帕尔玛又开启了第三部电影的合作……

♪ 是的，《火星任务》。其实他还请过我至少三次，但我没接受，我做不了。《火星任务》是一部制作精良的科幻电影。像往常一样，德·帕尔玛对我没有做什么要求。他让我根据画面做自由创作，我对于应该写些什么完全不确定，于是写了很多适用于不同场景的音乐。譬如小声合唱配上乐队演奏的背景音乐，有一些想象力的那种。我不记得是否都用了。宇宙飞船在太空中静止的画面大概需要配十多分钟的音乐。我当时为此很焦虑。我在开头写了几个极简单的音，用打击乐演奏，然后再加上一些其他的东西，渐渐地乐句越来越丰满紧凑。一开始的深幽神秘也变得引人入胜、扣人心弦。结尾我也记得很清楚，德·帕尔玛对结尾提出了一个要求，他想要《教会》片尾曲的效果。你知道的，我不喜欢重复的东西，但有时候也会借鉴一点自己以前的作品。听过这首曲子的人是绝不会想到《教会》的，完全不一样，里面有一段很随意的合唱，热情激昂，像是庆祝宇宙飞船的凯旋。

🎬 看来一段让人难忘的音乐也有它的麻烦啊。

♪ 让人难忘……我想起一件事。电影圈真是什么事儿都有，这件尤其特别。当时我要给阿尔贝托·德·马蒂诺的电影《上吧，康奈利！》(*OK Connery*) 作曲，这部电影的制片不是很在行，但他有足够的实力支持电影的拍摄。在给我的合同上，他写了这么一条：配乐要国际化、让人难忘、绝对成功。我对他说："要是这样的话，这部电影我就不做了，因为我肯定会违约！我怎么能保证写出什么国际化又让人难忘的音乐呢？我可没这个高度。"最后他终于删掉了这个荒谬的条款，我才答应下来。几年后，我给阿德里安·莱恩（Adrian Lyne）写《洛丽塔》（*Lolita*）的音乐。我给他听了几首试写的曲子，他对我说："好极了，但你能不能想办法把它改得让人难忘一些？"所以这个"让人难忘"是什么意思？我猜是能经得住时间的考验。这么说来就应该是我今天写了一首主题曲，你听了，五年之后你告诉我这首曲子令你难忘。但今天你坐在这里，怎么可能告诉我这是否令人难忘呢？当然了，我懂他的意思，其实他想让我写点儿别的，他对眼前的东西不太满意。我又写了新的曲子，事实证明一切就都挺好。后来我又写了一首非常即兴的曲子来配一段很粗暴的画面，他喜欢极了，觉得这就称得上让人难忘。

🎬 **也许德·马蒂诺电影的制片人有些天真了，阿德里安·莱恩也是，总之大家找你的时候都对你寄予了很大的期望。**

♪ 作曲家无论如何也无法保证，写出的东西绝对会让人难忘。这种想法愚蠢又自大。能做的就是在作曲时真诚表达，很真诚的那种，兢兢业业地写，加上合适的配乐和音量，让听众能听懂，但也不能过于简单直白。只有这样，音乐才有可能在将来变得让人难忘。另外这也仰仗电影的成功。但如果有人坐下来对我说：现在你给我写一首让人难忘的曲子，这是不可能的。你不能抱着这种想法来写东西。

🎬 **你有特别想做配乐但没做成的电影吗，特别遗憾的那种？**

♪ 有特别遗憾的，但只有一部：《发条橙》（*A Clockwork Orange*）。

其实我已经和斯坦利·库布里克（Stanley Kubrick）谈好了，是米兰拉·坎农诺（Milena Canonero）给我打的电话，她跟我转达了库布里克的意思，说他想要一些类似《对一个不容怀疑的公民的调查》的音乐。他希望我能模仿之前的作品。你知道的，一般这类活儿我都是拒绝的，但那次我接受了，毕竟请我的人可不是普通导演，是大拿。我对他说："可以，我试着照这个意思去做。"我告诉他我想在罗马录音，他也不反对。他说他不会来意大利，因为平时不坐飞机。薪酬我们也谈好了，一切就绪。然后库布里克给赛尔乔·莱昂内打电话，向他询问《西部往事》里克劳迪娅抵达车站的那段音乐是怎么处理的，赛尔乔跟他讲了方法，最后库布里克跟他说想找我给《发条橙》配乐，希望得到他的同意，因为那段时间我正在和莱昂内做《革命往事》。赛尔乔表示不行，说我正忙得不可开交。其实不是这样的，我们已经进入后期合成了，音乐早就做完了。他完全可以放行，但他没有。库布里克那边没多想就取消了原定计划。他都没有给我打电话，而是请了一位美国作曲家。

🎬 为什么莱昂内会这么回答呢？

♪ 我知道这听上去有点奇怪，但我从未就此事问过他。我确实感到很遗憾，这也是我唯一一部遗憾没有做成配乐的电影。

🎬 你在看其他人配乐的电影时，有过类似这样的念头吗：我回头也要做成这样？

♪ 我在电影院看过配乐做得很棒的电影，但也有非常多不尽如人意的作品。有时候我会想，如果是我的话，我会做成完全不同的样子。如果一首配乐做得毫无道理，那部电影在我这里就会打上不少折扣。但我也看过很多出色的电影，配乐的能量大得惊人。要说有什么会让我觉得不太舒服，那肯定不是嫉妒某些作曲家，而是害怕他们会对我产生影响。我一直努力保持自己创作的独立性，我不希望受到来自他人的影响。我真的很害怕这种情况发生，因为我会在潜移默化中受到影响。对我来说，这种影响可以是一个学习的过程，也可能是一个圈套，我该如何面对？

🎞 这个话题有点绕。所以你觉得当一位作曲家听到别人的曲子很不怎么样，或是他自己一点也不喜欢时才比较安全？

♪ 我知道这有点矛盾，但从某种程度上来讲就是这样的，毕竟你受到的影响是不可预测的。我自认为没有受到什么影响，但如果放到电影音乐史中来看，那些曾经的编曲、给杂志写的文章和先锋音乐的体验决定了我必然是由这些细小的碎片构成的……我已经分辨不出我自己了，我也不知道曾几何时有哪一部伟大的电影影响过我。我只是祈祷这样的事情不要发生。

🎞 看到有这么多音乐家、新生代的作曲家对你的音乐钦佩不已并表示受到了启发，你有什么感受？你如何看待你的音乐在影响他们的创作？

♪ 通常情况下没有人真正在乎我的作品，很少有人能从中找到真正的价值。有一件事让我很困扰，人们经常会对我那些极简单极大众的作品送上溢美之词，但我并不觉得它们有什么好。所以我不得不对这些人欣赏音乐的方式和他们表现出的匮乏音乐素养表示遗憾。这个世界上有多少伟大的作品无人问津，又有多少不过尔尔的作品被人们捧上天。我得承认，这个问题真的很困扰我。你对这个回答感到意外吗？

🎬 我确实没想到，但我意识到了，这个问题非常重要。所以你会认为你的一些比较复杂的作品、一些更值得人们关注的作品没有得到应该有的重视吗？

♪ 对，有这样的作品，人们甚至一点也不感兴趣。我给《一日晚宴》写过曲子，这部有关爱情的电影特别美，讲两个男人爱上了同一个女人，他们赞美她，把她当作一件艺术珍品来对待。相信我，这首曲子真的很重要，但没有人注意到，没有任何一个人。一年前，有人请我参加一个有关我作品主题的颁奖仪式，主办方询问我想要放哪些作品，我就点名要那段曲子。但最后除了这首其他都放了，它被删了，因为影片中有裸体画面。所有人都想听主题曲……"大师，您给我们放主题曲吧！多好听啊！多美啊！"这让我很烦，让我觉得是一种冒犯。

🎬 这样是很没劲，如果是我的话也会被激怒。如果让你选出你最满意的作品，你会选哪些？

♪ 单说一两部的话可能会有点难，但《教会》无疑是其中之一，电影本身就很有可看性，音乐也很棒，也许观众并不能完全领会其中的内涵。我需要做解释，但跟人解释音乐是怎么来的，这其实很荒谬。

🎬 那也许你可以跟我分享一下《教会》的创作过程……

♪ 费尔南多·基亚（Fernando Ghia）用 10 年时间完成了这部片子的制作。在意大利的时候，他见到人就推销，却没人理会，最后他终于在伦敦实现了梦想，找到了一位英国制片人，大卫·普特南（David Puttnam），愿意做《教会》。基亚给我打电话，把我带到伦敦看片看剪辑，试探我想不想做这部电影的音乐。导演罗兰·约菲（Roland Joffé）也在边上。我看了没有音乐的片子后，被里面想要表达的东西打动了，可以说我的心情都跟着起伏起来，为教士和瓜拉尼族人的悲剧感到愤怒和悲伤。我跟基亚说这部电影太美了，我不打算做，因为即便没有音乐它都足够好，我不想糟蹋了它，不过不到一小时的工夫他就说服了我，我接受了。

🎬 这部电影的原声你是怎么创作出来的？

♪ 我写了三首主题曲，但在创作的时候我遇到了一个奇怪的现象，完全不受我的控制。是的，我在写的时候感觉完全不受控制，这些作品最后在不经意间创造了一个奇迹。我先写的是双簧管部分的主题曲，男主人公嘉比尔在电影里吹奏双簧管。然后我需要写一首具有时代特征的合唱曲。这部电影讲述的故事发生在 1750 年，天特会议后，圣乐该怎么写也有了新的规定，因此我在创作的时候会把这个因素考虑进去。我还需要写一段有民族特色的音乐，但我对这些不了解，便用一段富有节奏感的音乐做替代。就这样，意想不到的效果发生了：配奏颂歌的双簧管主题曲与富有节奏感的民族乐曲放在一起正相合。后来他们把这三首主题曲合而为一，出现在片尾，只此一次。在其他部分，第一首曲子分别和第二首、第三首组合，第二首曲子又和第三首组合。就好像有什么东西在冥冥之中指引我创作并书写了这样的逻辑。整个创作过程就是这样。电影上映后，配乐的反响很不错。几年后我去耶稣广场买报纸，有一位神甫把我喊住，他想请我为教宗庇护七世恢复耶稣会 200 周年写一首弥撒曲。"您看，神甫，"我对他说，"我没法儿跟您打包票，我不知道能不能写出来。您知道吗，我的妻子催着我写了 10 年的弥撒曲了，但她总是不满意。我可以试试，您把唱词给我，如果我写成了就给您打电话。"我还真写成了，我给他打了个电话。仔细想想这件事有点不可思议，我给约菲电影写的音乐描述了一个传教士的悲剧，而我又有机会为耶稣会恢复 200 周年创作弥撒曲，这也可以算是我人生中一个巨大的巧合了。

🎬 这首双簧管主题曲在创作的时候有受到电影情节的制约吗？

♪ 有一点。杰瑞米·艾恩斯（Jeremy Irons）饰演教士嘉比尔，按照导演的要求，他会随意在乐器上移动手指，所以我在写曲子的时候要考虑到演员的手指走向。另外，我还要写一首兼顾那个时代符号装饰音的主题曲，要反映出欧洲器乐音乐的发展。它有装饰音、回音、双波音、双回音、短倚音、长倚音等等，这些都是那个时代的人们用来丰富旋律的音乐元素。

🎞️ **所有这些会给演奏者带来一定麻烦吗？**

🎵 会有一些。那些装饰音不能随机出现，因为双簧管演奏者需要按照艾恩斯的手势来吹。对于旋律，他默记在心。幸运的是，这位来自伦敦的演奏者很厉害。他要一边演奏一边跟随画面里的动作，当男主人公在丛林里吹奏双簧管时，演奏者需要时时关注演员的手指，因为对旋律已经很熟了，所以他能非常自如地配合艾恩斯的手势来演奏。不过像这样的配合演奏只有一次，因为双簧管在电影里就出现过一次，之后被印第安人毁掉了。随后的演奏就很随性了，就像我写的那样。当双簧管出现的时候，休止和声音变得或长或短。

🎞️ **你说你一开始看了没有音乐的样片时，本来是不打算做的，后来被说服了。从那时候起，你是完全自由创作还是要面对导演或制片人的要求？**

🎵 完全自由创作，费尔南多·基亚提供了一些支持。对我来说，真正的导演是他，因为约菲一直在伦敦，而我在罗马。几年后我才知道，其实制片人想请埃尔默·伯恩斯坦来配乐。我感到很遗憾，如果事先知道，我也不会接受这个邀约。他们试图找他，但最后没找到。好像是基亚跟普特南建议："别管伯恩斯坦了，让莫里康内来写吧。"一开始普特南还不愿意，但后来一直没找到伯恩斯坦就只能这样了……约菲在听了我的音乐后喜欢得不得了。我好几次跟他讲，不要把那三首音乐放在一起，但他还是坚持把它们合到了结尾，对我来说有点乱糟糟的。

🎬 **但效果不错。**

🎵 我还是坚持认为放在结尾效果不好。放在片尾曲部分最合适，这三首曲子在那个地方出现最好，在前面毫无意义，有那些葡萄牙和西班牙士兵的枪声就够了。这个错误很严重，让人摸不着头脑。

🎬 **但不管怎么样，《教会》的原声是你最受欢迎的作品之一。**

🎵 这是肯定的。我刚才说了，整个创作过程是很随机的，一个主题套一个主题，其间完全没有意识到。而且我写的时候一点也不费劲，听起来虽然复杂，但不是什么累人的活儿。

🎬 **我记得有一个片段让我仿佛听到了《如果你打电话来》……**

🎵 是的，没错没错。应该是其中三个音的处理，我知道你说的是哪个地方。其实不完全一样。《教会》原声的三个音不是相互独立的，《如果你打电话来》的三个音是带重拍的四拍节奏。我向你保证，这就完全不一样了。你知道吗，除你之外还没有谁注意到了这点。如果我当时意识到这点，我也不会这么做。你的观察很正确，但我从来没想到这一点。

🎬 **创作《教会》能让你对音乐史有更深入的了解吗？**

♪ 这部作品让我对那个时代的历史有了更深入的了解，为了更准确地理解罗马教廷的历史以及同时期南美的音乐史，我重新回顾了那个年代的作品。借助双簧管，我再现了那个时代的音乐。当主教阿尔塔米拉诺视察教会、去到教堂时，那些经过教化的土著唱着歌上前迎接。合唱没有任何专业性，近乎随性。我们不知道如何做到这样的效果。后来导演建议我们去找使馆，他说："找使馆的工作人员来，他们都是一些不懂声乐的人，让他们来唱。"我觉得这个主意不赖。罗兰把他们接了过来，有50多个人吧，于是我想了一个办法，并没有按照传统的声部次序给他们分组，而是让他们分散开，4个人、5个人或者10个人一组随机排开。每个人都熟悉一遍曲子，然后开始唱，连指挥也没有。你知道吧，一开始乱得没边。幸好我让一支真正的合唱队录制了他们没唱的段落。那些素人的即兴合唱就像暴风雨里的一叶扁舟，一会儿出现在海面上，一会儿又消失了，一会儿在调上，一会儿又完全走调，一会儿高一会儿低，总之就很戏剧化。这也是我们最初想要的效果。

🎬 **通过对这段音乐史的研究，你获得了哪些新的认识？**

♪ 对传教士从罗马教廷带去南美的音乐有了一些认识，其实那也是当时在意大利和欧洲盛行的音乐。因此双簧管是起调节作用的，合唱和经文歌的灵感来自帕莱斯特里纳。还有就是了解了南美土著在那个时代的音乐，比较原始。他们的合唱是非常传统的那种，因此我又在里面加入了节奏性的主题，只有节奏，和他们唱的圣歌完全不同。当地人唱的富有节奏性的乐段是一首表达抗议的曲子。

🎬 **你和罗兰·约菲就此交好，后来你还给他做过哪些电影？**

♪ 《胖子与男孩》(*Fat Man and Little Boy*)、《欢喜城》(*City of Joy*) 和《巴黎春梦》(*Vatel*)。他让我给《红字》(*The Scarlet Letter*) 配乐时，建议我吸取一些凯尔特音乐的灵感，不过我对这方面知之甚少。我研究了一些，用凯尔特音乐所特有的音阶写了几首曲子。他喊了一位来罗马参加音乐会的爱尔兰歌手试听，歌手听完后他对我说："这可不是什么凯尔特音乐！"我回答道："当然不是，这是我写的！如果你想要真正的凯尔特音乐，你就应该选那些现成的。"后来我决定放弃这部电影。我不能一本正经地瞎写。《红字》上映后我还专门去电影院看了，因为比较好奇，曲子是约翰·巴里写的。相信我，他写的那些曲子和凯尔特音乐没有半点关系，完全没有。后来我遇到罗兰的时候说："你到底干了些什么呀？我这个不懂凯尔特音乐的人把你拒绝了，然后你找了更不懂凯尔特音乐的约翰·巴里？那可不是什么凯尔特音乐，那是标准的约翰·巴里的音乐，精准、透亮，一听就知道。"

🎬 你和非常知名的导演泰伦斯·马力克（Terrence Malick）合作过，能给我们讲讲《天堂之日》（Days of Heaven）的制作经过吗？你和他合作愉快吗？

♪ 我是去美国看的这部片子。回到意大利后，我构思出 18 个创意，每个都录制了钢琴版的小样给马力克寄过去了。我记得不是太清楚，如果是我来弹奏，肯定要更好一些。马力克从中选了几个，然后我根据他的选择进行录制。在演奏的时候，他还试图对一些配器部分进行修改，譬如："这个地方为什么不能把小提琴改成长笛？""抱歉，"我回答说，"每件乐器都有它的属性。我不能把某一段小提琴换成长笛，反之也不行，乐器有它自己特定的技术搭配！"他还是将信将疑，要求听一下其中的不同，听完后他评论道："啊，确实有道理，有道理。"类似这种情况出现过三四次，最后总是以他觉察出其中的道理收尾："那就这样吧，按照你的版本来。"他和莱昂内以及蓬特科尔沃简直一模一样，充满了怀疑精神，但很容易就能被说服。做完这部电影后，我们俩的关系仍在延续，他经常给我写信。在他之前，我从没有遇到过哪个导演能跟我保持这样频繁的书信联系。他还邀请我写一部音乐剧，但后来没做成。他还想做一部电影，他有哪些计划都会跟我说。从《天堂之日》到《细细的红线》（The Thin Red Line），过去了整整 20 年。他应该是经历了 20 年的自我怀疑。后面那部电影不是我做的配乐，后来我碰到他，他说一直在找我，但没找到我。事实上他是找到我的美国代理那边去了，而那边压根就没告诉我。他们跟马力克说我特别忙，不接他们的电话。后来是在你的作品入围奥斯卡金像奖的一场招待会上,他跟我解释清楚了这件事,这也丝毫没有影响到我们的友谊。

🎬 你为什么会构思出这么多创意呢? 18 个。

♪ 其实我从来没有为哪个导演写过这么多创意,但这确实是一个去粗取精的过程,面对导演有可能提出的要求,我能做出应对。另外我想说,马力克给了我很大的创作空间。我们在声画剪辑机前对时间点的时候,他拜托我写了一首很重要的曲子,和火的声音有关,名字就叫《火》("The Fire")。这段音乐出现在一场巨大的田野火灾中,音乐和火花四溅的哔啵声混杂在一起。我想如果以后搞一场奥斯卡金像奖入围作品的原声音乐会,我一定会把这首放进去。

🎬 《细细的红线》的配乐是由一位知名作曲家完成的,他曾多次说是因为听了你的音乐才走上了作曲家的道路,尤其是《西部往事》和《教会》的配乐。我有点好奇。

♪ 你说的是汉斯·季默(Hans Zimmer)吧,他是一位很了不得的作曲家,是个德国人,后来移居美国了。有一回我在纽约办一场音乐会,他专程过来听了。我们就是在那边见面的,成了朋友,但这是在他给《细细的红线》配乐之前。在我给迈克·尼科尔斯的《狼人生死恋》(Wolf)录音的时候,季默还提出要跟我见一面。

🎬 在你的作曲生涯中还有一位伟大的美国导演，唐·希格尔。我很喜欢你给西部片《烈女镖客》写的原声。

♪ 是唐·希格尔给我打的电话。一开始我有点犹豫，因为那部电影里有克林特·伊斯特伍德，是莱昂内的演员，不过我还是答应了。那是一部有点怪怪的西部片，和莱昂内以及其他美国导演的片子完全不同。女主角由雪莉·麦克雷恩（Shirley MacLaine）饰演，表面上是一位修女，最后大家才知道她是一位革命者。在片头部分，我不能像对莱昂内的片子那样设计，所以我就想到借用一只巨大的风笛，体积特别大、声音特别洪亮的那种，来写一首曲子。所有的管乐器都用上，先奏出一个很小的主题，由弱到强，然后瞬间压低声音，再推向高潮，音符越来越密，但速度始终保持不变。唐·希格尔听后十分满意，但我不知道他对我写的其他曲子是否满意，他从来没谈起过！

🎬 《烈女镖客》里有一个角色很重要：一头驴。你也为这头驴写了音乐。

♪ 这头驴一直跟着修女莎拉，她骑着驴子闯天涯，我就想着是不是可以来点有关动物的音乐元素，有点创意的那种。这首曲子的主题很简单，到后面加上管弦乐，能听到驴子的叫声。这首曲子里的音程相距较远，有一种古朴的味道。在这之前我从来没写过这样的东西。

🎬 唐·希格尔是个怎样的人？

♪ 我对我们俩之间的关系有点不满意。我不是要导演夸赞，但至少得有个说法、有点反应吧，你得告诉我这样写是否可行！但除了我给他写的第一首曲子他盛情夸赞了一番外，其他的就一句话没给。我记得佩德罗·阿莫多瓦（Pedro Almodóvar）也是这样，一句话也不说，很沉默。

🎬 很奇怪，你从来没有给伊斯特伍德执导的电影做过配乐。

♪ 他做最初的几部作品时曾经邀请过我，但我拒绝了。我觉得这样不太好，毕竟我一直在给莱昂内作曲。我错了，我知道我错了。后来他就再也没找过我，可能就是因为我无故拒绝了他吧。听起来有点莫名其妙，我现在也意识到了。总之，我觉得当时和莱昂内合作，再给他写的话……就有点不道义，听起来有点蠢，我知道。此外，我一定是给他留下了某种毫无根据的印象，那就是我有点反感他，事实上不是，他人很不错，风趣又聪明。我看过他执导的一部电影，《百万美元宝贝》（*Million Dollar Baby*），感觉很不错。所有人都跟我称赞，说他的其他作品有多么棒，但我一直没看。我也不知道为什么会这样。我现在还记得有一回我在洛杉矶领奖，奥斯卡终身成就奖，后来在意大利使馆文化处有个招待会，他出现了，很意外地出现了，我喜出望外。我还为其他一些由他出演的电影做过音乐，譬如沃尔夫冈·彼德森（Wolfgang Petersen）的《火线狙击》（*In the Line of Fire*）——这我就很愿意，我觉得这样没什么问题。不过彼德森有点古怪，我刚接触他时就知道，他把之前一位作曲者的所有作品都删了，全删了，然后叫我来做。他真的有点奇怪，但很能干！

🎬 你刚才说到佩德罗·阿莫多瓦。

♪ 我给他做过《捆着我，绑着我》(Légami!)。我专程去了马德里，回到罗马后就开始写，但到了录制的时候他一句话也没跟我说！我当时隐约觉得他并不是很喜欢我写的东西。但他什么也没说，这对我来说很煎熬。约翰·保曼也是这个样子。我对询问别人的看法没那么介意，也可能叫我做音乐是制片和发行方的意思，他只是被迫接受而已。这能解释为什么他如此沉默。只有在梳理电影配乐的时间点上我们有一些交流，剩下的他就都让我自由发挥，完全自由的那种。我给他写的主题曲篇幅很长，他把一些气口给去掉了，但直到今天我还是对这部作品很满意，里面充满了喜悦和生机。

🎬 虽然他一言不发，但给了你充足的创作空间！

♪ 我在这部长篇作品中倾注了所有他给予我的自由。它的主题听起来有点熟悉，但没有任何复制过去的地方，对我来说也不太常见。通常来说要创作一段旋律，我需要用几个简单的音符吸引住听众，让他们记住，但那次我不用考虑这些，在这之前我从未创作过这么宏大丰富的主题。几年后我在柏林碰到阿莫多瓦，我们俩因为这部片子获得了金熊奖提名。我趁机问他："不好意思，你能告诉我你到底喜不喜欢《捆着我，绑着我》的配乐吗？你可从来没发表过任何评论啊！"他告诉我他非常欣赏那些曲子，我也不知道是真的还是假的。

🎬 还有哪位导演不爱说话？

♪ 伊夫·布瓦塞（Yves Boisset）。我备受折磨，后来才知道是怎么回事。我这么说是因为他在拍《大阴谋》(*L'attentat*) 的时候无法主动作为，只能被动接受。他应该是觉得我那次创作的东西和以往不太一样。为了完成那个作品，我需要 24 轨的录制，一台机器肯定无法满足我的要求。所以我要了两台，一台 8 轨非同步录制，另一台 16 轨同步录制。两台机器分开完成，在演奏的时候导演听不到最终的效果。他不得不先给予我完全的信任，等成品出来后再听。我是这么做的，一部分明确有章可循，另一部分和剩下的并不同步。所有这一切使得作品听起来有点抽象，甚至风险重重，但这至少算得上是一件实验性的作品，我鼓起勇气去做了。我想要感谢一个放任甚至有些顺从的导演，能接受我这样奇怪的创意。后来布瓦塞还找我拍过电影，我最初在巴黎开音乐会的时候他也来捧过场。我还记得我录制的时候他一脸迷惑的样子。我跟他不断重复："都是同步的，这都是同步的。"他呢，就这样杵在一边。我猜他肯定在想："这个莫里康内……在搞什么鬼？"

🎬 这让我想到另一位法国导演，亨利·韦纳伊（Henri Verneuil）……

♪ 我和他可是做过几部很疯狂的电影！

🎬 我小的时候就非常喜欢他的电影……法国新浪潮兴起后,他的电影开始大获成功。他做的电影更传统亲民一点,但在评论界不太讨巧,我觉得他的作品在某种程度上被忽视了。

♪ 他第一次邀请我作曲是合作电影《烽火山河》(*I cannoni di San Sebastian*),之后又把《神机妙算》交给了我,就在我给埃里奥·贝多利做《对一个不容怀疑的公民的调查》之前。我之所以记得,是因为我给埃里奥写的曲子和《神机妙算》的配乐有一点点相似。为了写好《神机妙算》的主题曲,我可是费了九牛二虎之力,因为我想把巴赫的名字巧用在曲子中,这是我的一个小秘密,导演和观众不知道,也不需要知道。我花了整整20天的时间来创作,用降 Si、La、Do 和 Si 这几个音贴近主题旋律,又在里面加上了一些西西里的元素。整个创作过程很艰难,但我还是努力用这种方式展示了我作为一位纯音乐作曲家的尊严。我四处找寻机会,哪怕至少在精神层面上让我的电影配乐创作和严肃音乐挂钩,我告诉自己:"你看,我正在做严肃音乐作曲家应该做的事,尽管电影配乐不总是能满足我这方面的要求。"我刚才提到埃里奥·贝多利,是因为我当时给他试听的第一首主题曲就和《神机妙算》有点像,曲子被他否了,我觉得很难受。他说:"不,还是别了,再写一首吧!"埃里奥对我说"不"是很罕见的,往日他总是对我的提议持开放的态度。但韦纳伊对我的创意很满意。有好几次他盛情夸赞我的作品,他的法语用词圆滑又有些弯弯绕,但很明显是在表达好感。我不清楚他所说的是不是都是真的,但至少他对我很满意。我觉得我判断得没错，因为他又邀请我为接下来的四部电影配乐。其中一部讲述了他母亲的故事，他想让我创作一首中东风格的曲子。我对他说："你可以放一首阿拉伯主题的曲子，或者给我挑一首可以用我们的乐器来演奏的曲子。"中东风格的曲子通常都是用本土乐器演奏的，如果换成我们的乐器，味道会有点假。有一些比较中性的乐器也许可以用小提琴来替代，因为它有四根弦，每根弦都有特定的音色。总之我跟他解释了半天这做不到，但他一再坚持，晚餐的时候他什么也没说，我觉得我都要打瞌睡了。这部电影我后来没做，也再没有跟他合作过。

🎬 我想那个时候大概谁也没注意到《神机妙算》的主题曲里隐藏着巴赫的名字。

♪ 对，不太可能注意到，而且我把字母顺序也调整了一下。里面用到了对位法，电影真正的主题曲是三拍，但出于写法和降低演奏难度的目的写成了四拍。我不能把 4/4 拍强加在 3/4 拍上。

🎬 《神机妙算》无论是电影本身还是配乐都取得了巨大的成功。主题曲深受大家喜爱。

♪ 其实我觉得挺奇怪的，也是有点惊喜吧，这首曲子能取得这么大的成功。因为通常来说一首受到大众青睐的曲子，创作过程都是一气呵成的，也是很纯粹的，这样听者理解起来要容易一些。这首主题曲是经过深思熟虑的，孵化得很艰辛，所以我以为会比较难引起共鸣。

🎬 除了憋了 20 天的巨大艰辛，这首曲子从结构上来讲也不简单吧。

♪ 把两条线的创意合在一起确实很复杂，先是隐藏巴赫名字的对位，再是西西里主题的对位。如果你是这方面的专家，分析曲式时你会明白这里面一点也不简单。但到了后面一切就变得简单起来，这个主题也是。在音乐会上也极易演奏。我用了一些技巧，先展示巴赫的主题，然后在新的主题里继续呈现，随后嵌入西西里的主题。这样一番改造能让乐曲听起来简单一些，但我向你保证，这首曲子的每一处细节都花尽了心思。

🎬 这首曲子包含了两个很典型的西部片元素，一个是口簧琴，一个是口哨声。这是韦纳伊的意思还是你的？

♪ 是我的创意。我终于可以在一部讲述西西里故事的意大利电影中用口簧琴了。在《荒野大镖客》里，口簧琴就是点到为止的一个元素，因为它和故事情节、和美国没有什么太大的关系。而在这部电影里，口簧琴是故事情节所需的一个元素。另外，口哨声在这里也是一个很大众的元素。在这部电影里用这两个元素是再合适不过的了。在达米亚尼的西西里电影《最美丽的妻子》中，奥内拉·穆蒂（Ornella Muti）刚出场时，我也用了同样的元素。我甚至写了一首不同调的口簧琴合奏，但不是主题曲，音色听起来很像电子音乐。

🎬 私藏巴赫名字这个操作，是只要有可能你都会做吗？

♪ 悄悄地，但每次效果都不错。大家是觉察不出来的。譬如从来不会有人问：喂，这里面是藏着巴赫的名字吗？

🎬 这算什么呢，一种迷信的仪式吗？一个隐藏的身份密码吗？

♪ 用巴赫的名字和用弗雷斯科巴尔迪式的半音变化里切尔卡构成三个音的主题并不算是一种迷信，相反，它是一个我赋予自己的音乐创作以尊严的梦想。这些简单的创作能给我带来力量，因为他们都是我钟爱的古典乐作曲家。有了巴赫和弗雷斯科巴尔迪的陪伴，我会觉得我写出来的音乐更好听。

🎬 这或许也是你挑战世俗对电影配乐所持偏见的一种方式吧，大多数人觉得电影音乐并不高级。

♪ 是的，但不是仅仅使用这些音符就够了。即便是从这两位大师身上汲取灵感，如果写得一塌糊涂，也是很值得鄙视的。

🎬 就像阿尔弗雷德·希区柯克，他出现在几乎每一部自己的电影中，而你总是秘密地把巴赫的名字带进自己的作品里。

♪ 是的，也许确实和他执意现身于自己的电影中有点像吧。

🎬 你和韦纳伊还合作过一部电影，《大飞贼》（*Le casse*），也取得了巨大的成功。

♪ 韦纳伊是在希腊向我发出邀约的，那部电影就是在希腊拍的。我也不介意跟你说句实话，我在那部电影的主题曲中运用了《一日晚宴》里一个主题加对位法的技巧。主题完全不同，但对位法是一样的，效果不错。

🎬 在那部电影，还有赛尔乔·索利马的《狼之挽歌》(*Città violenta*)里，有一个声音你在 20 世纪 70 年代经常用到。那是一种电子音……我不太懂那是什么，怎么演奏出来的？

♪ 是吉他，通过一种特殊的方式在电吉他上弹拨出来的和声。一般来说和声都是浅浅的，不能用电吉他来表现，在这里，它变得富有侵略性，很尖锐。演奏者弹拨第一根、第五根和第三根弦，营造一种凄厉尖酸的声音。

🎬 不久前尼古拉·皮奥瓦尼（Nicola Piovani）向我提起，你们曾经讨论过给弹吉他的画面配乐有多难。他说你给他传授了一个秘诀，是吗？

♪ 是有一个技巧在里面：你看演员拿起一把吉他，观察一下他的手指能伸到哪里，如果不能到处按弦，那你就不能把所有音符都考虑进去，手指再长也不行。所以你最好写一些他能够到的音。我给吉他弹奏者写曲的时候，我会看着画面，大致评估一下弹奏的范围。这招对我来说很管用。我是给吉他独奏，而不是吉他和其他弦乐器谱曲，所以我必须要考虑到每一种可能。因此你看，吉他是一种可怕的乐器，很难。钢琴都是一个位置对应一个音，吉他不是，你需要去找位置，所以难。我认识一个业余吉他爱好者，他弹奏吉他的方式可以说是厉害极了。他能在技法上抵达别人到不了的高度。你知道他是怎么弹吉他的吗？他把吉他垂直放在地面上，像拉低音提琴那样弹奏，很疯狂。当时我们在弗奥斯托·奇利亚诺（Fausto Cigliano）家里吃晚饭，这个人给我们表演了一段，超炫技的那种。对我来说，吉他是一种不太友好的乐器，像小提琴、低音提琴、大提琴和中提琴一样演奏起来很难。

🎬 你和罗曼·波兰斯基（Roman Polański）合作过一部电影，《惊狂记》（*Frantic*），很成功。你和他合作得怎么样？

♪ 波兰斯基每次邀请我给他的电影配乐，我都回绝了，因为每次都赶上我手里有活儿。后来，我终于有幸能为他这部非常不错的悬疑电影写音乐。我还记得我和罗曼坐在声画剪辑机前标时间点，他是一个非常严谨的人。我在创作的时候试图加入一个想法，不是旋律方面的，我想在片头和片尾使用不同的音乐处理手法。这是多元作曲的一个实验，不过简单、易于理解、效果好，但我看电影终版的时候失望极了。他们只选用了最简单的那部分，跳过了我苦思冥想创作出的东西。后来他又给我打电话，邀请我写一部音乐喜剧，最后也没做成。

🎬 你和音乐剧之间好像总是横亘着一个诅咒。你提及好多次有人想请你写音乐剧，但最后都出于这样那样的原因戛然而止了。我觉得你在内心深处并不喜欢音乐剧。

♪ 马力克也邀我做过音乐剧，你还记得吗？不久前弗朗科·德拉戈（Franco Dragone）也做过这样的事，他是一位非常了不起的戏剧导演。我们为此还见了面，讨论怎么做，他给我发了一些图片，想让我明白一般流程是什么样的。我还挺喜欢的，就接受了，不仅如此，作品我都写好了。那些音乐是为这部剧的高潮部分写的，几个乐句就要花费数百万欧元。他常年在拉斯维加斯的一家剧院工作，现在他想把这部剧带回欧洲。不过后来我的音乐没派上用场，因为那部伟大的音乐剧再也没有做下去。我写的那些东西至今还躺在抽屉里，以后也用不上了。这也许是我最后一次做音乐剧了。

🎬 但有人找你做过音乐剧版的《天堂电影院》和《教会》。

♪ 先是音乐剧版的《教会》，我把活儿转交给我儿子安德烈了，他很努力。后来这部音乐剧只在亚洲巡演了7天吧，好像是在韩国或是越南，反响平平。后来他们找我写音乐剧版的《天堂电影院》。我还看了剧本，是伊亚·菲亚斯特里（Iaia Fiastri）写的，她是卡里内伊和乔瓦尼尼的合作人，很厉害。我们在一起工作了一阵，我写了几首曲子。我喜欢拿到本子的时候演员和歌手就已经找好了，对于音乐剧我就很在意这方面。我不喜欢唱功不好的演员，喜欢台词功底好的歌手。你还记得马塞洛·马斯楚安尼（Marcello Mastroianni）在音乐剧《你好，鲁迪》（*Ciao Rudy*）里唱得有多糟糕吗？多雷利（Dorelli）是个例外，他唱得好极了。所以每当有人邀请我写音乐剧的时候，我都会立马提要求："我来选歌手。"

- 你是不是说过观众不喜欢看音乐剧和爱情电影？为什么？
- ♪ 我觉得一个演员在台上演戏演到一半突然开始唱唱跳跳，是一件很没劲的事儿，硬生生把观众从真实的场景拽到了生造的虚假场景里，还要在管弦乐队的伴奏下唱歌。反正我不喜欢。

- 那爱情电影呢？
- ♪ 那些爱情电影看上去都有点假。演员的演技就那样吧，没法让我入戏，他们看上去显然并不在乎对方。我喜欢悬疑类和冒险类的电影。后来我才开始喜欢一些爱情电影。今天我不会再戴着有色眼镜去看它了。如果一部电影真的做得不错，那它就是好的，这就够了。

- 我刚才想到你和沃伦·比蒂（Warren Beatty）做的《爱情事件》(*Love Affair*)。那是一部爱情电影吧？
- ♪ 而且还是一部不错的电影，我觉得有标志性意义。是的，《爱情事件》的结局非常感性，音乐也很好。比蒂对我写的东西很满意，他说我给其他导演写的作品他也喜欢，希望我能一直给他写。我给《爱情事件》写了5首主题曲，他听后说："我选这个，剩下4首放到我今后的4部电影里去。"很可爱。

- 你还跟作为演员的比蒂合作过《豪情四海》(*Bugsy*)，凭此获得了第四次奥斯卡金像奖提名。
- ♪ 那部电影做得出奇地顺利，我和导演巴瑞·莱文森达成一致后，我给他说了说我的想法，于是后期他把我的想法原封不动放进了电影里。沃伦·比蒂那时候已经再三说要跟我合作了。

🎬 **说说你和昆汀·塔伦蒂诺（Quentin Tarantino）的关系吧。**

♪ 在《八恶人》（*The Hateful Eight*）之前我从来没跟他合作过，但他已经用过我的音乐了。说实话他有几部电影我很赞赏，选曲用音乐什么的也很在行。我发现他喜欢从已有的音乐中选配乐，如果他听了喜欢就会用在电影里。如果你从这部电影里选一首曲子，再从另一部电影里选一首曲子，如此反复，你是不可能让整部电影的音乐具有一致性的，所以我和他合作也许会有些困难。我给电影作曲要讲究音乐的一致性，不会弄出个大杂烩来。其实他拍《无耻混蛋》（*Inglourious Basterds*）的时候找过我，那是二月份吧，我要去戛纳，只有两个月的时间留给我。当时我在给你写音乐，所以就拒绝了他，我实在没时间了。我庆幸自己打了退堂鼓，后来我去看了《无耻混蛋》，他还是像往常一样选用了一些年代久远的音乐，总之和画面还是非常匹配的。他从不在乎音乐的一致性，他觉得把这些音乐搬运过来有用就行。到他后来的《八恶人》，我还是立马就回绝了，因为我当时有很多事情要做。塔伦蒂诺到罗马来领大卫奖，顺道来我家说服我跟他一起做这部电影。其实他没怎么说服，只是给了我一份意大利文版《八恶人》的剧本，我立马就答应了，收回了之前在电话里的回绝。他只跟我提了一个要求："这部电影中都是下雪的场景，你要为雪天写一首长曲子，一辆马车在雪天里跑，需要 7 分钟的音乐。" 7 分钟，他也不给我看电影，就很奇怪。我妻子也看了那份剧本，跟我描述写得有多好。她甚至用了一个我从不会用的词：杰作。总之我自觉责任重大，接受了昆汀的邀请。那我该怎么写呢？他说这是一部西部片，但对我来说不是，我觉得更像是一部以美国故事为背景的冒险片。我在洛杉矶的时候给他打电话："雪天这个场景有多长？"他回答我说："20～40 分钟吧。"我要给他写大概半小时的雪景主题音乐？我当时决定写一首超过 7 分钟的长篇作品，然后再写一些更有活力、更有趣的小曲子，写我之前从没写过的交响乐。你知道为什么吗？我觉得我是在报复自己曾经写过的那些简单的、以受众为目标的西部片配乐。这部片子里我要用交响乐，或许有点过头了，但也不一定，总之我要冒这个险。除此之外，塔伦蒂诺没再给我任何指示，我也有了勇气这么做，我跟你实话实说，我还创作了几首备选曲目。你是知道的。如果导演说，"这首跟电影情节不搭调"，我就能立马拿出另一首提前准备好的曲子来，以最快的速度演奏录制。之前发生了一件奇怪的事，我写了一首歌让昆汀听，他非常喜欢，就把它放在电影里，但那首曲子只是一个小样，是艾丽莎（Elisa）在录正式版之前录的，而昆汀就直接把它放进去了。说实话我可不想在昆汀面前说教。他对我很好，总是把我的作品夸上天，但他这个行为真是让人有点着急，那只是钢琴版的试唱啊。

🎞 可能他们没跟导演说这不是正式版。

♪ 不可能，他肯定知道这不是终版！

🎬 让我们回到《八恶人》。跟我说说，你创作《八恶人》时，完全是凭空写出来的吗？塔伦蒂诺在电话里跟你讲剧情，然后你就在脑子里构思音乐？

♪ 我手里还有剧本呢。当时已知的就是雪天，还有马车。我就在想，要怎样才可以甩开以前给莱昂内和其他导演做的西部片的套路另辟蹊径呢？后来我决定写一部真正意义上的交响乐，第一段7分钟，第二段大概有12分钟吧，是用于雪景的，还有两首曲子。一共半个小时的原创配乐。他向我要7首曲子，但我觉得这些足够了。

🎬 塔伦蒂诺这样的导演不受制于音乐的一致性，和他合作难道不是更有趣、更有动力、更好玩吗？你有一个庞大的曲库，正可以变换着使用……

♪ 一部音乐作品的原创性离不开电影。在一部电影里，主题的重复出现，哪怕是音色的重复，也不是随机的，它有一个镜像的存在，用于唤起观众对于之前情节的记忆。听者不仅需要调动听觉，还需要调用回忆和视觉记忆来回想那些情节。如果没有这样的一致性，那音乐出现的目的也就不清晰了，所以电影中的音乐一致性问题不只是作曲家的固执己见。

🎬 塔伦蒂诺代你上台领金球奖最佳原创配乐奖的时候发表了一番

感言："莫里康内就像莫扎特、舒伯特……"这句话引来众多议论。你是怎么想的？

♪ 我觉得他很热情，也许他对自己说的这一番话也不尽信。我想补充的是，评判任何一位艺术家，不仅仅是作曲家，都要等他去世后再做定论，需要我们仔细研究他的谱子、画作、雕塑。当下做出的评判是站不住脚的。有的时候，他们创作的东西会让我们一时很兴奋，而事后我们会再细品、再纠正当时的判断。他能这么说我是挺高兴的，但我也隐约觉得他们如此吹捧我是出于给电影打广告的需要。对这类评价我基本就是听一耳朵，大多是奉承。我年轻的时候，别人一个劲夸我时我会很厌烦。现在我会保持沉默，自问道："也许他们真心这么觉得呢？"

🎬 **作为各大电影节评审的莫里康内又是什么样子的呢？**

♪ 我还能想起来一些事。有一次在戛纳电影节上，我、弗朗科·克里斯塔尔蒂（Franco Cristaldi）还有两个英国人和其他一些人在一起。当时马可·贝洛基奥的电影《亨利四世》（*Enrico IV*）正在角逐奖项，不过评审团好像不太看好这部片子。我和克里斯塔尔蒂还有两位评审形成统一战线，一起给它投票，但没有奏效，另一部片子拿奖了。我们是出于爱国之心才投它的。到了威尼斯电影节的时候，情况正好相反。评审团里有我、一个法国人，还有几个美国人。美国人对他们自己的片子《大亨游戏》（*Glengarry Glen Ross*）评价很负面，那可是美国导演詹姆斯·弗雷（James Foley）的巨作，编剧是大卫·马麦特（David Mamet）。他们想尽各种办法让《大亨游戏》最后落选。

🎬 我们来分析一下你获奖的那些事儿吧。你之前跟我说，你做西部片的那个阶段结束后，意大利才开始陆陆续续给你颁奖。

♪ 是这样的。我拿了很多奖，我跟你说，其中没有哪一个是我曾经料到的，也没有哪个奖让我觉得实至名归。另外，我觉得他们之所以给我颁奖是为了给电影做宣传。比起我或是导演，获奖对票房更有用。历数我在意大利获的那些奖，我真的是拿到手软，尤其是凭借跟你合作的电影。我和其他人做的电影获奖的少。我知道这是为什么，因为你让我的音乐能在电影里被观众听到！

🎬 其实有不少人向我发难，说我在电影里放了过多的音乐。你说这是否只是音量的问题？

♪ 用很低的音量放强度很大的音乐是一种背叛，用很高的音量放柔和的音乐也是一种背叛。说实话，在你的电影里我从来没有因为音量的问题感到不舒服。在《天堂电影院》的结尾你只放了音乐，这对很多人来说是不太习惯的。莱昂内也经常会这样处理，只放音乐。这有时候不太讨喜，因为很多人习惯又有音乐，又有人物对话、马车哐哐驶过之类的环境噪声。另一方面，后期合成要看导演。如果你不让音乐凸显出来，作曲家的存在其实就没什么意义。我反复强调："不要让音乐听起来乱糟糟的，又有环境音，又有演员的对话，这会让人很困惑。"音乐不是构成现实的元素之一。在你的电影里，你做得很对，音乐的存在不是为了拯救电影。有的导演会放一堆音乐，希望靠音乐来救场。你用音乐的方式让音乐展现出了它本来的样貌。

🎬 **在你获得奥斯卡终身成就奖，以及后来凭借《八恶人》拿到最佳配乐奖之前，你有五次拿到奥斯卡小金人的机会，最终都落空了。哪一次最让你窝火？**

♪ 你要知道，奥斯卡颁奖典礼我就参加过两三次。《西西里的美丽传说》(*Malèna*) 和《教会》那会儿我去过。我跟你坦言，《教会》落选让我有些恼火。我觉得它应该拿奖。那次是赫比·汉考克（Herbie Hancock）拿了奖，他是一名伟大的作曲家、爵士乐手，但我觉得他肯定也能意识到，《教会》比他那部作品在解决音乐问题上表现得更出色一些。在他的《午夜旋律》(*'Round Midnight*) 里，有些曲子是现成的，他做了配器的工作，但曲子本身不是他写的。我还记得宣布获奖名单时有人起来抗议。我一气之下离开了现场。

🎬 **另外四次提名呢？**

♪ 结果都不尽如人意，但可能都是配拿奖的作品。《天堂之日》、《豪情四海》、《铁面无私》、《教会》，还有《西西里的美丽传说》。我极少参加颁奖典礼，是因为我知道结果会不尽如人意，尽管主办方和评审团每次都给我发邀请。我甚至觉得 2007 年他们给我颁发终身成就奖是为了弥补对我的亏欠。

🎬 你是先拿了奥斯卡终身成就奖，后拿了奥斯卡最佳配乐奖。在奥斯卡金像奖的历史上，只有保罗·纽曼（Paul Newman）获得过类似殊荣。

♪ 这我倒是不知道，但终身成就奖对我来说更重要，我也不怕说出来让人笑话，因为这个奖不指向任何一部电影，而是对我所有作品和付出心血的肯定。我发现别人不这么认为，好像几乎所有人都觉得因为某部电影获奖更厉害。

🎬 你想过《八恶人》会获得奥斯卡金像奖吗？

♪ 约翰·威廉姆斯在颁奖前夜跟我说："你看吧，这次肯定是你。"为此我准备了一篇短小的发言词。话不多，和07年获终身成就奖时说的差不多：以此献给我的妻子。

🎬 你到洛杉矶后，除了有约翰·威廉姆斯给你吹风，还有什么风吹草动？

♪ 我觉得所有人好像都对我很热情，仿佛救赎的日子终于到来了一般。

萦绕在脑海里的音乐

朱塞佩·托纳多雷

✕

埃尼奥·莫里康内

🎬　你的性格是怎样的？你怎么描述你自己？

♪　我觉得我正直，很靠谱。我的妻子让我意识到有时候我太爱发脾气了。这是真的，但我每次生气都是跟自己较劲。当我犯了什么错误，哪怕是一个小错误时，我都会气得不行。我从来不会对别人撒气，只会气自己！譬如我在思考写作的时候有噪声打扰，我就会很易怒。我跟人打电话的时候总是骂娘，这当然跟我母亲没什么关系，是因为电话里的声音不清楚。我之所以这样，可能是因为我的父亲对我很严苛。但另一方面，我的母亲很温柔。我的父亲很严肃，一板一眼的，从不放过我任何一处瑕疵。所以母亲让我变得很亲切友善，而父亲让我对自己要求很高。这就是我对外所呈现出来的样子。

🎬　你总是给人心不在焉、会走神的感觉。有人跟你说过吗？

♪　有人在说话的时候，我常常会走神，所以经常不知道对方想表达什么意思。因此我会问对方："不好意思，你刚才说什么?""你在讲什么?"我知道这样打断别人不太好,让我看起来心不在焉、对话题不感兴趣。这是因为我脑海里总是萦绕着音乐。如果我看起来是这个样子,一定是因为我在想一段曲子,他说他的,我想我的。满脑子都是音乐,挥之不去。因此我很沉默,话不多,也不怎么参与别人的事情。不仅如此,我也很讨厌有人讲话时还有其他人在一边滔滔不绝,这根本就没法听,我们的耳朵不可能在同一时间接收所有的信息。

🎬 你不写作的时候也在想作曲的事吗?

♪ 当然!有的时候我就像能听到乐队在我耳边演奏一样。又或者是一段旋律、一段童谣之类。这些声音完全不受控。有好几次我对自己说:该死,我又跟自己的曲子杠上了。就这样重复,不停重复,直到我自己都受不了了为止。我写过的曲子经常会在我耳边萦绕,我还会反反复复跟着哼唱。就是这样子,我能有什么办法?

🎬 所以别人说的话、那些在你周围的声音都像噪声一样侵入你的耳朵,是这种感觉吗?

♪ 佩普齐奥,说实话,我对发生在我周围的所有事情一点兴趣也没有。几天前,我发现自己一直在唱《黛博拉之歌》,唱了上千遍了吧,还是停不下来。我暗示自己:现在别唱了。但不管用,还是从头开始哼,一种很奇怪的绝望感。这分散了我和别人正常交往的精力,但我避免不了。

🎬 你作曲的话，一天什么时候最兴奋？

♪ 我喜欢早上写，如果活儿比较急下午也会写。午饭过后通常会有些倦意，我生怕这会影响到我写东西。

🎬 你一天的作息是怎样的？

♪ 要说现在的吗？我睡得比较早，9点半基本就睡了，最晚10点半。我早上4点起来，做什么呢？做一些轻缓的运动，然后就躺到沙发上小憩一会儿，到了7点起来冲个澡，然后出门去报亭买报纸。有时候报亭还没开，我就在边上等一会儿，那会儿报纸还没分类，都堆在一起。买完报纸我就回家看，大概8点半的时候我和妻子一起用早餐，之后就进书房写作了。中午我会休息一会儿，然后再回书房干活。最近我没什么急活儿，只在需要的时候才会下午工作，如果遇上离配乐录音还剩一个月时，我就得把谱子转给抄谱员。我知道有些作曲家交稿比较晚，之后会在抄谱员这一环遇上大大小小的错误，很麻烦。我不允许这种改来改去的事儿出现，所以我会提前一个月就交稿，这样我还有时间审校一下。抄谱员的每一个小错误都很浪费乐队的时间。遇上录音那几天，我的作息就会被打乱。如果一天要录三次，每次三个小时，那就是总共九个小时，再算上吃午饭、搞定录制前的准备工作，加起来都不止这个数了，通常来说我也会参与准备工作。我的录音师法比奥·翁图里（Fabio Venturi）是我的好朋友和难得的合作伙伴，我一直都很信任他，他会帮着我放置收音设备，调试机器和预混，放好读谱架、总谱，看看有没有问题，避免出现双簧管部分跑到单簧管前面来之类的情况。在导演来听之前，这一系列冗杂漫长的准备工作会让我焦虑不堪。录音对我来说从来都不是一件从容的事情，总是充满了焦虑。

🎬 难以想象，你干了半个多世纪了，录个音还能让你这么不适。

♪ 真的，佩普齐奥，但这是一种创造性的焦虑，没有它我还真不知道该怎么办。不是那种上台演出的紧张感。

🎬 你是罗马队的拥趸。这股劲头是什么时候开始的？

♪ 你知道吗，我之前可是拉齐奥队的球迷，名副其实的拉齐奥队球迷。那时候我还小，一场球赛都没看过。我们小学班上有一众拉齐奥的粉丝。他们对我说："嘿，你支持拉齐奥队吗？"我当时毫不犹豫地回道："当然，我是拉齐奥球迷！"所以就在两眼一抹黑的情况下，我莫名其妙变成了拉齐奥球迷。糟糕的是，我父亲不是拉齐奥球迷。有一天他问我："你支持哪个队？""拉齐奥啊，爸爸！"他递给我一块比萨说："你不难为情吗？"我挺羞愧的，然后立马变成了罗马队球迷。这就是事情的经过！

🎬 但你后来成了一个真球迷，我算是明白了！

♪ 是的，我10年来风雨无阻，有比赛必去现场看！在前罗马队主席加埃塔诺·安扎罗内离队时出了一种10年年票，一套卖300万里拉。很大的一笔买卖！我买了全套，和我的妻子、我的一个朋友——他好像比我更迷罗马队，以及他的妻子一起去看。罗马队失误的时候我会很恼火，但我其实是一个很规矩的球迷，罗马队进球后我都不会兴奋地站起来，就算在比赛现场我也不会大喊大叫。我有点说不好，可能是因为我有点腼腆吧。莱昂内也喜欢足球。那时候我去罗马奥林匹克体育场看比赛，买了一辆汽车，样子看起来像军用车，我就开着它载着我妻子和莱昂内夫妇一起。我一直不知道他是拉齐奥球迷，直到有一次在一场比赛上，他因为拉齐奥赢了罗马一球激动得跳起来。后来我跟他说："从今往后我只跟我妻子一起来！"

🎬 **环绕在你周围的声音、球场上那些球迷的叫喊声、东西掉在地上的声音、滚滚雷声……你都能分辨出它们的调性吗？**

♪ 有这种情况，我能立马说出来：这是 D 大调、F 大调、G 大调。有的时候会翻车，而且是在同一个地方。这要追溯到我学小号的少年时代，小号上的 Do 是降 Si，我会回到 60 年前然后说这是 Do。其实不是，那是降 Si。很显然，我是学小号出身的，我的音乐性最初来自小号这件乐器，所以……不过也没什么。大多数情况下我还是能认得出降 Si。

🎬 **小号给你带来了一些印记，却也总是有点影响到你……**

♪ 是的，这我承认。

🎬 **那么好了，我们总算发现莫里康内的一个弱点了。那消防车的**

鸣笛声呢，你也听得出调性？

♪ 说实话，我不太喜欢这种声音。不过我写过一首有关法国警车鸣笛的曲子：Mi、Do、降Mi、La，就在这四个音上做文章，在这个基础上创作赋格是很合适的，比意大利警车的鸣笛声要好写。这首赋格我还在一些音乐会上演奏过。我记得在卡尔洛·里扎尼的电影《唤醒与杀戮》（*Svegliati e uccidi*）里也用过它。

🎬 你在电影里会用很多非音乐类的声音，你和声效师的关系怎么样？

♪ 我还记得有个很不错的声效师，叫伊塔洛·卡梅拉卡纳（Italo Cameracanna）。我们常常起争执，友好的争执。我跟他说："抱歉，让你来合成声效，不是说把声效的音量提高、把音乐的音量调低。"他会说："求你不要把这些告诉导演。"这就是我们争执的点，而且每次都是这个问题。"喂，别瞎搞，音乐得听得到吧，环境音小一点吧，太高了。"我们俩总是会小闹一番，不过最后都是导演来决定音乐和声效放多高。

🎬 你用的那些非音乐类的声音，都是由声效师来实现的吗？

♪ 电影《工人阶级上天堂》（*La classe operaia va in paradiso*）中，工厂里压力机的声音是我写的，然后由管弦乐队演奏出来。遇到这种非音乐类的声音，主要是我来决定怎么制作、由谁来演奏。在电影《莎拉的最后一个男人》里，导演弗吉尼亚·欧诺拉托很开明，放手让我做声效。音乐并不是环境音之类的声效，但需要和它们共处。在这种情况下，我就要求助声效师。

🎬 你和音乐评论界的关系怎么样？

♪ 我和这个圈子没有任何关系。有一次我在大街上嘘一位评论家，那人却还是追着我写各种无知评论。他什么也不懂。

🎬 你觉得自己最大的缺点是什么？

♪ 佩普齐奥，我会不自觉地骂骂咧咧，但我都是在犯错的时候咒骂自己。一直以来都是这样。我骂骂咧咧的时候我自己有意识。刚才说了，我在工作的时候如果电话铃响了就会很生气。我会对电话发脾气，不是对打电话的人。还有就是我有点太冲动了。我和妻子吵架的时候会有点无理取闹、情绪上头。你还记得法尔科内大法官是怎么说的吗？形式接管了事实本身。每当这种时候，我和妻子会因为我的态度大闹一场，而不是为事情本身。

🎬 你真的被吊销过驾照吗？

♪ 这你是怎么知道的？我那天开车去弄后期，在阿尔巴隆戈街上一个不让停车的地方停了车。警察罚了款，后来我去警察局才取回了驾照。吊销只是说说，最后他们扣了我几分。

🎬 你创作的纯音乐里，哪首曲子是你觉得最大胆、最疯狂的？

♪ 刚从音乐学院毕业那会儿，作为一位新手作曲家，我感觉自己非常稚嫩。当时的作曲界已经在写法上玩出了很多的花样，可供参考的出色作品数不胜数，即便是小众的实验性音乐也是如此。我当时觉得有必要捍卫自己所谓的独立性。于是我写了几首至今听来还相当先锋的曲子，这几首曲子和当时其他的先锋曲子有些不同，但总还是有一些风格上的相似性。我写了《十一把小提琴协奏曲》（"Musica per undici violini"）和《长笛、单簧管和巴松管三重奏》（"Tre studi per flauto, clarinetto e fagotto"），还有一首钢琴、小提琴和大提琴演奏的曲子，叫《距离》（"Distanze"）。我觉得那是我最难理解的曲子，但我不太关心大众能不能听懂。我没有背叛这些作品，我为能写出这些作品感到欣慰。我和大家解释过很多次，一首现代音乐只听一次是不够的，想理解作曲背后的含义至少要听两遍。如果把旋律、和声、节奏去掉，还有什么参数可以留给作曲家去创作一首艰深的曲子？但请注意了，即便曲子听上去很难懂，也不意味着它一文不值。在旋律、和声、节奏、韵律统治了音乐长达几个世纪后，我们需要继续往前走。我对此做了一些尝试，我调整了一些衡量标准，这在纯音乐的创作中一点也不容易，但我相信，有一些尝试是成功的。

🎬 **你和采访者的关系怎么样？大多数情况下你挺好说话……**

♪ 也分人。我经常要接受很多采访，每次我都会问自己：他们应该问我点什么呢？很多采访者能力一般、才气平平，总是问我一些同样的问题。譬如我就会对有关莱昂内的问题避而不答："很抱歉，我还做了很多其他电影。我们能不能说说这些？放过莱昂内吧，我们已经说了半个小时了。"有关他的问题我已经回答了好多年了，为什么他们不能问些别的问题？我永远忘不了一位来自西班牙的记者，他给我发了上千次采访邀请，我都因为有事回绝了他，终于有一天我跟他说："您来吧。"他专程从马德里过来。他问的每一个问题好像都预设了让我自卖自夸地回答。到第三个问题我就不干了："您看，如果您每一个问题都想让我回答我是多么了不起，多么神奇、独一无二，我就不继续了。"到下一个问题时我直接表示了感谢，然后把他送走了。

🎬 你曾经说过滚石乐队非常业余，你还记得吗？

♪ 是的，没有说得那么明确，但我不是说他们都是业余玩家。他们做音乐是为了卖唱片，满足那些品味简单的受众。他们的目标受众是那些不太能欣赏贝多芬、莫扎特或巴赫的人。不过我说的是那些会买唱片的人，也就是大多数我们要供着的群体。他们后来也写了一些不错的非商业音乐。很显然，我们不能将这些音乐与其他音乐混淆，而且我自己也会在创作的轻音乐里加入一些别的音乐元素，这是我自己的方式，这都无关紧要。滚石的音乐对于研究音乐的商业化意义重大，它们也确实影响了意大利唱片市场，从某些方面讲甚至是破坏了意大利市场生态。我们的唱作人受到了影响，这是后来才发现的，但有关这方面的法律从一开始就是在滚石乐队和其他团体，可以说是在所有像他们一样聪明的英国乐队的影响下制定的。我再重复一句，我不是对他们持否定态度，但伟大的歌曲和以商业利益为目的的曲子是有区别的，创作前者的，我们有像吉诺·鲍里、塞尔乔·恩德里戈和卢西奥·达拉（Lucio Dalla）这样的大师。

🎬 你不止一次提到了厄奇斯托·马切这位音乐家。我隐约觉得你们俩关系不一般，我说得对吗？

♪ 没错。厄奇斯托是我人生中最重要的人之一。他是一位伟大的作曲家，是一位水平很高的纯音乐创作者，和他同时代的作曲家比起来毫不逊色。在他人生的最后一段时光里，我和他，还有米凯雷·达朗哥罗（Michele Dall'Ongaro）、安东尼奥·波切一同创作了一首《耶稣赴难路》（"Via Crucis"），他的写法和以前完全不一样了，变得传统、直白。他的创作风格发生了改变，不知道发生了什么。他也给电影做配乐，但应该做得不算多。我知道，他也非常重视作曲家在电影配乐中的尊严。他创作的纪录片配乐非常有特色，做了一些实验性的尝试，效果不错。他总是由着自己的性子去写，往往效果都还不错。我觉得他是一位真正意义上的作曲家，是一位伟大的纯音乐创作者。

🎬 我知道你和画家伊娃·费舍尔（Eva Fischer）有过艺术上的交流，一个音乐家和一个画家之间会交流些什么呢？

♪ 我初涉作曲行业的时候就认识她。那时我刚搬到一处新的地方，楼上就住着费舍尔。我那栋楼有顶层阁楼，她就住阁楼上。我买的第一幅画就是她的，《通天道》（*Scale verso il cielo*），我很喜欢，一栋又一栋高楼相互叠加指向天际，却又看不见天空在哪里。事实上我没觉得我俩有什么艺术创意上的交流，不过我经常去楼上找她，看看她新创作的东西，有些我觉得好就会买下来。很多年后她给我打过一次电话，她想为她的一些画作出一张专辑，邀请我给她作曲。"好极了。"我回道。我没有完全原创，而是选了几首现成的曲子做了一些改编，出了一张伊娃·费舍尔和埃尼奥·莫里康内的专辑。她很漂亮，我认识她的时候她真的很美。她那时候的丈夫是一名建筑师，参与过罗马中央火车站的修建。

🎬 你给人的感觉总是很平静，但我知道你会时不时有些激动、没有耐心。

♪ 是的，会这样。对此我也不太满意。有一回一个私人电视台的主持人给我做专访。我回答了所有有关我音乐创作的问题，然后她在事先没有征求意见的情况下对我说："大师，您为什么不给我们弹两段钢琴曲呢？"说实话，弹钢琴这个请求超纲了，我是学过没错，在音乐学院也考过试，但如果不经常训练、不天天弹音阶琶音的话，是不可能在公共场合体面地演奏的。我回答她说："我不会弹琴，很抱歉。"她坚持道："弹吧，大师，不用担心。""不是，你看，"我解释道，"我觉得还是不弹为好！"但那个女主持又跟我坚持了 5 分钟，我只好答应了："好吧，我弹。"我在钢琴前坐下，开始用拳头砸键盘，像弗朗科·埃万杰利斯蒂和他的乐团一样，也不管砸出来的是什么音，用看起来像是糟蹋钢琴的方式去破坏它，就仿佛跟钢琴有仇。你知道吗，那个女主持当时就惊呆了。她一定觉得我是在针对她！我就是想用这种显而易见且过激的方式对这令人忍无可忍的坚持表示不满。不过我想指出，埃万杰利斯蒂平时就是用这种风格和他的乐队演奏的。

❀ **干得漂亮，埃尼奥！**

♪ 还有一次也发生过类似的事情，那是我去参加一场颁奖典礼，也是一位女主持。那位漂亮的主持人把奖杯递给我后说："大师，您为什么不给我们表演一段钢琴弹奏呢？"情节都一模一样。我回答："女士，我从来不弹钢琴，我不能在这里献奏。""别呀，大师，我们正在直播呢！"我又挣扎了一番，但她执意要我弹，我只好让步。这次我没有像上次那样做，我选了一首很简单的曲子，《西部往事》里的《黛博拉之歌》。下了直播我觉得有必要跟她理论一下。我告诉她如果要这么干，必须提前征得我的同意，不能这样对待自己的嘉宾。

❀ **你和钢琴的故事可真是让人捏一把汗……**

♪ 总之就是不太行。在音乐学院的第七年需要考钢琴，我选修的是作曲钢琴弹奏，这之后还要继续学习在钢琴上认弦乐谱。考试挺难的，有一半的曲目是必弹的，也就是你要在 12 首里面选 6 首。6 首穆齐奥·克莱门蒂（Muzio Clementi）《名手之道》（*Gradus*）中的练习曲，6 首巴赫的前奏曲和赋格。作曲课程我学得很快，甚至提前修完了，如果拿不到钢琴的学分我作曲就毕不了业，要延期一年。为了精练克莱门蒂的练习曲，我每天要用超过 10 小时的时间来钻研。先把节拍器调到很慢的节奏，非常慢的那种，然后再一点一点提速，直到我能准确无误地弹奏，最后终于能原速呈现。总之，我是做足了准备，但我还是对钢琴考试发怵。到了考试那天，我抽到了巴赫最难的一首升 C 大调的曲子。我顺下来了，但不是特别好，我很紧张，发挥一般。然后是练习曲。那场考试不算好，但我至少过了，他们给了我一个 6 分，我感恩戴德。应该是那天太紧张了吧，没多久我就得了黄疸病，一种轻微的肝炎。我大病了一场，整日清淡饮食，好不容易挺了过来。我觉得就是和那场考试有关。

🎬♪ **看起来这是你的一个秘密啊，钢琴是莫里康内的"阿喀琉斯之踵"。**
我和钢琴的关系让我觉得既幸运又羞辱。如果我面前站着一位伟大的钢琴家，譬如巴卡洛夫，我会心里打鼓："我真的是不会弹钢琴。"不过我也庆幸自己钢琴弹得不好，因为钢琴家需要通过弹奏来表现自己的情感，他要遵循谱面来弹。但有的时候会遇到这样的情况，当钢琴合上配器后，效果反而不如单独弹奏来得好听。对我来说情况刚好相反，譬如我给导演弹奏一段我写的主题曲，他可能嘴上或者心里觉得听上去很一般，然后我把配器后的曲子拿来给他听，就能弥补我糟糕的弹奏技巧。我之所以觉得弹不好不是坏事还有另一个原因：我不想受钢琴思维禁锢！钢琴弹得好的人作曲时会受制于钢琴思维，我们看他们写的谱子就知道弹出来是什么样，弹出后也果真如我们所想的那样。这我不太喜欢，乐队在演奏的时候应该是完全自由的，我再说一遍：乐队里的各种乐器本身都是作曲的辅助工具。

🎬 当你在钢琴上弹奏主题给别人听时，通常跟着哼唱会更有帮助。这是出于技术上的需要，还是这会让导演听起来效果更好？

♪ 你说得对，有时候我是会唱。我知道我不适合唱歌，我也没练过，嗓音很差，即便如此，我还是觉得唱出来可以给自己鼓劲，更能让导演抓住乐曲的旋律主线，因为光听我弹奏的话，导演不一定能找到旋律，我不会在构成旋律的那几个音上做重点处理，唱出来会更容易一些。最近我不唱了，因为我在回听录音的时候发现我的声音实在太可怕，完全走调。唱歌不走调是需要训练的。如果练声、练耳、练大脑，音调就不会偏，尤其当你是一位音乐家的时候。我没练过声，我唱歌都是随性的。我的钢琴技术实在是太差了，所以导演听到终版时会异常满意。我就是这么安慰自己的。

🎬 作曲家写曲子的时候要坐在钢琴边上，这是真的吗？

♪ 我想说这全是编的。至少我不是这样。不仅如此，任何一位真正意义上的作曲家都不需要这样做。完全不需要一台钢琴来辅助写作！这纯粹是业余爱好者的行为。你在写曲子的时候是不用听钢琴声的。你甚至可以把这作为一条检验标准，判断一个人是不是一位真正的作曲家。我还看到过一位编曲是坐在钢琴边先弹下 D 大调和弦再开始写的，真的好奇怪。

🎬 这么说在你写下音符的时候，你早就知道是什么声音了……

♪ 当然。我写作的时候不会想到要用钢琴，我极少需要试音打草稿，因为我可以用任何一个音符来创作乐曲。譬如你给我几个你想要的音，然后我就能在这上面做文章，写出一首曲子来。不是因为我是魔术师，所有真正的作曲家都能做到，不是只有我一个。那些业余爱好者通常是做不到的，所以他们需要借助钢琴来实现。

🎬 你有什么音乐想法是想实现却没能实现的吗？

♪ 所有我能想到的东西我都用过，如果放到现实情境中实现不了，那就说明没有足够的条件支撑它。我想过狼嚎的声音，布谷鸟、豺狼、郊狼的声音，这些我都跟你说过是吧？我还写过带有羞辱意味的口哨声，是给《无情职业快枪手》（*Il mercenario*）配乐时写的。赛尔乔·柯尔布齐让我写一首表现主人公对其他人傲慢无礼的曲子。"给我写一首曲子，"他这样跟我说道，"听上去要像是骂人的感觉！"你说是不是有点奇怪？于是我开始创作，很显然，骂人的话是不可能写出来的，需要为这种情绪找到一种音乐表达。渐渐地，我觉得口哨可以解决这个需求。他听后满意极了，不过柯尔布齐是个重要的人物，我不可能把"去你妈的"这种东西放到乐曲中来。他那种罗马式的幽默与生俱来，也正因此，我很多时候都和他不谋而合。他有他的问题，我跟你说过，他做的电影中几乎很难听到音乐，不知什么原因，可能是混入了太多声效和杂音吧。

🎬 还有发报机的声音、装配车间的声音等。你在一部动画片里模仿了森林的声音，还有西部片里的驴声。通过创作和配乐你模拟出了很多现实生活中的声音。我想问下，有没有难以模仿的声音？还是说音乐可以模仿所有？

♪ 我基本会使用管弦乐器，尤其是单个管弦乐器，来模仿非音乐类的声音。通常情况下我会插入真实的声音，因为管弦乐器演奏出来的音色是很难与现实匹配的。是的，我在《烈女镖客》里模仿过驴子的声音，那是因为驴子能发出一种尖锐的声音，由弱迅速变强。我能用通过间隔器乐的声音来模拟出这样的变化。不管怎么说这是我们创造出来的声音，可能有的人根本听不出这是驴叫。

🎬 那《工人阶级上天堂》里装配车间的声音呢？

♪ 那是用来弯曲和切割金属的压力机的声音，这种声音很容易用电子合成器编辑出来。这种声音不是不具有传统意义上的音乐性，但足够现代，可以这样生成，然后再加上管弦乐的声音，就是我们听上去的效果。但我再强调一下：光使用管弦乐是很难模仿出现实环境里的声音的。除此之外，还有一种乐器可以为我们提供相当多的声音，我们也许还并没有怎么用过，那就是人声。这种声音可以模仿出各种想要的声音，也可以发出各种不存在于现实的、奇怪的声音。人声之所以这么神奇，原因很简单：它是从我们身体中发出来的，我们可以随意分解合成，只要我们想。

🎬 你是如何看待电子合成器在音乐创作中的作用的？譬如电脑合成声音之类。

♪ 这是一种变化、一种改变。使用电子合成器很重要，但要看是谁在用、怎么用。电子设备可以为我们提供巨大的可能性，能生成现实中根本不存在的声音，超越管弦乐器可以演奏的范围，因此它能给作曲家带来意想不到的音色。我不喜欢用它来模仿管弦乐，管弦乐的声音是已经存在的，没有这个必要，我还是喜欢演奏者演奏出来的声音。但有的时候，一些音乐编辑、制片人不想在音乐上花太多钱，就会用合成器模拟管弦乐的声音。

🎬 有一次你跟我说过，你想为一部电影写四重奏或五重奏的配乐，但一直没实现。

♪ 我做过一些在音乐上投入巨大的重要作品，但从没有人对我的任何支出提过异议。在大导演的片组尤其如此。我说过，在用钱方面，我既不会浪费也不会节省，有需要的地方我就花。我希望能在电影配乐里用四重奏，这不是为了节省五六十人乐团的大开支。四重奏对作曲家来说是一种令人兴奋的存在。确实，我一直很想写一些四重奏来做电影配乐，但至今也没有这样的机会。还没有导演提出来过，我也没找到和四重奏匹配的电影。我倒是写过四重奏，但从没有用在电影里。

🎬 你创作音乐中，遇到的最诡异的时刻是什么？

♪ 有一天我去巴贝里尼广场缴煤气费，脑子里突然萦绕起一首曲子，就是给米娜写的那首《如果你打电话来》。我在脑子里琢磨了一番，觉得这正可以拿给 RAI 用。你为之绞尽脑汁的东西会在不经意间出现。

🎬 当你来了灵感时，不需要马上写下来吗？

♪ 有的时候不需要。但我睡觉的时候经常会在床头柜上放一张纸，这样我深夜醒来，就能随时记录下一些想法，譬如一段开头的两三个音，白天我可以继续写下去。这种事儿不频繁，但有。

🎬 你会从梦境中获取灵感吗？

♪ 像朱塞佩·塔尔蒂尼（Giuseppe Tartini）写《魔鬼的颤音》（"Il trillo del diavolo"）那样？没有，在我身上从来没有。如果说有，我会有一些怀疑，也可能潜意识里有一些梦境带入的东西我不记得了，但这是很危险的，我会尽量避免这种事发生。

🎬 嗯，有意思。不过莱昂内写过一首有关你和困倦的小诗。你还记得那首诗吗？

> 我见你睡着了，
> 在写字桌上，
> 我听见你在打鼾，
> 在放映机前。
> 所以那些优美的曲子，

> 那些震撼人心的音符，
> 究竟是何时写出来的？

♪ 这首诗是我们做《革命往事》的后期时他胡诌出来的。他在一边合成，我在大厅里看效果，然后再跟他讨论想法。那时候总是搞得太晚，我会不知不觉睡过去，赛尔乔会继续和弗奥斯托·安契拉伊（Fausto Ancillai）剪片子。莱昂内不太爱开玩笑，但这一次确实有点可爱。那会儿已经凌晨1点了，我在睡觉，他凑到话筒边呜呜道："莫里康内，你写的曲子太糟糕了，这都是什么鬼东西？"他学着电影里的幽灵那样说话，想让梦里的我听到。"你写的曲子太糟糕了，糟糕极了"，就这样不停低声埋怨。后来我醒了，他们请我去喝了杯咖啡，那家咖啡店开到凌晨2点。这里我要跟你说一下：我一到晚上就犯困，我十二三岁的时候就这样，那会儿我要去俱乐部为德国人或美国人演奏，夜里两三点才下班。第二天一早我就要爬起来，去音乐学院上课，下午还要完成作业。总之我睡得很少，从那时候开始就一直受瞌睡的困扰。现在我还是早上4点就起床，到了晚上10点上床睡觉。如果我晚上要去别人家吃饭，我就会保持清醒，不让自己睡着，但第二天早上还是会4点起。

🎬 还有一些导演朋友会跟你开玩笑……

♪ 埃里奥·贝多利就跟我开过一个大的、非常大的玩笑。那次他让我明白作曲家在导演面前有多卑微。当时我们在做《对一个不容怀疑的公民的调查》，那天他觉得我没必要去跟后期，"今天你不用来了"。于是我就待在家里。后来他给我打电话，让我去看看做好的部分。那个年代还没有长胶卷，每一段能维持10分钟的样子，埃里奥先让我看第一段。但这个家伙换了音乐，他把我之前做的一部不知名电影的配乐放了上去，那是我之前在罗马配音公司做的。他把磁带加在第一卷胶片上，我记得好像放出来的是一段合唱。我对他说："埃里奥，这是什么东西？"他兴奋地说道："是不是很动听，埃尼奥？难道你不觉得吗？""可是，"我坚持道，"这段合唱和电影有什么关系吗？你在干什么？"我好像还说了几句脏话。他不停地赞美："你看这段合唱用在博尔坎临死时多合适。"这个时候，在我左侧的鲁杰罗·马斯楚安尼（Ruggero Mastroianni）说："埃尼奥，你真的不觉得听起来棒极了吗？"我觉得大家都疯了，愚蠢透顶，这完全就是一个笑话。后来我没了办法，失望地说："如果你们真这么想就这样吧，但这是另一部电影的音乐，你们不能放在这里。"我妥协了，我还想说："你们怎么想就怎么做吧，如果你们真心不喜欢我做好的配乐的话。不过发行商会抗议的，他付我的钱打了水漂。那部被剽窃了音乐的电影也会面临同样的问题，因为我们盗用了他们的音乐。"不过我已经投降了，真的，完全没辙。这个时候，埃里奥打开灯，对我说了一句我永远忘不了的话："埃尼奥，你写了最棒的曲子，超乎想象地好，现在你给我一巴掌吧。"我不知道他为什么要跟我开这个玩笑，但那天我明白了一位电影配乐作曲家永远要为导演服务。我真的已经投降了，如果他不喜欢我的作品，我是一点办法也没有。

🎬 **你还记得埃里奥·贝多利和鲁杰罗·马斯楚安尼盗用的那首配乐是什么吗？**

♪ 那是阿尔菲奥·卡尔塔比亚诺（Alfio Caltabiano）的《追杀黑帮老大》(*Comandamenti per un gangster*)里的音乐。卡尔塔比亚诺就是为枪战片而生的。那部电影很奇怪，我是真心想用音乐帮衬一下。莱昂内很欣赏这位导演，卡尔塔比亚诺会让演员在演戏的时候走得很慢很慢，就像莱昂内做的那样，但一个是莱昂内，一个是卡尔塔比亚诺。有多慢呢，就好像在水里走路一样。我写了一些特别的配乐，希望能把观众的注意力引开。

🎬 **你也向别人开过不小的玩笑……**

♪ 我那会儿要给 RCA 唱片公司录一张唱片，里面有一段重要的小号独奏。我们不用乐队，就只靠小号的声音叠加，我在监控室指挥。小号手完成得不错。我对小号手尼诺·库拉索（Nino Culasso）说："尼诺，干得漂亮。不过你能再弱化一点吗？"他又吹了一遍。"这次不错，"我对他说，"可以做备选。不过你还能再吹得弱一点吗？"他没什么反应，也没说话，又吹了一遍。总之我们就这样让他来回吹了三四遍。到最后他都没法儿再吹了，为了处理得更弱一些，他把吹嘴放得更远了。在把他折腾得筋疲力尽后，我们跟他说这是个玩笑。不过他真的很谦逊，说一是一，简直不可思议。

🎬 不只这个，埃尼奥，我知道还有别的……

♪ 我第一次给 RAI 录节目时指挥乐团，那是一档周播节目，要改编好多曲子。我花了整整三个月的时间来做这些事情。乐团里有一个首席小号手，叫马里奥·米达那（Mario Midana），是个不怎么专心的家伙，话多得不得了，从头说到尾，但每次起奏都很准，从未有过闪失。我吹小号之前是要做唇部准备动作的，据我所知，其他小号手也需要有个过程。我记得罗马歌剧院的首席小号手起奏前还要低头调整嘴和吹奏的位置，然后才开始演奏，但这个家伙拿起来就能吹。这让我有点紧张。他经常跟恩佐·福尔特（Enzo Forte）说话，后者就坐在他旁边，是第二小号手。对此我很搓火。我想了一个阴招，我在乐团里散播谣言，称公司的董事长和总经理都配备了一台特殊的通信设备，如果他们想要听大厅里的声音，只要按下一个键就能做到，要想听小厅里罗马配音公司的声音，也只要按下某个键就行，总之，一切尽在他们的掌控中。然后我让录音师在小号手的话筒边偷偷别了一个定向收音话筒。马里奥像往常一样和福尔特说话，他不知道福尔特已经被我们收买了。福尔特主动向马里奥套话：“你投谁？我投共产党，我才不管呢，那些神甫我一点也不关心。”他就这样引诱马里奥说一些难堪且危险的话。不仅如此，我还使了一个招。休息的时候，乐团的人一般都喜欢三三两两凑在一起闲聊，我指使其他人一看到马里奥就躲开，把他一个人晾在那儿。于是他走到哪里就被孤立到哪里，就像一个叨扰别人的烦人精一样不受欢迎，他也不知道到底发生了什么。

到了最后一天，场地巡视员交来一卷录音，录音师把全部有他说话声音的场景都做了进去，磁带和正常录制的形制不太一样，但整场都录进去了。"你先送上去，"我对他发令道，"录完我上来听。"马里奥后来发现有点不对劲，因为所有人都离他远远的。福尔特心知肚明，他是一个很狡猾的那不勒斯人，配合我们从头演到尾。完事儿后我对场地巡视员说："我要上去听了。"乐团的人都等不及，一起跟了上来，这位首席小号手自然也在其中。我们围在一起开始听音效，然后所有人都听到了马里奥的说话声。他骂三骂四，把所有人，包括公司的人、领导、天主教民主党、神甫骂了个遍，还说自己是共产党，那个年代说这些是很危险的。后来我们走到马路上，所有人都看着他，他尴尬极了。我对他说："马里奥，你看，我跟你说过不要老说话，有人盯着我们呢。""他们会开掉我的。"马里奥绝望地说。后来我道出实情，这是一个玩笑。

🎬 你知道我想到了谁吗？大提琴家马友友（Yo-Yo Ma）也是这样的，他一上弓就拉。他和你做音乐会的时候，看得我有点紧张。

♪ 确实，我也记得他上弓非常晚，几乎像要错过一样。你会觉得他游离在乐团之外，他总在最后一刹那上弓，顷刻间就能拉出声音来。

🎬 你和马友友合作感觉如何？

♪ 唱片公司的老板想让我跟他录一张唱片。马友友答应了，他很高兴。于是我开始写曲子，基本就是在我那些旧的主题曲上做一些改编。选的那些曲子都是公众熟知的，就是加上大提琴的部分，有的是旋律，有的是别的。他琴技真的很好，也很谦逊克制，整个乐团的人都很爱戴他。马友友对大提琴有一种真挚且久远的热爱。我能真切感受到所有人对他的感情。每当我们回听录音时，只要马友友走进来，整个乐团的人都会跟过来，50多人，大家挤得满满的，这种情况在别人那儿从来没发生过。他总能给人留下深刻的印象。我认识一些表现得很荒唐的大提琴手。马友友是真的伟大，各方面都是。

在你的电影配乐生涯中，哪些时刻你觉得富有转折意味？

我跟你说过我和达里奥·阿基多做的几部电影，那完全可以看作一个重要的转折点。如果我继续这样下去，电影圈就不会再带我玩了。另一个重要转折点是《最佳出价》里的一个段落。我读完剧本后，被鉴赏拍卖师在密室中凝神注视满墙女人画像的情景吸引了。那个画面令人难忘，总是浮现在我的脑海里。当时你建议我配情歌小曲，我觉得这个想法很有道理。我立马就写了一首曲子，没有具体的谱子，由6个女声用不同的方式吟唱出来。这些声音有的尖锐密集，有的平缓沉稳，有的尖锐平稳，总之我希望每个人都唱出不一样的特点。在录制的时候，每位歌唱家单独反复唱，不用理会别人的表演。通过这种方式我可以获得24种不同的旋律，每个人的演唱和之前都不重复。过去我曾经在纪念《世界人权宣言》问世的曲子《世界之子》里用过这个办法，在达米亚尼的《魔鬼是女人》里也用过，但这次的尝试是独一无二的。根据我的想法，这些无序且毫不相关的女声营造出了一种错觉，仿佛能在帷幕上看到无数抽象的女人形象。对于主人公来说，女人是他生命中最重要真实的存在。你很喜欢这个创意，女声和你之前提议的情歌小曲在效果上很接近。接下来我就去录音了，管弦乐团的乐器也是各自演奏，谁也不知道其他人在干什么。在配电子低音提琴的时候，我让演奏者纳尼·契维汤加（Nanni Civitenga）在家里对着麦克风录。每一段演奏对其他人来说都是一个谜，但我这里自有一套清晰的逻辑，能把这些拼凑成形，做出各种不同的版本。我把这个创作过程视为一个转折，因为这种方式把导演在音乐上的犹豫不定考虑进去了，一般导演都是最后出现，在现场听配器版的成品。这种新的创作方式可以为导演提供选择：先来点儿这个元素，再加点儿那个，然后来点儿和声，加上一点儿补充，最后形成乐谱。这是电影配乐的一个尝试，之前从来没用过，在我创作纯音乐的时候也没用过。合成后我给你听成品，你表现得兴致盎然。你跟我说这首曲子就这么做了，我的激动和自豪之情难以言表，当时觉得内心很富足。后来你又给我打电话说："我们可别忘了这是一部悬疑片。没有悬疑元素啊。"于是我就又开始面临新的挑战，我连时间点都没打，又写了另外六七首配合悬疑情节的曲子，每首曲子都不一样，但相互渲染。这个过程无疑拉长了音乐创作的时间，一直持续到电影后期制作阶段。它把导演也带了进来，导演可以亲自参与音乐制作，他面前有电影，有所有听过的音乐片段，可以根据自己的意愿选择想要的元素。导演可以把喜欢的配乐加在任何一个情节里，所以作曲家需要给他准备好他想要的音色和各种组合，这样，导演也就成了作曲家。

🎞 **确实。我还记得我们一块儿为某几段情节创作了乐曲，从浩瀚的解决方案里选出最理想的那几个，然后把它们合成。是的，你让我也有了一丝当作曲家的感觉。**

♪ 啊对，我都快忘了……不过嘛，著作权还在我这里！

🎞 **哈哈哈哈，当然！所以一般谁是第一个听你作品的人呢？**

♪ 说到这个，我经常觉得有些不开心。在导演面前，我总是尽可能地给他提供更多不同的旋律创意，比所需的多一些。导演决定要哪个、不要哪个。他们品味往往很一般，我不得不拿自认为最不满意的曲子来做，寄希望于后期配器来弥补缺憾。后来我突然想到一个法子，先让我的妻子来听。她先筛选一轮，然后再拿给导演，选剩下的就不要了。这一步很重要，帮我捋清了思路。我做《一日晚宴》的时候，朱塞佩·帕特罗尼·格里菲在钢琴上听了一首我写的主题曲。那首曲子在音程上做了一些技巧处理，第七个音的音程反复出现，给曲子带来一种新的感觉，但我想去掉第二部分："朱塞佩，这部分我们去掉。"他说："你疯了吧！这可是最好听的一段。"从此以后我意识到我无法客观评价自己的作品，所以还是先让我妻子筛选一番后再拿给导演听吧。

🎬 你为什么要删掉这部分呢？

🎵 纯粹因为不喜欢。我说了，玛利亚拯救了我，不过我也不会把所有东西都拿给她听。《最佳出价》里的那段女声我就没让她听，因为操作起来有点不现实，听上去就没有主题。但她真的是帮了很大的忙，对我对电影都是。她不是从一个批判者的角度，而是从一个简单的听众的角度来谈感觉。

🎬 导演直接跟你妻子对接可能会更快一点！

🎵 嗯不是，她得先听一遍我给她的曲子。

🎬 她会替你做决定吗？我是指做什么电影、不做什么电影。

🎵 从来不会。这种事怎么会发生呢？她会帮着我选主题曲，但选电影不会！我经常兴致勃勃地看剧本，却发现根本看不懂，但你的本子就不会遇到这种情况，像看小说一样顺，不知道为什么。每当我看到一个好本子都会和玛利亚分享，她和我意见总是很一致。

🎬 除了选曲子，你的妻子还会做些什么吗？

🎵 她为我做的最伟大的事就是一直陪在我身边，无论是高光时刻还是陷入困境。我记得那个年代还没有复印机，她为我准备五线谱纸，在左侧为我手写谱号，一页一页地写，特别有耐心……

藏起来的爱之主旋律

朱塞佩·托纳多雷 ————————————

✕

埃尼奥·莫里康内 ————————————

今天你们家还有另一位作曲家……

好几年前,我的儿子安德烈对我说:"爸爸,我想当作曲家。"我跟他说趁早断了这个念头,因为要成为作曲家太难了,这行也太难了。我妻子自然是站在安德烈那边的,她对我说:"你什么都不知道,整天忙于录音。安德烈在钢琴前走不动道,他不仅练琴,还会作曲!"我问:"什么?他能写出什么来?""一段没有结尾的旋律。""为什么会没有结尾?"玛利亚说:"你每次回来他就停下来,你一走他马上又拾起来写。只有当你不在的时候他才写。一段非常了不起的旋律,永远没有结尾。你就让他学作曲吧!"我是知道的,很多人学作曲的时候还不错,但最后依旧没能成为作曲家。不过既然她这样坚持,那安德烈真的可以学学。一开始他跟我学,我惊奇地发现他跟我是那么像。他总是不安于现状,任何简单的东西到他手里都会被弄复杂。他总是写到完全写不下去为止,但其实如果要图省力的话,只要写个低音谱,在高音谱上再配一些合适的音就行了。我特别年轻的时候也是这样的。我在安东尼奥·费迪南迪后跟的第一位作曲老师卡尔洛·焦尔乔·戈罗法洛就跟我说:"你不能这样,要学会从土豆写起。"我之前跟你说过土豆是什么意思。我也让安德烈从全音符开始写起。我对他的未来充满了期待。到了某一天,我对他说:"现在我打算把你送到一位很严厉的老师那边去学作曲,她甚至会打你,但是你记住了,你要勇敢。她真的是一位很严厉的老师!"我把他送到伊尔玛·拉维纳勒(Irma Ravinale)那儿去,她是一位收了不少徒弟的知名作曲家。自从安德烈拜师伊尔玛后,虽然不频繁,但他每次回到家跟我说"爸爸我不学了"的时候,我都敦促他:"不行,现在给我继续!"伊尔玛能对安德烈严格起来,我有时候做不到。"爸爸,我真的做不到。""没事,你什么也别想,尽管往前走。"他做到了。他吃了不少苦,但终于成了一位作曲家。现在他虽然不是想做什么就能做什么,但我之前也给他打过预防针,这一行很难。他已经做了几部电影了,还做得不错。跟他合作的人有吉奥里亚诺·蒙塔尔多、朱利奥·巴塞(Giulio Base)和巴瑞·莱文森等等,这些人我也都合作过,我没想到他在蒙塔尔多的《工业》(L'industriale)里表现得这么出色。不是我低估他的能力,是因为他给我听的和之后为电影写的完全不同。我喜欢他按照自己的想法来写曲子,不喜欢他被动地接受要求、图省事儿写的东西。我希望他能一直超越这种被动的写法,写出自己想要的东西。

🎬 作曲家的音乐个性有多重要？

♪ 拥有自己的风格是很必要的，否则就是在重复别人先前做过的事情。一位作曲家应该熟知整部音乐史，如果他在学习作曲时出于钦佩而让自己受局限或停滞不前，那就很糟糕。我就有一位同事止步于弗雷斯科巴尔迪，他毕生致力于写弗雷斯科巴尔迪风格的曲子，没人对他的作品感兴趣。如果我也一味模仿巴赫，那我就没有什么出路。总之，这样是没法往前走的。作曲家要带着脑子去学，为自己梳理出一整部音乐作曲史。他要用自己的个性去掌控自己曾经喜欢、现在喜欢并且将来也钟爱的音乐。这不是一件简单的事。你知道我劝退过多少学作曲的学生吗？他们浪费了很多年的时间，也成不了作曲家。我从哪里看到过这么一个比例，在那些学作曲的人中，只有 2% 能成为作曲家。你明白我的意思吗？2%！这也是为什么我一开始反对安德烈学作曲。

🎬 你担心他会一直在"爸爸是莫里康内"的阴影里走不出来？

♪ 一般是这样的，父亲很有名的话儿子会很难。不过这几年很多人都开始用电子合成器作曲了。合成器发挥了很大的作用，很多业余的作曲家会用，这也在很大程度上制约了他们的发展。在电脑上用合成器给电影配乐，能省不少钱。这样的结果往往是做出来的曲子很一般，而导演囿于权力有限不得不接受，发行方倒是非常满意，因为省钱。安德烈遇到的问题所有人都有，即便是伟大的作曲家也概莫能外。一开始我让他帮我一些忙，譬如给电视剧配乐。后来我为《天堂电影院》写《爱之主旋律》（"Tema d'amore"），我记得我写了好几首不同的曲子，在你不知情的情况下放进了一首安德烈写的曲子。你后来选了哪首呢？恰好是那首。我没有马上跟你说，而是拿着那首曲子去配器，再录制。录制的时候我很焦虑："天哪，我要怎么跟你说？"所以我不停地问你："你肯定吗？你真的喜欢这首？"你说："是的，我非常喜欢。"一天后我又来跟你求证："你确定你喜欢这首？"你说："是的，我跟你说过了，我很喜欢。"我应该是在你这里反复确认了四五次吧，因为我需要得到你的肯定。录制进入尾声时，我跟你全盘交代了实情。你说那就可以把安德烈列入片尾演职人员名单里，作为《爱之主旋律》的作者，是我做的配器也无所谓。这让我很受鼓舞，直到那一刻之前我还觉得背叛了你。但这首曲子是你选的，佩普齐奥，不是我。

🎬 这件事我记得很清楚，确实是这样，那些没用上、被你撕掉扔掉的曲子倒是令人很遗憾。

♪ 是的，但我没有都扔掉。

🎬 你给了我三首主题曲，我选了第二首，你说："你确定吗？"我说我确定。后来你又问了几次，我反复跟你说我喜欢这首。然后你把第一首和第三首撕了。今天我还想听那两首曲子，非常好听。但那首我选中的、安德烈创作的曲子，我听一耳朵就被征服了。

♪ 你真是不知道我对跟你坦白这件事有多焦虑。

🎬 你会觉得你对安德烈和你父亲对你一样严格吗?

♪ 不会,我对他的严格是点到为止的。总体来讲,我和孩子们相处得都不错。他们在我面前很安静,对我很尊重,我对他们一视同仁,不仅是这样对安德烈,还有马可、亚历山德里亚和乔瓦尼。只有一次,我打了马可一巴掌,他那时候还小,向一个孩子扔石子,但我和他们的关系真的都还不错。当然了,他们和妈妈在一起时是不太一样的,我们表达爱的方式不同。无论如何,我对他们严肃的时候并不是像我父亲对我那样。他有个缺点:神经紧绷,而且对我和我母亲的关系有点嫉妒。

🎬 埃尼奥,你是有家庭的人,但你每年要写六七部电影的配乐,有的时候还不止。你是如何平衡作曲家和父亲的角色的?

♪ 我觉得写这么多是常态,有一段时间我甚至什么活儿都接,任何一部电影都不拒绝,除了一些西部片。我喜欢作曲,通过投入能给我带来满足的工作,我可以拯救自己作为作曲家的灵魂。录制的时候前方坐着乐队,我站在指挥台上听他们演奏我写的东西,可能这种满足感只有作曲家才能感同身受。不过导演看自己拍出来的电影时应该也是同样的感觉吧。你看着音符从谱面到演奏再到最后发行,这是一种不可言喻的感觉。有几年我甚至每年写 10 首曲子。我自己都没意识到我写了那么多!你想想,我在做《对一个不容怀疑的公民的调查》的同时还在做

《一日晚宴》。唯一的遗憾是，我的爱人和孩子没有享受到一个丈夫和父亲应该尽的责任。我整日埋头书房，要不就是外出录制。我总是一个人，一个人面对工作。我的妻子时常会去看望她的母亲、姐妹，她们经常做伴。我在家里的时候，也只有午饭时会跟他们见面。我的妻子总是很想我，尽管如此，我还是觉得我在写作的时候需要独处。此外，我也不喜欢把她带到摄制组去。也许她挺想去的，但我经常跟她说让她别去，我自有我的道理：导演在现场需要根据自己的判断自由发表意见，如果我妻子在场，他就没那么自由了。你说是不是，佩普齐奥？这个职业给我留下了遗憾，我不怎么顾得上家庭，但它也给我带来莫大的满足感。

🎬 回到《天堂电影院》。是什么让你决定把安德烈的曲子放进去的？

♪ 不是他要求的，只是因为我听了觉得喜欢，就这样。他钢琴弹得比我好，我听后自问："我该怎么做呢？我把安德烈的曲子也放进去，一起给佩普齐奥听，看看会怎么样。"除此之外，正因为这首曲子不是我的，我才能更客观地评判它，不需要给我的妻子听。

🎬 在为片尾的一连串吻戏录制《爱之主旋律》的时候，我记得你在乐队面前说了一番话："请各位用心聆听这段马上要演奏的曲子，正是这场戏让我决定做这部电影。"

♪ 是的，我是这么说的。

🎬 **然后你补充道："现在请大家先看看这段画面。"乐队全体成员看着这一幕幕镜头，然后一齐跺脚向它致敬。我当时很感动。**

♪ 是的！当时我让大家都看着画面，这场戏太美，深情而又有才华。那一幕幕被牧师勒令剪掉的吻戏……看完这段戏，乐队的成员纷纷用弓拍打乐器，用脚拍打节奏，我觉得这个办法很不错，把乐队的热情给点燃了。一般我不会这么做，我不想因此让他们分心，这很浪费时间，不太好。但那次情况特殊，那是一个让人激动万分的场面，就像这部电影的结尾一样。那段推向高潮的吻戏我爱极了，我真的是因为这场戏接下这部电影的。另外，按照你的要求，我们在拍摄前就录了音乐。我和莱昂内也总是这么干，这样可以帮导演喜欢上电影的配乐。除了《幽国车站》，在你的其他电影中我们也是这么干的。那部片子我只先给你听了德帕迪约（Depardieu）唱的主题曲。

🎬 **你是怎么对着《幽国车站》的剧本写出音乐来的？有什么瞬间或细节给你带来灵感？**

♪ 剧本开篇是一个男子在暴风雨中奔跑。那是一幕类似前奏曲的戏，所以我写了一段和后面情节没有太大关联的音乐，希望能传达一种不确定感，因为德帕迪约所扮演的角色开始还不太清晰。他遗忘了什么，因此这里的配乐要烘托出恍惚的感觉。慢慢地，音乐变得明朗起来，主人公恢复了理智，这样过渡到那首歌，他终于搞明白了，开始回忆往昔。这个场景里有一首主题曲突然被打断，然后又接上，又断开。曲子逐渐成形，和唤回的记忆相呼应。

🎬 **你在我的其他几部电影里也会通过抓故事情节的关键元素来构思曲子吗？**

♪ 通常情况下是的。我试图演绎故事的发展脉络，但不总是行得通。有的情况下，我不太会顾及情节，而是尝试通过音乐来确定一种音色、一种匹配的氛围来烘托电影的走向。有时候我需要为故事的演绎制造出一种呈指数级增长的表现形式。《幽国车站》很显然就可以这样做。因此我在开头写了一段有些模糊的音乐，有一些不协和音，在闪回中还加入了一些不常见的拨弦，令人充满疑虑，这些都是为了烘托强调主人公回忆里的困惑。

🎬 **你还在水下用了乐器。怎么做的？**

♪ 在电影配乐里，水是一个很重要的角色。戏里下着滂沱大雨，到处是水，这个时候就不适合用小号或是小提琴。为了表现大雨，我需要用一种打击类乐器，还不能是皮面的，因为那会显得缺乏力量和持续性。于是我选择了金属打击乐器。我们找了各种不同尺寸的小铜锣。我先尝试了一下，用质地比较软的锣槌敲响，然后迅速把铜锣放入水中。水的存在阻碍了声波的传播，这样就做出了一种和自然情况下不太相似的声音。我觉得还不错，就继续做下去了。但铜锣手一般都是一人敲两个锣，于是我们找来四个铜锣来操作，这样我们就得到了四种不同的声音。可以说这种声音有点人工的意味，但非常有意思。

🎞 还是在《幽国车站》里，你在钢琴的琴弦上放了两枚硬币。我记得这不是你第一次用这个方法，在德赛塔的《半个男人》里你就用过一次。有别人做过类似的事情吗，还是说是你的独创？

♪ 这是我在新和音即兴乐团时的一个经验，我们所有人围着钢琴，我通过在琴弦上放硬币来得到不一样的声音。《幽国车站》里的声音正有我想要的那种抽象的感觉，听上去仿佛不是从钢琴里发出的，而是另一种琴弦颤动得来的声音。这是我的一个创意，在德帕迪约改编的歌曲里插入这样的声音，但经验来自过往。事实上，一开始我是打算拿一个小球在两根琴弦之间振动来制造声音的，后来我发现一枚硬币就可以达到这样的效果。第一次真正意义上用这种方式来弹奏钢琴的，是两位来自法国的工程师，他们还出过专辑。他们也是用一种奇怪的方式来处理钢琴的音色的，他们的音乐自有一套逻辑，自成风格，但所有都是在随机的声音基础上构建起来的。后来，这两位工程师开始只用噪声来制作音乐。这就给我们上了一课，原来噪声也可以变成音乐，他们赋予噪声音乐的表达形式和结果。我知道，这一切听起来都有点荒唐，非常抽象，但我的音乐也是这么来的，不过我也会控制使用这些经验的边界。

🎞 在我的电影里，哪部是你觉得最难做的？

♪ 最难最令人焦虑的……应该是《隐秘》（*La sconosciuta*）和《海上钢琴师》，《最佳出价》也排得上号吧。《海上钢琴师》更像是一部音乐剧。最有趣的戏要数莫顿和1900斗琴。莫顿弹奏的曲子都是现成的，1900 的曲子是我写的。这里的难点在于：在这场斗琴中，1900 靠什么碾压了莫顿？他的对手很强，有如神助。后来我想出一招，我跟你说："我们写一首无穷动的钢琴曲，然后在上面附加一些休止符、尖锐的声音、低音等等。"这种操作能达到你要的画面效果，就是在 1900 的两只手上再加上几只手。虽然我做了不少处理，但事实证明这个决定很正确。这个过程让我很焦虑，怎么赶都赶不走。

🎬 还有两段戏：一段是 1900 在夜晚独自弹奏钢琴，然后去船舱找姑娘；还有一段是他被来往游客的面庞赋予灵感后，在舞厅演奏。我第一次跟你讲戏的时候，思路还不是太清晰。我脑子里有个一闪而过的点子："有那种能描述一个人面孔的曲子吗？"你对我说："你过来，坐在我边上，跟我详细描述一下这些面孔是怎样的。"我开始展开构思，你就在一旁即兴弹奏钢琴，用你的理解来表现这些面孔。我觉得那一刻美极了。

♪ 我还记得有一幕戏，主人公下到三等舱窥视熟睡的女孩。你跟我讲这段戏的时候说，1900 对自己内心的感情有点慌张，他自己都不太懂，有什么东西好像打破了平衡。于是我就写了一段钢琴独奏。在这段简单的曲子里，我在第三个音上加了不协和音程的处理，那是一段有调性的琶音，但就好像弹错了音一样破坏了原有的音准，制造了一个不协和的双音。在主人公的苦苦探索中，这段戏始终重复着这些不协和音。这是我第一次在正常的调性和弦中加入一个走调的音。这个走调直观反映了主人公那一刻的内心感受。他第一次尝到了恋爱的滋味。让我最得意的是，刚开始一段弦乐逐渐增强，烘托重复出现的几个钢琴上的不协和音。1900是一位钢琴家。弦乐声渐强出现然后混入，正是我想要的效果，这可以说是我的一种创作风格，之前也提到过，我非常热衷于这种写法，因为我觉得这种处理方式能带入一些关键性的音乐和电影效果上的东西。使用弦乐、垂直对位、横向垂直都是让我着迷的写法。这是我的独创！有一次焦尔乔·卡尔尼尼（Giorgio Carnini）用了这种方法，他非常厉害。乐队的人转身看着他问："莫里康内在搞什么鬼？"而你呢，也是，乐队刚演奏完第一段，你立马在对讲机另一头对我说："不，这段不能这样！"你一点也不喜欢那些飘浮的、漫无目的的不协和音，你让我想想办法。我对你说："我懂了，我知道该怎么做！"

🎬 我倒不是不喜欢你那种特别的写法，但就是觉得那部分弦乐有点过于抽象了，因为戏里主人公的内心世界是比较清晰的。

♪ 其实它们并不是无调性的，我立刻就做了更改。乐队整体的音很高，我稍稍降低了一些，弄得更集中了，同时保留了那种近乎对位的内心独白。你惊叹于我的改谱速度。

🎬 我敢保证，你就是在乐队面前改的。整个乐队的成员看着我们，一脸困惑。

♪ 也不完全是。我把一提和二提的声音都抬高了一些，让中提琴和大提琴保持原状，低音提琴部分也是。这样听上去就更正常一点。你表现得很激动。我吸取了教训，后来我再也没给你写过这样的东西。

- 就是那种悬在半空的弦乐……
♪ 对，就是这种，你不知道这些声音从哪里来，一会儿跑到这儿，一会儿又从那儿回来。

- 这些声音本身美极了，但和那些戏不是那么匹配。
♪ 这只能由导演来考虑了。你做了你的本职工作。这是我俩的职业关系中让我记忆犹新的一个重要时刻。

埃尼奥的重新

朱塞佩·托纳多雷 ————————————————————

×

埃尼奥·莫里康内 ————————————————————

🎬 你写过非常多的纯音乐。你写这些的目的是什么，有人委托你写的吗？

♪ 给电影配乐是为导演服务，由发行方或制片人出资，但写纯音乐完全是出于自己的意愿。我脑子里有一个想法，然后把它写下来。我创作纯音乐有时是受某首诗的启发，这是常有的事，又或是某个乐队演奏得特别好，或者我突然对某种乐器产生了偏爱。管弦乐团对一位作曲家来说是最好的工具，它能完整表达各种音色和声音。我脑子里的想法不总是非常清晰。有的人酝酿一首曲子需要很长时间，这显然不是什么问题，只要能通过音乐表达出那些抽象的想法就行。

🎬 总之纯音乐创作完全由你自己来承担风险……

♪ 我觉得这对每个作曲家来说都是一样的，想到什么写就是了。当然也有其他非电影配乐类的作曲邀约，譬如《欧罗巴之歌》（"Cantata per l'Europa"），还有维内托大区请我为加尔达湖写的一首《洒圣水歌》，这些都是，但我也不是被动创作的。譬如我在创作《洒圣水歌》时就想到了一个很重要的点子：湖水一般都是相对静止不动的，怎么去表现这个意象？我不可能用一首长达25分钟、没有一丝波澜的曲子来表达这个意象，但通常情况下，要表现静止不动，只能使用一些特定的音符和音阶。于是我想到了使用五种乐器的四重奏：一组弦乐四重奏，加上一件小型乐器。这些乐器先单独演奏，然后我把它们做排列组合叠加，第一组到第五组一齐演奏，第二组到第五组一齐演奏，如此组合……这样一共可以得到24种组合。每一种组合都能表现静止不动的效果，但表现形式却生动了很多。《欧罗巴之歌》是比利时那边委托我做的。我配了一个女高音、一段双人朗诵、一段合唱和一支管弦乐队。我按图索骥，从书里找出所有伟大历史人物有关欧洲统一的演讲，包括诗人在内，文化界各领域的。我选了几个不同的片段，让两个人交替朗诵阿尔迪耶里·斯皮内利、托马斯·曼、但丁·阿利吉耶里、保尔·瓦雷里、温斯顿·丘吉尔、阿尔契德·加斯贝利、康拉德·阿登纳、贝奈戴托·克罗齐、罗伯特·舒曼等人的讲话。开篇是一段合唱，然后是各种语言的唱诵，第三部分是一个人单独朗诵维克多·雨果有关欧洲的演讲片段。我觉得这种呈现就是我想要的样子。有时候甚至听到一位小提琴家演奏得很好就会让我有创作的冲动，写一段小提琴独奏或是弦乐合奏。我还给一位小号手专门写过一首很精彩的曲子，纯粹是因为他真的吹得好，没有谁让我这么做。

🎬 你在给导演写电影配乐时，相比漫无目的地写纯音乐，脑子里想的东西有什么不一样？

♪ 电影配乐所服务的电影作品，是导演的东西，不是我自己的。总体创意来自他，我们只是合作关系。导演多多少少要对配乐负责。但纯音乐就是我自愿写的，它完全是作曲家想法的表达，与配乐是两码事。这种情况下，我是自由的，我只关心我自己的反馈，如果有听众的话，对听众负责的人只能是我。如果听众觉得一般，甚至有些厌烦，我还是会从容自信地演奏下去。不过我要跟你坦白，这也不是一成不变的，其中经历了一些变化。最近几年，我无论创作什么音乐，都会希望大家听得懂。

🎬 如果我没理解错的话，你是说莫里康内也在革新自己的看法？

♪ 很可能是吧，但这是很多年之后的事了。虽然我没有把它看得那么重，但我还是觉得写让人听得懂的音乐，不仅能拉近我和大众之间的距离，还能拉近我和音乐之间的距离。因为说实话，很多听众和现代音乐之间是有隔阂的，这很大程度上要归咎于作曲家，他们的路子太崎岖了。照我说，大众应该主动向现代音乐靠一靠，而作曲家也需要稍微向大众靠一靠。

🎬 这样的反思是否也源于你怀疑公众从未真正体验过纯音乐？

♪ 一首曲子在抵达受众之前要经历许多环节，作曲家对这一系列环节没有任何掌控权。我写了很多从未演奏过的作品，譬如我以切萨雷·帕韦泽（Cesare Pavese）的文字为蓝本写的合唱曲，还有我年轻时以各种诗歌为蓝本写的歌剧，有钢琴伴奏的那种，我们之前提到过。写在谱子上的曲子从未被演奏过，这对于作曲家来说或许有点悲哀。

🎬 所以这种希望接近受众的想法完全颠覆了创作纯音乐的初衷。

♪ 你说的或许有道理，但我就是在那么一瞬间突然明白，想要接近受众并没有错。早年的我不是这样的，完全不会有这种想法。我写过十一把小提琴的重奏，根本不在乎有没有人听得懂。后来或许是从我跟你之前提到的五重奏《洒圣水歌》开始，我想要人们听得懂。我使用了一个相同的音阶，但是少了一个音，然后让女高音唱出那个音来。最近我思考纯音乐的方式有了一些改变，我觉得需要让公众和音乐有新的接触。在这之前，现代音乐不希望有什么所谓的听众。我记得曾参加过我所在的一个协会举办的几场音乐会，观众席上只有作曲家和他们的家人，最多再带几个朋友。我不得不承认，这样的音乐会有些可悲。也许我曾经毫不关心所谓的受众，但现在我心里会想着他们。

🎬 这几年，无数摇滚圈的大拿都声称用了你的音乐。你给我说说，你的音乐会和摇滚有什么交集？

♪ 很长一段时间我都听说，不少乐队会用我的音乐。我知道布鲁斯·斯普林斯汀（Bruce Springsteen）会演奏《西部往事》，作为在音乐会的第一首或最后一首曲子。他们说还有很多摇滚乐队频频向我致敬。谁知道为什么呢，不过我想答案也不难找。

我的曲子一般用的和弦是很简单的，那些业余吉他手也是如此，仅仅使用简单的三四个和弦。有的时候，这些乐队的人只弹拨着一个和弦，却假装在那儿弹奏。可能正是因为使用了简单的和声，那些年轻的吉他手更容易演奏出来，这无形中把我们拉近了。还有，我觉得他们应该是在我的音乐里听出了一点流行乐的意味，但外壳有些不一样。我想赋予最简单的创意以尊严，也许他们都感受到了我这种笨拙的努力。也有可能，这只是个噱头，他们总是拿我那些大获好评的音乐来演奏，这样能收获更多受众。

🎬 你的电影原声主题音乐会也办了不少年了。这个把电影配乐带进音乐会的创意是从何而来的？

♪ 30多年前，我就在欧洲的一些音乐会上做过这样的尝试，不过不多。20年前，一个做推广的人来我家，跟我谈这个事，他想在伦敦做几场电影原声音乐会。我觉得这个点子不错，但我提议："一半电影原声，一半纯音乐。"他接受了，我在伦敦执棒了我的电影音乐会首秀。上半场是纯音乐，一首中提琴和管弦乐团协奏，一首女高音配管弦乐团的《爱神的片段》（"Frammenti di Eros"）。下半场全是电影配乐。那场音乐会大获成功，上百人在后台走廊里等候我签名。我签到最后直接被人带走了。后来这样的音乐会越来越多。我欣慰地看到每场音乐会都很成功，真的很成功。人们欢呼雀跃，起身鼓掌。我会干到年龄不允许为止，这些音乐会让我觉得很满足。如果哪一天台下不再座无虚席，听众不再买账了，我就不做了。

🎬 **有哪场音乐会让你特别记忆犹新吗？**

🎵 东京的一场。音乐会开始前我去听了合唱团的彩排，演绎得非常出色，那个合唱团真是厉害得难以想象！听他们唱歌内心会有悸动。到了正式演出，第一首曲子演完后，台下的掌声很稀松，按我们罗马人的话说就是反应"软绵绵的"。第二首曲子演奏完，没那么软绵绵了，但掌声还是不多。到了第三首，还是一般。上半场快结束时我对自己说："这些浑蛋，我今天一首安可曲都不会给他们。"我知道说脏话不好，但这就是我当时的真实想法。下半场演奏到某一阶段时，现场突然爆发出一阵阵愈加热烈的掌声，演出收尾时所有人都站了起来。我当时应该返三次场的！

🎬 **我还听闻有一场米兰的音乐会也让你有点窘。**

🎵 那是在米兰的一场户外音乐会，冬天，也许问题就出在这上面，但我觉得当时有可能有什么纪念活动。我指挥的时候没留意台下的观众，主要是因为灯光太耀眼。第一首后，没有任何一个人鼓掌。第二首后也同样如此。我就在那儿想：这些人可真是冷漠啊！到音乐会结束，我转身向他们致谢，虽然他们没给我鼓掌，但我至少要表现出对他们的尊重，这也是个义务。就在我转身的一刹那，我发现台下乌压压一片，整个大教堂广场上全是伞，雨下得特别猛，我竟然没发现。太惨了，他们就这样撑着伞，如果要鼓掌就会被浇透。

🎬 你从来没有仔细算过一共写了多少首电影配乐吗？

♪ 没有，他们说我写了 500 多首，我觉得要适当减掉一点，但 400 多首肯定是有的，如果把电视剧也算进去的话。50 年来，大概平均每年有 9 ～ 10 首吧。我甚至还有一年写 18 首的时候，20 首也有过。我问过我自己，这是怎么做到的？不过这也没什么可大惊小怪的，过去没有那么多新媒体，电影是成百上千生产的。而且那时候的电影也不是一做完就能上映的，有的要等上一年甚至两三年才能和大家见面，譬如那些比较一般的电影，基本都要等前面排期的电影下线后才能上，而前面的电影往往非常卖座。可以确定的是，在相对多产的年份，我平均每年做 11 ～ 13 首电影配乐。

🎬 你还打算做多少部？

♪ 我现在几乎可以说是只跟你合作了。剩下的时间，基本都用来陪伴家人。

🎬 卡洛·阿泽利奥·钱皮（Carlo Azeglio Ciampi）任总统期间给你写过一封信讨论意大利国歌，后来呢？

♪ 信是寄到我家来的，我觉得其他音乐家收到的信也是一样的。钱皮想知道我对意大利国歌《马梅利之歌》有什么想法。我说我对它的歌词、旋律和配乐都不满意。我听过英国、德国、法国、美国，还有一些比意大利更小的国家的国歌。它们的旋律无一例外都很抓人，音乐性也强。我们的主旋律听上去更像是一首小型进行曲，我不喜欢，我也把我的意见传达给了总统府的负责人。我想做一个实验，重写国歌的旋律，保留押韵的部分，用不同的时值去处理。这首实验性的曲子后来在奎利纳雷广场上进行了演奏，那是一场献给钱皮总统的音乐会，但他没来。那些日子正赶上东南亚海啸，好像有个官方的哀悼仪式。此外，总统府的工作人员曾经很友善地向我指出，这种处理《马梅利之歌》的方式可能不太受欢迎，在总统府演奏不了。那首曲子的旋律非常完美，和声的配置有些不同，但有趣又妥帖，不是很复杂的那种。后来我自然是没能在总统府演奏这首曲子。有一年夏天我去总统府，偌大的庭院里正在举办一场由罗贝尔托·阿巴多（Roberto Abbado）执棒的音乐会。钱皮也在场，乐队演奏了《马梅利之歌》，但阿巴多一反常态指挥得很慢，乐队演奏得很轻巧，合唱不乱，只是小声吟唱。我被震撼到了，真是美极了。

🎬 没能演奏你的版本你觉得遗憾吗？

♪ 挺遗憾的，但既然他们没让演奏……

🎬 你的那个版本录制了吗？用过吗？

♪ 没有。只有一个改进的版本，我用在了《悲壮的阿古依师》（*Cefalonia*）里，那是一部关于"二战"的记录片，讲述了一群在希腊半岛执行任务的意大利士兵的悲惨经历。这群爱国者不愿背叛自己的祖国，遭到了德国人的屠杀。

🎬 **从总统府到梵蒂冈，你能跟我们说说你和教皇方济各的逸事吗？**
♪ 也谈不上什么逸事。说起这个就要说回到我做的那部电影《教会》。电影讲的是几个耶稣会教士受教廷派遣前往美洲教化当地土著的事情。我之前跟你说过，我为此专门研究过那个年代的音乐。后来我打算给教皇方济各写一首弥撒曲，他是第一位来自耶稣会的教皇。那部弥撒曲前面有个引子，然后就是弥撒曲固定的部分，还有一个和《教会》有些相似的结尾，但没有主题。我在罗马耶稣教堂见了教皇，给他讲了讲这里面的故事，我跟他说这个故事让我非常着迷，希望他能出席即将在这个教堂举办的首演，但他最后还是没能来。他们说演出开始前一个小时，他和普京约了会面。其实吧，他们也跟我解释说，教皇对音乐不是很感兴趣，也不太参加在梵蒂冈举办的音乐会。行吧，那也是没办法的事。不过我得承认，这件事让我不太高兴，挺气愤的，因为我真的想让他听一下那首弥撒曲。我觉得那首曲子是对我创作《教会》的一个总结。我希望这位首任耶稣会教皇能听到这首献给他和耶稣会士的曲子，但他并没有听到。不久前我又在教皇的一次会见上见到了他，我和玛利亚一起跟他待了10分钟吧，我又和他提到了那首弥撒曲，我当着他的面说："这首曲子很重要。"不过最后还是普京赢了。

与一百年再停各一百年

朱塞佩·托纳多雷 ————————————

×

埃尼奥·莫里康内 ————————————

🎬 埃尼奥，这一通问题狂轰滥炸下来，你是不是有些厌烦了？

🎵 不，不厌烦。不过我告诉你，有那么一瞬间我觉得自己仿佛坐在心理分析师的对面。我应该是说了一些原以为说不出口的事情。我们的谈话已经进入了一个很隐私的阶段，我感到自己甚至袒露了一些令我不适和羞耻的东西。我们说到了很久以前的人，还有现在还在的人。这些都有助于推进我们的对话，这没什么问题。谈论这些帮我回想起我几近忘却的人和事，现在往事又回来了，证明我还没忘记。当然还有很多事情我是真的想不起来了，在这里我要说一声抱歉。我现在开始渐渐对刚发生的事情记忆模糊，却常常能想起过往。也许我离归西也并不远了吧，但你看，现在还有些我本应该忘却的事情记忆犹新。一些疑惑也纷至沓来，但也正是这些疑惑让我正视自己，要不然我会变得很分裂。在这场漫长的对谈里，我就好像是一条盈满的小溪，就要抵达入海口，这个入海口就好比是一次对自己过往所思所想所行的全面袒露与告解。你也看到了，我不总是说自己有多好，我不觉得自己是个多了不起的人。我能感受到自己的弱点和缺陷，所有的都能感受到，我是能有所改进的，虽然到我这个年龄已经不太容易了，但我还是会试着去做得更好。

🎬 你现在还会听古典音乐作曲家的作品吗？

♪ 会，但几乎不是刻意去听。我和妻子会去罗马音乐学院听音乐会，我们买了套票，那里能听到任何时代的曲子，早期古典音乐的、当代的。我不会刻意去听当代音乐，听当代音乐的时候我发现还没人能够创造出真正划时代的音乐。所以我有一种担心，虽然我明知没有任何依据，那就是我们在音乐创作中有一点故步自封。我们现在的音乐只停留在一些有趣的音乐实践上，但这些经验还不足以产生卓越的效果。另外还有一个遗憾，我感觉现在人们不太演奏逝去之人的作品了，譬如我的老师戈弗雷多·佩特拉西，罗马音乐学院已经很少再演奏他的作品了，可能三四个音乐季才演那么一次吧，尽管他的作品都很出色。我记得几年前的一个晚上，学院演奏斯特拉文斯基的《春之祭》（"La sagra della primavera"），中场休息的时候有不少人起身离场了。我自问道：这些人和那些听到莫扎特的音乐时恨不能让全世界都知道他们了解莫扎特的人是同一群人吗？看上去他们好像很在行，但说实话他们对现代音乐的理解几乎为零。当代音乐的发展停滞不前只是表面现象，它确实有一些新的发展，但非常缓慢，也留不住。我之所以有这样的体会是因为我在创作的时候也深感如此。

🎬 你的音乐游走在两个极端。一方面,电影配乐的大众性为纯音乐的创作带来了麻烦;另一方面,纯音乐的创作让你的电影配乐工作徒增困难,这两种干扰,到底哪一种更糟?

♪ 既被视作纯音乐的创作者,又同时为电影做配乐,这无形中在我和我的同事间竖起一堵墙。你知道的,我和我的老师就遇到过这样的问题。这让我很受伤,但说到底这种伤害仅仅是精神层面的。今天让我觉得有些可笑的是,当代音乐已然变成了电影音乐。当今真正意义上的音乐和电影音乐就是一体的,电影音乐涵盖了当今所有形式的音乐。纯音乐和电影音乐之间逐渐出现了融合,也许它们不会也永远不可能交汇,但总在不断接近,一点一点靠近。

🎬 从事这一行有过什么让你感到羞愧的事吗?

♪ 好问题。有很多,尤其是我年轻的时候在台伯河畔的小俱乐部里给那些美国大兵演奏,现在那个小俱乐部已不复存在。在那里,美国士兵投给我们几个小铜板让我们演奏曲子。所有这一切让我为自己是个小号手而感到羞耻,这种羞耻感一直伴随着我,即便这一切都已经过去了。佩普齐奥,我是在那个时候切身感受到战争的,感受到为生存而低头的那种挫败感。

🎬 在电影配乐这方面呢?

♪ 我向你坦白,我最初为 RCA 唱片公司作曲的时候,为卡米洛·马斯特罗钦奎的电影写的几首由萨尔切作词的歌尤其不堪,非常不堪。我对那几首歌感到很羞愧。今天我庆幸自己已经能够用我喜欢的处理方式写出不同的曲子了。

🎬 **你经历过创作危机吗？**

♪ 经常遇到，每次创作都有。每当我接受一份任务，我就面临着一场个人创作危机。什么意思呢？因为在给电影配乐的时候，你是没有足够时间去精心打磨的，要不断跟着电影档期赶进度，到点就要交作品，所以要想尽办法应对随时而来的危机。如果我跨不过这个坎怎么办？我还是用同样的方式写，借助以往丰富的创作经验、那些百试不爽的技法技巧，并得益于多年专业训练深植于脑海中的想法。我经常会遇到问题，我当然不可能靠什么所谓的灵感来解决，我是靠我的手艺来克服的，虽然这个词有点过于直白。又或者我从未遇到过什么大的危机。来自旋律上的挑战也会逼着我去面对、去一点点克服并重获生机。我的想法、我的音乐表现是在不断向前发展的，这也会产生一些小小的危机。还有来自音程使用方面的挑战，在调性音乐上运用十二音体系来配音也算是吧。还有什么呢？总之我不得不去解决它们。重要的是不要把这看作危机，要告诉自己，这是自我完善必须经历的一个过程。我之前跟你聊过马可·贝洛基奥、萨尔瓦托雷·桑佩里、阿尔多·拉多、达里奥·阿基多，还有很多人，我和他们每一个人合作时都曾遇到过危机，我尝试不同的解决方案，最后无一例外都成功了。我也是在通过这些经历直面创作危机。有时候我还会自愿写一些带有暴力和焦虑倾向的音乐，也许导演都无法理解。但不总是有这样的机会自我革新，我也会往一些浅显的表达上靠，写观众想看到的、简单的东西。电影需要卖座，这基本上是首要目标。

🎬 **难道你就从来没有担心过自己会不再喜欢电影配乐这个行业了吗？譬如你从来就没对自己说过，"够了，我不写了！我想换个工作"？**

♪ 没，从没有发生过。不过这个问题提得非常好。事实上，我还很年轻的时候就对我妻子说过："我到 40 岁的时候就不做电影配乐了。"到了 40 岁我会说："到 50 岁就停笔。"但我还是会继续。"到 60 岁就真的不写了。"显然不可能，我 70 岁、80 岁，甚至再往后的时候还在写。直到几年前，我说我写到 90 岁就不写了，但我现在都不确定未来会发生什么。

🎬 **我不信你会就此停下来，但为什么你总是在重复这样的说辞？**

♪ 因为我有很多年忽视了纯音乐的创作。这里插一句，我们来澄清一个说法：我管它叫纯音乐，在别人那里叫当代音乐。我倾向于称之为纯音乐，因为它不倚靠其他任何艺术形式，是作曲家个人意志的完全体现。我之前说过，我大概有 15 年的时间没有碰过纯音乐，我是到上世纪 80 年代才重拾纯音乐的，正因如此，我想停下手里的电影配乐工作，我不想看到我的作品只为其他艺术服务，我希望它能有自己完整的价值、纯粹音乐上的价值，可供他人研读的那种。你也可以说这是我的一个假想，一个天真的假想。

🎬 你会听你写过的音乐吗？

♪ 很少听，不过要准备出唱片的话我会再仔细听一遍。通常情况下我对我的作品是满意的，但有的时候我会有重写一遍的冲动，虽然没有多余的时间，也没有足够的资金来实现。所以我一般写就会好好写。我也会听自己四五十年前写的东西。一般来讲我不会后悔，但我能感觉到自己在进步，毕竟已经过去相当长时间了。我对我在写法和风格上所取得的进步感到高兴。放到好多年前，我是根本不敢想象今天已经写出来了这么多的音乐的。

🎬 对自己很久以前的作品，你一般是什么反应？

♪ 通常我会想，如果换个写法会是什么样。刚才说了，这不是说我后悔，而是确证了我真的在进步。如果我重温《荒野大镖客》的配乐，我会想到当时是如何鼓起勇气这么写的。放到今天，我可能就不会这样写了，我一定会写出不同的东西来。

🎬 你说的就好像这些曲子在那个年代就应该那么写似的。

♪ 那个时候确实是这样。现在看来，这些曲子都是我的史前作品，所以我才说我不会再这么写了。

🎬 埃尼奥，你已经写了 75 年的音乐了。75 年紧凑的职业生涯，你意识到已经写了这么久了吗？

♪ 时光飞逝……我觉得才过去几年时间。家庭和音乐是我最忠实的陪伴。我没有感觉到我已经写了 75 年，我从没有过这样的感受。我觉得自己精神饱满，随时能创作出新的东西来，而且我脑子里已经有了主意。

🎬 你最希望自己回到人生的哪个瞬间，可以修正或改变什么？

♪ 不，我不想回到过去。如果我能回到过去修正什么，我必然会重走一遍曾经走错的路，再次经历一遍事业或是家庭上遇到的煎熬。如果一定要回去，只有一个原因，那就是把我年轻时留下的缺憾弥补回来，我是指对我妻子缺少陪伴。

🎬 如果要评价你作为音乐家的人生轨迹，你会怎么说？

♪ 从我接收到的肯定来讲，我的职业生涯走得还算不错。但我始终很谨慎，我认为走得还不错并不代表非常出色。我收获了满满的褒奖，但我还是会想——也许是受我父亲早年教育的影响——那些赞扬，也许，我不是说都是假的，但至少是没有经过深思熟虑的轻率表态。他们经常用一些夸夸其谈的言论来赞扬我的作品，但他们甚至都没有什么靠谱的手段，可以明白自己到底在评判什么。所以我对褒扬并不太看重，虽然我从不缺这些。这么多年过来，如今面对夸赞，我学会了保持沉默。我会对自己说："好吧，如果他对自己说的东西信以为真，那就随他去吧；如果他是个拍马屁的，就这么随便一说，那就更随他去吧。"曾几何时我还会较真，现在不会了。

🎬 我应该已经问了上百个问题了。还有什么我没问到但你想说的吗？

♪ 你抛给我一个自相矛盾的问题。我喜欢我无法回答的问题。

🎬 你又把皮球踢给了我。

♪ 不过我可以帮你一把。我给你一个建议，你可以问我一个我回答不了的问题：哪个导演是你合作下来觉得最棒的导演？

🎬 你知道我不可能问这个问题，你让我好尴尬。

♪ 我和很多导演相处得都很愉快，但唯独和你不一样。我来解释一下。你的才华、你的友情、你对我的信任，还有最重要的是你一直在不断进步，你每做一部电影都能有新的收获，你善于捕捉有用且珍贵的细节，这些都是我钦佩你的地方。我和吉洛合作得很好，和其他导演也是，甚至和那些不怎么说话的人也一样，但你不属于他们任何一类人，你一直在往前走。我很高兴能和你共事，你的能力要强得多，你的好奇心会更讲究一些。

🎬 我快要被你卷进情感的旋涡了，我明白你的意思，但你知道吗，我对你的情感和信任又有多深？不过我觉得你对我的褒扬有点过了，我好难为情。我还记得我们初识的年代，我多么天真地跟你描述我想要的音乐，那个时候我脑子里只有一些模糊的概念，我不知道怎么表达……

♪ 我们合作《天堂电影院》的时候，你好像在我面前还挺害羞的，不过我也挺害羞的。

🎬 我觉得这是一个转变话题的好时机。你觉得呢？

♪ 没问题，咱们换个话题。

🎬 作为一位音乐家，你有很多东西值得被人铭记，你写过很多脍炙人口的音乐，收获了来自全世界人民的喜爱。如果要你选的话，你希望自己的什么能被人们永远记住？

♪ 我和玛利亚订婚的时候，我 23 岁，玛利亚 19 岁，有一样重要的东西我跟她说过不止一次："我希望音乐史上能有那么几厘米是留给我的，那就是我的名字。"我希望自己能以作曲家的身份留在音乐史中，用短短一小行记录我这一段音乐人生。我现在还什么都不是，但我真心希望我配得上这一小段文字。我努力也正是为了这个。不知道这个愿望能否实现，希望可以吧。不过我今天最期待的已经不是我的名字能进入音乐史或是没人读的百科全书了，而是我真的在用良心和真诚面对我所选择的事业。

🎬 进入这次对话的尾声，你还想补充什么？

♪ 你让我说出了很多从前不习惯袒露的心声。希望读者能喜欢书里的这些内容，包括那些让人难以理解的东西。我应该是为这条职业路途上的艰难与困苦带去了一点光亮，无论是电影配乐还是纯音乐的听众似乎都难以捕捉到它们背后的不易。我认为这场漫长的访谈为"作曲家"这个词做出了相当丰富的注解。我不是什么伟大的演说家，我只是把心里想的悉数表达出来，也许受限于表达只有一部分意思能为大家所理解。这几年里，我已经能坦然接受那些创作、思考、寻求理解甚至自找麻烦的路途中遭遇的苦难。对于创作者而言，遇到的问题都是相似的，那就是在你面前只有一张白纸，你要怎么去赋予它形态、意义和情感。就看你要如何填写这张白纸了。创意从诞生之初经过不断发展，最后进一步向已知和未知演变，这是一个动态的过程，但勇于进取的念头和愿望不能熄灭，佩普齐奥，不管怎样都不能熄灭。

人名对照表

A

Adolfo Celi
阿道弗·切利，意大利演员、导演 (1922—1986)

Adrian Lyne
阿德里安·莱恩，美国导演 (1941—)

Adriana Morricone
安德里亚娜·莫里康内，莫里康内的妹妹

Alberto Bevilacqua
阿尔贝托·贝维拉夸，意大利作家、导演 (1934—2013)

Alberto De Martino
阿尔贝托·德·马蒂诺，意大利导演 (1929—2015)

Alberto Grimaldi
阿尔贝托·格里马尔蒂，意大利制片人 (1925—2021)

Alberto Lattuada
阿尔贝托·拉图瓦达，意大利导演 (1914—2005)

Alberto Lionello
阿尔贝托·廖内洛，意大利演员 (1930—1997)

Alberto Negrin
阿尔贝托·内格林，意大利导演 (1940—)

Alberto Pomeranz
阿尔贝托·彭梅兰兹，意大利钢琴家 (?—2000)

Alcide De Gasperi
阿尔契德·加斯贝利，意大利政治家 (1881—1954)

Aldo Clementi
阿尔多·克莱门蒂，意大利作曲家 (1925—2011)

Aldo Lado
阿尔多·拉多，意大利导演 (1934—)

Aldo Morricone
阿尔多·莫里康内，莫里康内的弟弟

Alessandra Morricone
亚历山德里亚·莫里康内，莫里康内的女儿

Alessandro Alessandroni
亚历山德罗·亚历山德罗尼，意大利作曲家、吉他演奏家、合唱团指挥家 (1925—2017)

Alessandro Blasetti
阿历山德罗·布拉塞蒂，意大利导演 (1900—1987)

Alessandro Cicognini
亚历山德罗·契柯尼尼，意大利作曲家 (1906—1995)

Alfio Caltabiano
阿尔菲奥·卡尔塔比亚诺，意大利导演 (1932—2007)

Alfred Hitchcock
阿尔弗雷德·希区柯克，英国导演 (1899—1980)

Alfredo Casella
阿尔弗莱多·卡塞拉，意大利作曲家 (1883—1947)

Alfredo Polacci
阿尔弗莱多·波拉齐，意大利词作者 (1907—1998)

Altiero Spinelli
阿尔迪耶里·斯皮内利，意大利政治家 (1907—1986)

Amilcare Ponchielli
阿米尔卡雷·蓬基耶利，意大利作曲家 (1834—1886)

Anatolij Karpov
阿那托里·卡尔波夫，俄罗斯棋手 (1951—)

Andrea Morricone
安德烈·莫里康内，意大利作曲家、莫里康内的儿子

Angelo Francesco Lavagnino
安杰洛·弗朗切斯科·拉瓦尼诺，意大利作曲家 (1909—1987)

Angelo Roncalli
安杰洛·隆卡利（教皇约翰二十三世），意大利高级教士 (1881—1963)

Anna Campori
安娜·康博尼，意大利演员 (1917—2018)

Anthony Quinn (Antonio Rodolfo Quinn-Oaxaca)
安东尼·奎恩（安东尼奥·罗多尔弗·奎恩-欧萨卡），墨西哥演员 (1915—2001)

Antonello Falqui
安东内洛·法尔圭，意大利电视导演 (1925—2019)

Antonello Neri
安东内洛·内里，意大利钢琴家 (1942—)

Antonio Ferdinandi
安东尼奥·费迪南迪，莫里康内的作曲老师

Antonio Musu
安东尼奥·穆苏，意大利电影制片人 (1916—1979)

Antonio Poce
安东尼奥·波切，意大利作曲家 (1960—)

Armando Trovajoli
阿尔芒多·特罗瓦约利，意大利作曲家 (1917—2013)

Arnaldo Graziosi
阿尔纳多·格拉乔西，意大利钢琴家 (1913—1997)

Arnold Schöenberg
阿诺德·勋伯格，奥地利作曲家 (1874—1951)

Arrigo Colombo
阿里戈·哥伦布，意大利制片人 (1916—1998)

Attilio Cristallini
阿蒂利奥·克里斯塔里尼，意大利定音鼓手

B

Barry Levinson
巴瑞·莱文森，美国导演 (1942—)

Bauchiero
鲍杰罗，意大利抄谱员

Benedetto Croce
贝奈戴托·克罗齐，意大利哲学家 (1866—1952)

Benedetto Ghiglia
贝奈戴托·吉里亚，意大利作曲家 (1921—2012)

Beniamino Gigli
贝尼亚米诺·吉里，意大利男高音 (1890—1957)

Benito Mussolini
贝尼托·墨索里尼，意大利政治家 (1883—1945)

Bernardo Bertolucci
贝纳尔多·贝托鲁奇，意大利导演 (1941—2018)

Boris Porena
鲍里斯·波勒纳，意大利作曲家 (1927—)

Boris Spasskij
鲍里斯·斯帕斯基，法裔俄罗斯籍棋手 (1937—)

Brian De Palma
布莱恩·德·帕尔玛，美国导演 (1940—)

Bruce Springsteen
布鲁斯·斯普林斯汀，美国唱作人 (1949—)

Bruno Battisti D'Amario
布鲁诺·巴蒂斯蒂·达玛里奥，意大利作曲家、吉他

演奏者 (1937—)

Bruno Cirino
布鲁诺·契里诺，意大利演员 (1936—1981)

Bruno Nicolai
布鲁诺·尼科拉伊，意大利作曲家 (1926—1991)

Bruno Zambrini
布鲁诺·赞布里尼，意大利音乐家、唱片制作人 (1935—)

C

Camillo Mastrocinque
卡米洛·马斯特罗钦奎，意大利导演 (1901—1969)

Carl Maria von Weber
卡尔·马利亚·冯·韦伯，德国指挥家 (1786—1826)

Carla Leone
卡拉·莱昂内，赛尔乔·莱昂内的妻子

Carlo Alberto Pizzini
卡尔洛·阿尔贝托·比奇尼，意大利作曲家 (1905—1981)

Carlo Azeglio Ciampi
卡洛·阿泽利奥·钱皮，意大利政治家 (1920—2016)

Carlo Dapporto
卡尔洛·达波尔托，意大利演员 (1911—1989)

Carlo Giorgio Garofalo
卡尔洛·焦尔乔·戈罗法洛，意大利作曲家 (1886—1962)

Carlo Lizzani
卡尔洛·里扎尼，意大利演员 (1922—2013)

Carlo Rustichelli
卡尔洛·鲁斯蒂凯利，意大利作曲家 (1916—2004)

Carlo Salvioli
卡尔洛·萨尔维奥里，意大利棋手 (1848—1930)

Carlo Savina
卡尔洛·萨维纳，意大利作曲家 (1919—2002)

Carlo Tentoni
卡尔洛·坦托尼，意大利巴松管吹奏者

Carlo Verdone
卡尔洛·韦尔多内，意大利演员、导演 (1950—)

Cesare Pavese
切萨雷·帕韦泽，意大利作家 (1908—1950)

Charles Aznavour
查尔·阿兹纳弗（夏诺·瓦里南格·阿兹纳弗里安的艺名），法国歌手 (1924—2018)

Charlie Chaplin
查理·卓别林，英国导演、演员 (1889—1977)

Checco er Carettiere (Filippo Porcelli)
车夫切柯（菲利浦·波尔切里），罗马餐馆经营者

Chet Baker
查特·贝克，美国小号手 (1929—1988)

Chico Buarque de Hollanda
契柯·布阿克·德·欧兰达，巴西歌手 (1944—)

Ciccio Ingrassia
奇乔·因格拉西亚，意大利演员 (1922—2003)

Cinico Angelini
契尼柯·安杰里尼（契尼柯·安杰洛的艺名），意大利管弦乐队指挥 (1901—1983)

Claudi Cardinale
克劳迪娅·卡汀娜，意大利演员 (1938—)

Clint Eastwood
克林特·伊斯特伍德，美国演员、导演 (1930—)

Corsini
科尔西尼，意大利中尉

Costantino Ferri
康斯坦迪诺·费里，意大利作曲家 (1880—?)

Cristy
克里斯蒂，意大利歌手（亚历山德罗尼合唱团成员）

D

Damiano Damiani
达米亚诺·达米亚尼，意大利导演 (1922—2013)

Daniele Paris
丹尼尔·帕里斯，意大利作曲家 (1921—1989)

Danilo Donati
达尼洛·托纳蒂，意大利化妆师、舞美 (1926—2001)

Dante Alighieri
但丁·阿利吉耶里，意大利诗人 (1265—1321)

Dario Argento
达里奥·阿基多，意大利导演 (1940—)

David Mamet
大卫·马麦特，美国剧作家 (1947—)

David Puttnam
大卫·普特南，英国制片人 (1941—)

Davoli Ninetto
达沃利·尼内托，意大利演员 (1948—)

Diana Ross
戴安娜·罗斯，美国歌手 (1944—)

Dimitri Tiomkin
迪米特里·迪奥姆金，乌克兰裔美籍作曲家 (1894—1979)

Dino Asciolla
迪诺·阿肖拉，意大利小提琴手、中提琴手 (1920—1994)

Dino De Laurentiis
迪诺·德·劳伦提斯，意大利制片人 (1919—2010)

Dino Risi
迪诺·里西，意大利导演 (1917—2008)

Domenico Modugno
多米尼科·莫杜尼奥，意大利唱作人 (1928—1994)

Don Siegel
唐·希格尔，美国导演 (1912—1991)

Donato Salone
多纳托·萨隆内，意大利抄谱员、音乐家 (1914—2008)

Duccio Tessari
杜奇奥·泰萨利，意大利导演 (1926—1994)

E

Edda Dell'Orso
艾达·德洛尔索（艾达·萨巴蒂尼的艺名），意大利歌手 (1935—)

Edoardo Vianello
艾多阿尔多·韦亚内罗，意大利歌手 (1938—)

Egisto Macchi
厄奇斯托·马切，意大利作曲家 (1928—1992)

Elio Petri
埃里奥·贝多利，意大利导演 (1929—1982)

Elisa
艾丽莎（艾丽莎·托弗利的艺名），意大利歌手 (1977—)

Elmer Bernstein
埃尔默·伯恩斯坦，美国作曲家 (1922—2004)

Ennio Melis
埃尼奥·梅里斯，RCA 唱片公司经理 (1926—2005)

Enrico De Melis
恩里科·德·梅里斯，意大利音乐制作人 (?—2009)

Enzo Doria
恩佐·多里亚，意大利制片人 (1936—)

Enzo Forte
恩佐·福尔特，意大利小号手

Enzo Masetti
恩佐·马塞蒂，意大利作曲家 (1893—1961)

Enzo Ocone
恩佐·奥科内，意大利电影剪辑师 (1939—)

Eschilo
埃斯库罗斯，古希腊剧作家（约前 525—前 456）

Ettore Fizzarotti
埃托雷 · 菲扎洛蒂，意大利导演 (1916—1985)

Ettore Giannini
埃托雷 · 贾尼尼，意大利导演 (1912—1990)

Ettore Scola
埃托雷 · 斯科拉，意大利导演 (1931—2016)

Ettore Zeppegno
埃托雷 · 泽佩尼奥，意大利音乐家

Eugene O'Neill
尤金 · 奥尼尔，美国剧作家 (1888—1953)

Eva Fischer
伊娃 · 费舍尔，克罗地亚画家 (1920—2015)

F

Fabio Venturi
法比奥 · 翁图里，意大利录音师

Fausto Ancillai
弗奥斯托 · 安契拉伊，意大利录音师

Fausto Anzelmo
弗奥斯托 · 安泽尔莫，意大利中提琴手、管弦乐队指挥 (?—2016)

Fausto Cigliano
弗奥斯托 · 奇利亚诺，意大利歌手 (1937—)

Federico Fellini
费德里科 · 费里尼，意大利导演 (1920—1993)

Felice Lattuada
费里切 · 拉图瓦达，意大利作曲家 (1882—1962)

Félicien Marceau
费里西安 · 马尔索（路易斯 · 卡雷特的艺名），比利时作家、散文家 (1913—2012)

Felix Mendelssohn
费利克斯 · 门德尔松，德国作曲家 (1809—1847)

Femi Benussi
费米 · 本纽西，南斯拉夫演员 (1945—)

Fernando Franchi
费尔南多 · 弗兰基，意大利制片人

Fernando Ghia
费尔南多 · 基亚，意大利制片人 (1935—2005)

Fernando Previtali
费尔南多 · 普雷维塔利，意大利指挥家 (1907—1985)

Filiberto Guala
斐利贝尔托 · 瓜拉，意大利企业经理 (1907—2000)

Flamini Cortesi Alberto
弗拉米尼 · 科尔特西 · 阿尔贝托，意大利小提琴家 (1920—2013)

Florinda Bolkan
弗洛琳达 · 博尔坎（弗洛琳达 · 索阿勒斯 · 博尔坎的艺名），巴西演员 (1941—)

Franca Morricone
弗朗卡 · 莫里康内，莫里康内的妹妹

Francesco Catania
弗朗切斯科 · 卡塔尼亚，意大利小号手

Franco Cristaldi
弗朗科 · 克里斯塔尔蒂，意大利编剧、制片人 (1924—1992)

Franco De Gemini
弗朗科 · 德 · 杰米尼，意大利口琴手 (1928—2013)

Franco Dragone
弗朗科 · 德拉戈，意大利戏剧导演 (1952—)

Franco Evangelisti
弗朗科 · 埃万杰利斯蒂，意大利作曲家 (1926—1980)

Franco Ferrara
弗朗科 · 费拉拉，意大利作曲家、指挥家 (1911—1985)

Franco Franchi
弗朗科·弗兰基（弗朗切斯科·贝内纳多的艺名），意大利演员 (1928—1992)

Franco Malvestito
弗朗科·马尔维斯蒂托，意大利剪辑师

Franco Mele
弗朗科·梅勒，意大利钢琴家

Franco Migliacci
弗朗科·米利亚齐，意大利词作者 (1930—)

Franco Pisano
弗朗科·皮萨诺，意大利作曲家 (1922—1977)

Franco Tamponi
弗朗科·坦波尼，意大利小提琴手 (1925—2010)

Franco Zeffirelli
弗朗科·泽菲雷里，意大利导演 (1923—)

Franz Joseph Haydn
弗朗茨·约瑟夫·海顿，奥地利作曲家 (1732—1809)

Franz Schubert
弗朗茨·舒伯特，奥地利作曲家 (1797—1828)

Fryderyk Chopin
弗雷德里克·肖邦，波兰作曲家 (1810—1849)

Furio Colombo
弗利奥·哥伦布，意大利作家、记者 (1931—)

G

Gaetano Anzalone
加埃塔诺·安扎罗内，意大利体育经理 (1930—2018)

Garinei Pietro
卡里内伊·皮耶特罗，意大利喜剧作家、导演 (1919—2006)

Garri Kasparov
加里·卡斯帕罗夫，俄罗斯棋手 (1963—)

Gérard Depardieu
杰拉尔·德帕迪约，法国演员 (1948—)

Gheorghe Zamfir
格奥尔基·赞菲尔，罗马尼亚排箫演奏家 (1941—)

Giacomo Leopardi
贾科莫·莱奥帕尔迪，意大利诗人 (1798—1837)

Giacomo Puccini
贾科莫·普契尼，意大利作曲家 (1858—1924)

Gian Maria Volonté
吉安·马利亚·沃隆特，意大利演员 (1933—1994)

Gianfranco Plenizio
强弗朗科·普勒尼奇奥，意大利作曲家 (1941—2017)

Gianni (Nino) Dei
贾尼（尼诺）·德伊，意大利演员、歌手 (1940—)

Gianni Meccia
贾尼·梅恰，意大利唱作人 (1931—)

Gianni Morandi
贾尼·莫兰蒂，意大利歌手 (1944—)

Gillo Pontecorvo
吉洛·蓬特科尔沃，意大利导演 (1919—2006)

Gino Marinuzzi
吉诺·马里努奇，意大利作曲家 (1920—1996)

Gino Paoli
吉诺·鲍里，意大利唱作人 (1934—)

Giorgio Carnini
焦尔乔·卡尼尼，意大利管风琴演奏者

Giorgio Papi
焦尔乔·帕比，意大利制片人 (1917—2002)

Giovanni Falcone
乔瓦尼·法尔科内，意大利法官 (1939—1992)

Giovanni Morricone
乔瓦尼·莫里康内，莫里康内的儿子

Giovanni Pierluigi da Palestrina
乔瓦尼·皮耶路易吉·达·帕莱斯特里纳，意大利作曲家 (1525—1594)

Giovanni Zammerini
乔瓦尼·扎梅里尼，意大利音乐家

Girolamo Frescobaldi
吉罗拉莫·弗雷斯科巴尔迪，意大利作曲家 (1583—1643)

Giuliano Montaldo
吉奥里亚诺·蒙塔尔多，意大利导演 (1930—　)

Giulio Base
朱利奥·巴塞，意大利导演 (1964—　)

Giulio Razzi
朱利奥·拉齐，RAI 经理

Giuseppe Ornato
朱塞佩·奥尔纳多，RCA 唱片公司经理 (?—1986)

Giuseppe Patroni Griffi
朱塞佩·帕特罗尼·格里菲，意大利导演 (1921—2005)

Giuseppe Tartini
朱塞佩·塔尔蒂尼，意大利作曲家 (1692—1770)

Giuseppe Verdi
朱塞佩·威尔第，意大利作曲家 (1813—1901)

Goffredo Lombardo
戈弗雷多·伦巴尔多，意大利制片人 (1920—2005)

Goffredo Mameli
戈弗雷多·马梅利，意大利诗人 (1827—1849)

Goffredo Petrassi
戈弗雷多·佩特拉西，意大利作曲家 (1904—2003)

Gorni Kramer
戈尔尼·克拉默，意大利指挥家 (1913—1995)

Gruppo di Improvvisazione Nuova Consonanza
新和音即兴乐团，意大利乐队

Guido Guerrini
奎多·奎里尼，意大利作曲家 (1890—1965)

Guido Turchi
奎多·图尔齐，意大利作曲家 (1916—2010)

Gustav Mahler
古斯塔夫·马勒，奥地利作曲家 (1860—1911)

H

Hans Zimmer
汉斯·季默，德国作曲家 (1957—　)

Henri Verneuil
亨利·韦纳伊（阿肖特·马拉基亚的艺名），法国导演 (1920—2002)

Herbie Hancock
赫比·汉考克，美国作曲家 (1940—　)

Howard Hawks
霍华德·霍克斯，美国导演 (1896—1977)

I

Iaia Fiastri
伊亚·菲亚斯特里，意大利喜剧作家 (1934—　)

Igor Stravinskij
伊戈尔·斯特拉文斯基，俄罗斯作曲家 (1882—1971)

Il Quartetto Cetra
"即兴四人组"乐团

Irma Ravinale
伊尔玛·拉维纳勒，意大利作曲家 (1937—2013)

Italo Calvino
伊塔洛·卡尔维诺，意大利作家 (1923—1985)

Italo Cameracanna
伊塔洛·卡梅拉卡纳，意大利声效师

J

James Foley
詹姆斯·弗雷，美国导演(1953—)

Jason Robards
杰森·罗巴兹，美国演员(1922—2000)

Jean-Paul Sartre
让-保罗·萨特，法国作家(1905—1980)

Jelly Roll Morton
杰利·罗尔·莫顿（费迪南多·约瑟夫·拉默斯的艺名），美国钢琴家(1890—1941)

Jennifer Jones (Phylis Lee Isley)
珍妮弗·琼斯（菲利斯·李·伊斯蕾），美国演员(1919—2009)

Jeremy Irons
杰瑞米·艾恩斯，英国演员、导演(1948—)

Joan Baez
琼·贝兹，美国唱作人(1941—)

Johann Sebastian Bach
约翰·塞巴斯蒂安·巴赫，德国作曲家(1685—1750)

John Barry
约翰·巴里，英国作曲家(1933—2011)

John Boorman
约翰·保曼，英国导演(1933—)

John Cage
约翰·凯奇，美国作曲家(1912—1992)

John Carpenter
约翰·卡朋特，美国导演(1948—)

John Fitzgerald Kennedy
约翰·菲茨杰尔德·肯尼迪，美国政治家(1917—1963)

John Huston
约翰·休斯顿，美国导演(1906—1987)

John Williams
约翰·威廉姆斯，美国作曲家(1932—)

Johnny Dorelli
约翰尼·多雷利（焦尔乔·奎蒂的艺名），意大利歌手、演员(1937—)

Jorge Mario Bergoglio
豪尔赫·马里奥·贝尔格里奥（教皇方济各），阿根廷天主教高级教士(1936—)

Judit Polgár
朱迪特·波尔加，匈牙利棋手(1976—)

Jules Verne
儒勒·凡尔纳，法国作家(1828—1905)

K

Konrad Adenauer
康拉德·阿登纳，德国政治家(1876—1967)

L

Laura Betti
劳拉·贝蒂（劳拉·特伦姆贝蒂的艺名），意大利歌手、演员(1927—2004)

Laura Pausini
劳拉·普西妮，意大利歌手(1974—)

Lelio Luttazzi
莱奥·鲁塔兹，意大利指挥、电视主持人(1923—2010)

Libera Ridolfi
莉贝拉·里多尔菲，莫里康内的母亲

Liliana Cavani
莉莉安娜·卡瓦尼，意大利导演(1933—)

Lilli Greco
利里·格雷科，意大利唱片制作人(1934—2012)

Lina Wertmüller
里娜·韦特缪勒，意大利导演 (1921—2021)

Lisa Gastoni
丽莎·伽丝托妮（伊丽莎白·卡斯托内的艺名），意大利演员 (1935—)

Lou Castel
洛乌·卡斯特尔（乌尔乌·夸尔泽尔的艺名），瑞典演员 (1943—)

Luchino Visconti
卢基诺·维斯康蒂，意大利导演 (1906—1976)

Lucia Mannucci
卢恰·玛努琪，意大利歌手 (1920—2012)

Luciano Alberti
卢恰诺·阿尔贝蒂，意大利音乐评论家 (1931—)

Luciano Emmer
卢恰诺·艾莫，意大利导演 (1918—2009)

Luciano Lucignani
卢恰诺·卢契亚尼，意大利编剧 (1922—2008)

Luciano Pavarotti
卢恰诺·帕瓦罗蒂，意大利男高音 (1935—2007)

Luciano Salce
卢恰诺·萨尔切，意大利导演 (1922—1989)

Lucio Dalla
卢西奥·达拉，意大利唱作人 (1943—2012)

Lucio Fulci
卢西奥·弗尔兹，意大利导演 (1927—1986)

Ludwig Van Beethoven
路德维希·凡·贝多芬，德国作曲家 (1770—1827)

Luigi De Castris
路易吉·德·卡斯特里斯，意大利神甫

Luigi Nono
路易吉·诺诺，意大利作曲家 (1924—1990)

Luigi Scaccianoce
路易吉·斯卡恰诺切，意大利舞台布景师 (1914—1981)

Luis Bacalov
路易斯·巴卡洛夫，阿根廷作曲家 (1933—2017)

M

Marafelli
马拉费里，卡吉亚诺的学生

Marcello Mastroianni
马塞洛·马斯楚安尼，意大利演员 (1924—1996)

Marco Aurelio
马可·奥勒留，古罗马皇帝 (121—180)

Marco Bellocchio
马可·贝洛基奥，意大利导演 (1939—)

Marco Ferreri
马可·费雷利，意大利导演 (1928—1997)

Marco Morricone
马可·莫里康内，莫里康内的儿子

Maria Morricone
玛利亚·莫里康内，莫里康内的妹妹

Maria Travia Morricone
玛利亚·特拉维娅·莫里康内，莫里康内的妻子

Maria Virginia Onorato
玛利亚·弗吉尼亚·欧诺拉托，意大利导演 (1942—2017)

Mario Bernardo
马里奥·贝纳尔多，意大利摄影总监 (1919—2019)

Mario Caiano
马里奥·卡亚诺，意大利导演 (1933—2015)

Mario Cecchi Gori
马里奥·切契·戈里，意大利制片人 (1920—1993)

Mario Lanza (Alfred Arnold Cocozza)
马里奥·兰扎（阿尔弗莱德·阿尔诺德·可可扎），意裔美籍男高音 (1921—1959)

Mario Midana
马里奥·米达那，意大利小号手

Mario Morricone
马里奥·莫里康内，莫里康内的父亲

Mario Nascimbene
马里奥·纳辛贝内，意大利作曲家 (1913—2002)

Mario Riva
马里奥·里瓦，意大利报幕员、演员 (1913—1960)

Mark Tajmanov
马克·泰马诺夫，俄罗斯棋手 (1926—2016)

Marlon Brando
马龙·白兰度，美国演员 (1924—2004)

Martin Luther King
马丁·路德·金，美国牧师、社会活动家 (1929—1968)

Massimo Bogianckino
马西姆·波契安克基诺，意大利钢琴家 (1922—2009)

Maurizio De Angelis
毛里齐奥·德·安杰利斯，意大利作曲家 (1947—   )

Maurizio Graf
毛里齐奥·格拉夫（毛里齐奥·阿塔纳西奥的艺名），意大利歌手

Mauro Bolognini
莫洛·鲍罗尼尼，意大利导演 (1922—2001)

Mel Gibson
梅尔·吉布森，美国演员 (1956—   )

Michele Dall'Ongaro
米凯雷·达朗哥罗，意大利作曲家 (1957—   )

Michele Lacerenza
米凯雷·拉切伦扎，意大利小号手 (1922—1989)

Mike Nichols (Michael Igor Peschkowsky)
迈克·尼科尔斯（米歇尔·伊戈尔·皮契科夫斯基），美国导演 (1931—2014)

Milena Canonero
米兰拉·坎农诺，意大利化妆师 (1946—   )

Mina (Anna Maria Mazzini)
米娜（安娜·玛利亚·马兹尼），意大利歌手 (1940—   )

Miranda Martino
米兰达·马蒂诺，意大利歌手 (1933—   )

Monteverdi Claudio
克劳迪奥·蒙特威尔第，意大利作曲家 (1567—1643)

Montgomery Clift
蒙哥马利·克利夫特，美国演员 (1920—1966)

Muzio Clementi
穆齐奥·克莱门蒂，意大利作曲家、钢琴家 (1752—1832)

N

Nanni Civitenga
纳尼·契维汤加，意大利作曲家、低音提琴手

Nastassja Kinski (Nastassja Aglaia Nakszyński)
娜塔莎·金斯基（娜塔莎·阿格莱亚·南克斯金基），德国演员 (1961—   )

Nicola Piovani
尼古拉·皮奥瓦尼，意大利作曲家 (1946—   )

Nicola Samale
尼古拉·萨玛勒，意大利作曲家 (1941—   )

Nini Rosso
尼尼·罗索，意大利小号手 (1926—1994)

Nino Baragli
尼诺·巴拉里，意大利剪辑师 (1926—2013)

Nino Culasso
尼诺·库拉索，意大利小号手

Nino Rota
尼诺·罗塔，意大利作曲家 (1911—1979)

Nino Taranto
尼诺·塔兰托，意大利演员、歌手(1907—1986)

O

Oreste Lionello
奥莱斯特·莱内罗，意大利演员(1927—2009)

Ornella Muti
奥内拉·穆蒂（弗朗切斯卡·罗马纳·里维利的艺名），意大利演员(1955—)

P

Paolo Ketoff
保罗·柯托夫，意裔波兰籍音效师(1921—1996)

Paolo Taviani
保罗·塔维安尼，意大利导演(1931—)

Pasqualino Festa Campanile
帕斯夸里诺·费斯塔·坎帕尼莱，意大利作曲家(1927—1986)

Paul Anka
保罗·安卡，美国歌手(1941—)

Paul Newman
保罗·纽曼，美国演员(1925—2008)

Paul Valéry
保尔·瓦雷里，法国诗人(1871—1945)

Pedro Almodóvar
佩德罗·阿莫多瓦，西班牙导演(1949—)

Péter Lékó
彼得·列科，匈牙利棋手(1979—)

Peter Weir
彼得·威尔，澳大利亚导演(1944—)

Pier Luigi Urbini
皮埃尔·路易吉·乌尔比尼，意大利指挥家(1929—)

Pier Paolo Pasolini
皮埃尔·保罗·帕索里尼，意大利导演、诗人、作家(1922—1975)

Piero Piccioni
皮耶罗·皮契奥尼，意大利作曲家(1921—2004)

Pietro De Vico
皮耶罗·德·韦柯，意大利演员(1911—1999)

Pipola
比波拉，意大利军队少校

Pippo Barzizza
皮波·巴尔兹扎，意大利作曲家(1902—1994)

Q

Quentin Tarantino
昆汀·塔伦蒂诺，美国导演(1963—)

Reginaldo Caffarelli
雷吉纳尔多·卡法雷里，意大利小号手(1891—1960)

R

Renato Castellani
伦纳托·卡斯特拉尼，意大利导演(1913—1985)

Renato Rascel (Renato Ranucci)
伦纳托·拉塞尔（雷纳努奇·拉塞尔），意大利演员(1912—1991)

Ricardo Blasco
里卡尔多·布拉斯科，西班牙导演(1921—1994)

Riccardo Cocciante
里卡尔多·科恰安特，意大利唱作人(1946—)

Riccardo Michelini
里卡尔多·米凯里尼，RCA 唱片公司经理

Richard Fleischer
理查德·弗莱舍，美国导演 (1916—2006)

Richard Wagner
理查德·瓦格纳，德国作曲家 (1813—1883)

Ricordo Giacomo Rondinella
里卡尔多·贾科莫·隆迪内拉，意大利歌手 (1923—2015)

Rita Hayworth
丽塔·海华斯，美国演员 (1918—1987)

Robert Schumann
罗伯特·舒曼，德国作曲家 (1810—1856)

Roberto Abbado
罗贝尔托·阿巴多，意大利指挥家 (1954—)

Roberto Albertoni
罗贝尔托·阿尔贝托尼，意大利政治家

Roberto Caggiano
罗贝尔托·卡吉亚诺，意大利作曲家

Roberto Cinquini
罗贝尔托·钦奎尼，意大利剪辑师 (1924—1965)

Roberto De Simone
罗贝尔托·德·西蒙，意大利导演 (1933—)

Roberto Faenza
罗贝尔托·法恩察，意大利导演 (1943—)

Roberto Zappulla
罗贝尔托·扎布拉，意大利音乐家

Roland Joffé
罗兰·约菲，英国导演 (1945—)

Roman Polański
罗曼·波兰斯基，波兰导演 (1933—)

Ronchi, dott.
隆奇教授，莫里康内家的家庭医生

Rosanna Schiaffino
罗莎娜·斯基亚菲诺，意大利演员 (1939—2009)

Ruggero Cini
鲁杰罗·齐尼，意大利作曲家 (1933—1981)

Ruggero Mastroianni
鲁杰罗·马斯楚安尼，意大利剪辑师 (1929—1996)

S

Salvatore Argento
萨尔瓦托雷·阿基多，意大利制片人 (1914—1987)

Salvatore Quasimodo
萨瓦多尔·夸西莫多，意大利诗人 (1901—1968)

Salvatore Samperi
萨尔瓦托雷·桑佩里，意大利导演 (1944—2009)

Salvatore Schilirò
萨尔瓦托雷·斯基里洛，意大利口簧琴演奏家

Sandro Giovannini
桑德罗·乔瓦尼尼，意大利喜剧作家、导演 (1915—1977)

Sergio Bruni
赛尔乔·布鲁尼（古里耶尔默·基亚内塞的艺名），意大利歌手 (1921—2003)

Sergio Cafaro
塞尔乔·卡法罗，意大利钢琴家 (1924—2005)

Sergio Citti
赛尔乔·齐蒂，意大利导演 (1933—2005)

Sergio Corbucci
赛尔乔·柯尔布齐，意大利导演 (1927—1990)

Sergio Endrigo
塞尔乔·安德里戈，意大利唱作人 (1933—2005)

Sergio Leone
赛尔乔·莱昂内，意大利导演 (1929—1989)

Sergio Miceli
塞尔乔·米切里,意大利音乐学家(1944—2016)

Sergio Sollima
赛尔乔·索利马,意大利导演(1921—2015)

Sergiu Celibidache
谢尔盖·切利比达克,罗马尼亚指挥(1912—1996)

Severino Gazzelloni
瑟维利诺·加泽罗尼,意大利长笛演奏家(1919—1992)

Shirley MacLaine (Shirley MacLean Beaty)
雪莉·麦克雷恩(雪莉·麦克雷恩·比蒂),美国演员(1934—)

Sophia Loren(Sofia Villani Scicolone)
索菲亚·罗兰(索菲亚·维拉尼·西科隆内),意大利演员(1934—)

Stanley Kubrick
斯坦利·库布里克,美国导演(1928—1999)

Stefano Reali
斯蒂法诺·瑞利,意大利导演(1957—)

T

Terence Young
特伦斯·杨,英国导演(1915—1994)

Terrence Malick
泰伦斯·马力克,美国导演(1943—)

The Rolling Stones
滚石乐队,英国摇滚乐队

Thomas Mann
托马斯·曼,德国作家(1875—1955)

Tommasini Giovanni
托马西尼·乔瓦尼,意大利低音提琴手

Tonino Delli Colli
托尼诺·德里·柯里,意大利摄影师(1923—2005)

Tonino Valerii
托尼诺·瓦莱里,意大利导演(1934—2016)

Toshiro Mayuzumi
黛敏郎,日本作曲家(1929—1997)

Totò
托托(安东尼奥·德·科尔蒂斯的艺名),意大利演员(1898—1967)

Tullio Kezich
图利奥·凯齐赫,意大利电影评论家(1928—2009)

U

Ugo Pirro
乌戈·皮罗(乌戈·马托内的艺名),意大利编剧(1920—2008)

Ugo Tognazzi
乌戈·托尼亚齐,意大利演员(1922—1990)

Umberto Giordano
翁贝托·乔达诺,意大利作曲家(1867—1948)

Umberto Semproni
翁贝托·塞普罗尼,意大利小号手

Umberto Turco
翁贝托·图尔科,意大利舞台布景师(1928—2003)

V

Valerio Zurlini
瓦莱瑞奥·苏里尼,意大利导演(1926—1982)

Victor Hugo
维克多·雨果,法国作家(1802—1885)

Vincent Ward
文森特·沃德,新西兰导演(1956—)

Virgilio Mortari
维吉里奥·摩尔塔里，意大利作曲家(1902—1993)

Virgilio Savona
维吉里奥·萨伏纳，意大利歌手、作曲家(1919—2009)

Vittorio De Seta
维托里奥·德赛塔，意大利导演(1923—2011)

Vittorio De Sica
维托里奥·德西卡，意大利导演、演员(1901—1974)

Vittorio Gassman
维托里奥·加斯曼，意大利演员(1922—2000)

Vittorio Taviani
维托里奥·塔维安尼，意大利导演(1929—2018)

Vittorio Vittori
维托里奥·维托里，意大利演员

Vittorio Zivelli
维托里奥·兹维利，RAI 经理

Vladimir Vladimirovič Putin
弗拉基米尔·弗拉基米罗维奇·普京，俄罗斯政治家(1952—)

W

Walt Disney
华特·迪士尼，美国设计师(1901—1966)

Wanda Osiris
旺达·欧斯里斯（安娜·门齐奥的艺名），意大利女高音(1905—1994)

Warren Beatty
沃伦·比蒂，美国演员、导演(1937—)

Winston Churchill
温斯顿·丘吉尔，英国政治家(1874—1965)

Wolfgang Amadeus Mozart
沃尔夫冈·阿马德乌斯·莫扎特，奥地利作曲家(1756—1791)

Wolfgang Petersen
沃尔夫冈·彼德森，德国导演(1941—)

Woody Guthrie
伍迪·格思里，美国唱作人(1912—1967)

Y

Yo-Yo Ma
马友友，中国大提琴演奏家(1955—)

Yves Boisset
伊夫·布瓦塞，法国导演(1939—)